講談社文庫

図書館の魔女 烏《からす》の伝言《つてこと》(上)

高田大介

講談社

図書館の魔女　烏の伝言

上

目次

de
sortiaria
bibliothecae

主要登場人物

剛力

ゴイ……剛力衆の頭。罠師
ワカン……剛力の一。若衆のまとめ役
エノク……剛力の一。寡黙な偉丈夫
カラン……剛力の一。エノクの弟
ナオー……剛力の一。島嶼系の血統で港の出
テジン……剛力の一。港に潜伏した
エゴン……剛力の一。鳥飼《とがい》

ニザマ

ユシャッバ……ニザマ南部省の高級官僚の弟姫《おとひめ》君
ゲンマ……近衛隊の衛士長。右の護衛
ツォユ……近衛隊の一。赤髪
ルゥスゥ……近衛隊の一。狐顔
タイシチ……近衛隊の一。
　古くからのツォユの部下
ガゥイ……近衛隊の一
マオリゥ……近衛隊の一
カロイ……近衛の残党。隻腕

廓

遣手……廓を取り仕切る御上
大番頭……廓に新任
床廻し……廓の奉公人、閨房周りの世話
掛廻り……廓の奉公人、渉外と雑用
飯盛り……廓の奉公人、若い娘
猿《ましら》……鏢客《ひようかく》

鼠

トゥアン……鼠の頭
チャク……鼠の一。大柄な少年
オーリン……鼠の一。女の子のような顔
ファン……鼠の一。年少組。毛編みの帽子
ヒュイ……鼠の一。行方不明
ジエン……鼠の一
ダオ……鼠の一。最年少

柚の里

黒《はく》……南の出の少年

一ノ谷

オルハン……図書館付きの衛兵。黒い総髪
アダン……同右。額に向こう傷
アキーム……同右。鼻に縫い痕
ハルカゼ……司書
マツリカ……図書館の魔女

ニザマ港湾
北東部直轄地諸州
グウェンデ川
辺境伯領
一ノ谷
ハカラバナ
東大陸
南部同盟市諸州

海峡地域概略図
ストュリタイ
中原京城
西方離宮
北部鎮台
東部山麓鎮台
古アルデシュ
西大陸
カラブサン
クヴァ
ロンド河口
エリドゥ
コランダン伯領
グロッサイ
西
南西部島嶼地方
イクリティシュ
キュレネ
南大陸

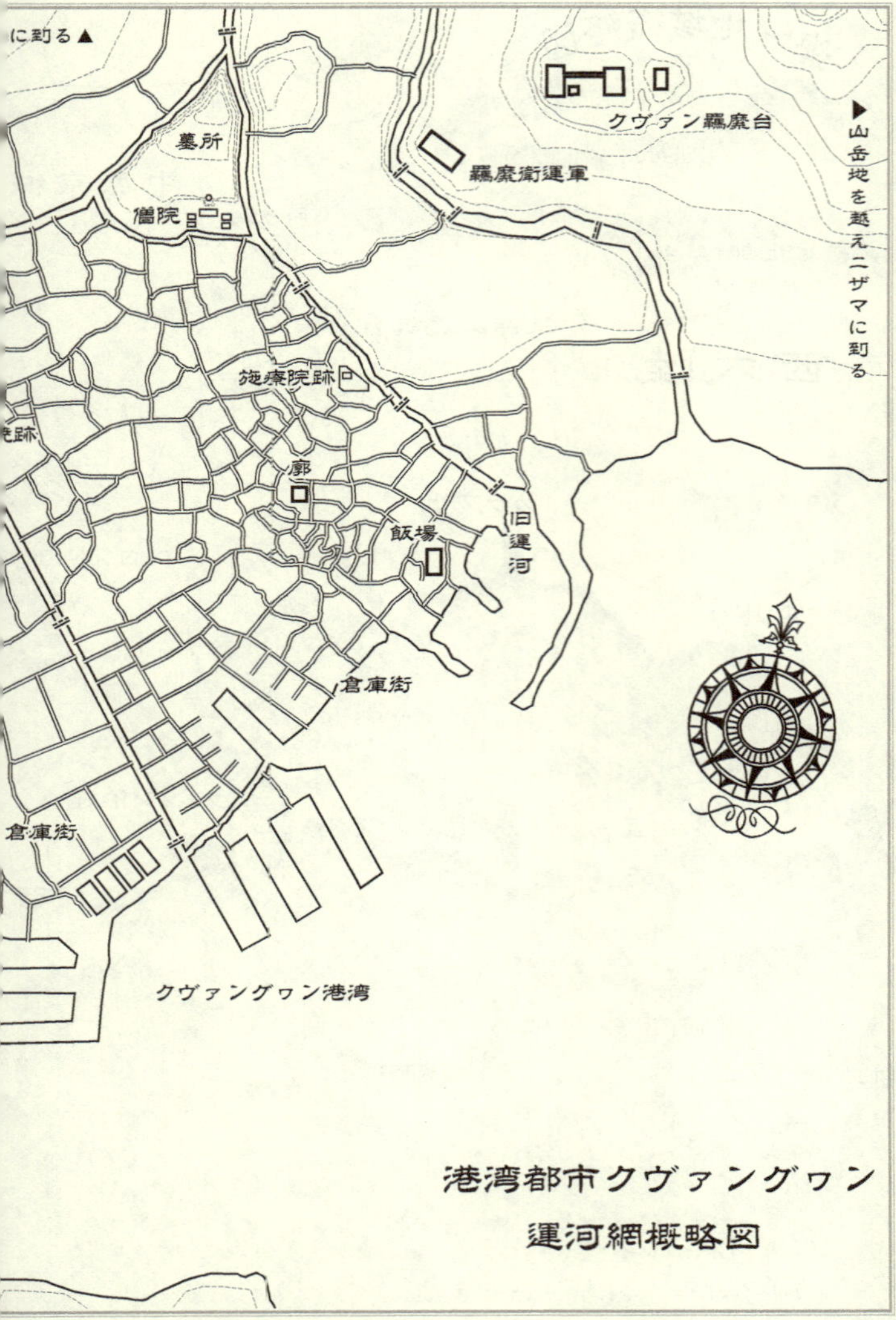

港湾都市クヴァングヮン
運河網概略図

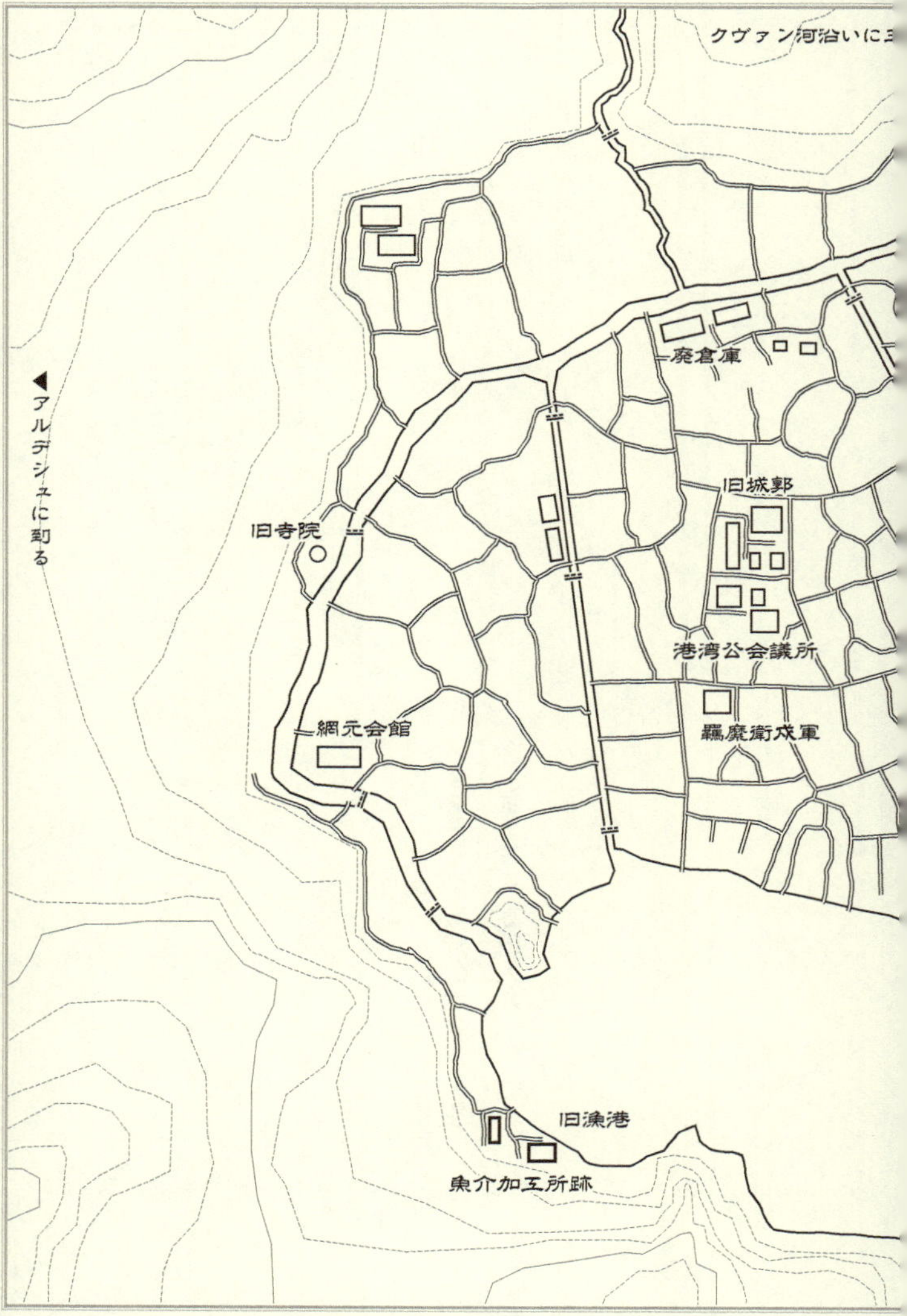
クヴァン河沿いに
◀アルデシュに到る
廃倉庫
旧城郭
旧寺院
港湾公会議所
網元会館
羈縻衛戍軍
旧漁港
魚介加工所跡

装幀　坂野公一（welle design）
概略図作成　高田大介

図書館の魔女　烏の伝言　上

de
sortiaria
bibliothecae

1　烏《からす》と馬鹿《ばか》

初夏の黎明《れいめい》に吹きおろす山風は冴《さ》えざえとした気流に水分を孕《はら》み、頂《いただき》を覆う這松《はいまつ》の新緑あざやかな葉叢《はむら》に一つひとつ鈴をつけるように露を結びながら低く重たく谷間に這いおりていく。

谷という谷、沢という沢に濃密な霧がかかり、地に沈澱した雲海の中に島のごとくに高峰が浮かんで孤立していた。山肌を嘗《な》める濃霧が谷間に沈んでいくのに伴《ともな》って、やがて連なる山巓《さんてん》が霧の中から峰をもたげはじめ、白々とした雲の海に巨大な龍の背びれが浮上したかのように、峰々は結びあって泡立つ雲海を蛇行していく。乗越《のっこし》を越えて吹き散らされた霧は、あたかも波飛沫《しぶき》さながら、この蜘蛛手《くもで》に拡がりうねっていく八叉《はっさ》の龍の椎骨《ついこつ》を洗い、峰はふたたび雲海の中に身を沈めていく。

短い夜のあいだ、ただ静かに屹立《きつりつ》していたクヴァン山岳の霊峰が、吹きわたる朝の山風の中で蠕動《ぜんどう》を始めていた。

目覚めはじめた山々のうごめきを眺め下ろすのは、もとより人の視線ではない。

いま遠く艮《うしとら》の空からさす曙光に青々と羽を輝かせて、雲海の中に身を擡《もた》げてはまた沈んでいく山嶺《さんれい》を見おろすのは、一羽の鳥《とり》――カラスであった。

カラスは冷たい朝風の中で、雲海を這いずっていく龍を追いかけるように薄明の蒼《そう》天《てん》を裂き、いまなお霧の海に沈んだ谷へ向けて徐々に高度を下げていった。風をはらんでしなった両の翼は、五指を広げた掌のごとく漆黒の風切り羽根を展《ひろ》げて冷気をつかむ。カラスは心持ち首をすくめ、羽をすぼめるように、霧の中に躍《おど》りこんでいく。

乳白色に泡立つ海のように見えた霧は、いざ飛び込んでみれば冷えびえと身を包み、艶のある冠毛が濃密なガスを捉える。カラスの羽毛にガスが水滴を凝結させ始めていた。

やがて鏑矢《かぶらや》もさながら濃霧を切り裂いて風を振るわせ下降していくカラスは下に針葉樹の樹冠をみとめ、稜線の蛇行に合わせて霧の薄いところを衝《つ》いて下界を指した。

このカラスの目指す先は眼下の中腹の森である。一部の渡り鳥や鳩とは異なり、この鳥に目的地を告げ知らせるのは単純な帰巣《きそう》本能ではなかった。カラスは稜線を目と記憶で辿《たど》っていきながら、まだ山嶺《さんれい》の陰に暗い谷間の場所を探っていった。地磁気に対する特殊な感受性も、地理地勢をはかる絶対感覚も比較的劣弱なこの鳥は、ただおのれの覚えている峰の様子から推して目的地を探索していたのであった。

カラスはいずれ戸惑ったように滑空をやめ、大きく羽を広げて中空に留まると、羽根に着いた露を振り落とすように羽ばたいた。まだ山腹を覆う霧は濃い。カラスは目的地を見失った、いや、目指していた目的地には誰も待ってはいなかった。

霧が晴れれば早朝の空に鵟《のすり》が現れて狩りを始める。天敵の少ないカラスにとってこの山岳地に唯一といってよい脅威である。カラスは霧の下の碇泊地《ていはくち》をガスの濃い今のうちに見いださねばならなかった。心当ての峰の上で一度高度を稼ぎ、暗い谷間を見おろして何度か上空を旋回した。

「エーオ、ハァウ」

谷間にかすかな谺《こだま》が響いた。

カラスは滑空するために羽を大きく広げて、さらに旋回を続けた。再び同じ谺がやや声音《こわね》を弱めて谷間に伝わっていく。今度は山腹に隠れた呼び声の出所を聞き誤ることはなかった。辿ってきた峰を離れて、谷を越え、対岸の山腹へと、羽をすぼめて滑降していった。

樅《もみ》の木立が曙光を受けとる東の山腹に立ちならび、濃霧の向こうに壁のように立ちはだかっていた。この壁を嘗めるようにカラスは身を翻《ひるがえ》して飛んでいく。三度《みたび》呼び声を聞いた時には、カラスもそれを見つけた。相手は上空を旋回していたカラスのことを先に見とがめていたが、むこうはカラスからは見つけづらい枝に隠れた樹上に身を乗り出していたのだ。しかしこの高度まで降りてくれれば、木賊《とくさ》に染めた麻の衣が深緑の木立の中に薄白い点を打ったようにはっきりと認められた。カラスを呼んでいた。

麻衣の男は高い梢《こずえ》から猿のように身を乗りだして、片手を振っている。手を振られるまでもなかった。今となってはカラスからもよく見えていた。

男は長身痩軀《そうく》、カラスに向かって長い腕を中空に張りだして振るっている。線の細い青年だった。短く刈った髪は年の頃に似合わずはげあがったように広い額をさらし、落ちくぼんだ目は大きく盛りあがる眉の陰に暗く隠されていた。身に添った服は長い手先足先を包んでそれぞれ手首、足首を紐で絞り、頼りなげな梢に粗末な草履《ぞうり》の足をふんまえて樅の葉叢から身を乗り出していた。細身だが肩幅が広く、大きな綿布の雑嚢《ざつのう》を袈裟《けさ》掛《が》けにして脇の下にぶらさげていた。

カラスはもったいをつけるように、二回り三回り空中に身を持しながら、ゆっくりと男に近づいていった。一度梢の先に留まった。そして左の肘を高く天を衝くようにあげた、男の腕の上へと飛び寄ってきた。

男の下腕は、厚い鹿革を綴り合わせた肘近くまでを覆う手袋――𢮦《ゆがけ》が覆っていた。鷹匠《たかじょう》、この地方に言う鳥飼《とがい》の装備である。猛禽《もうきん》の鋭い爪を腕に食い込ませないように準備する守りだった。じっさい男は鳥飼だったのである。

男は留まり木として大きく腕を掲げていたのに、カラスはわざと選んだように、𢮦の覆っていない肘の先に飛び降りた。男の顔が意地悪く睨《ね》めつけるように歪んだ。カラスは留まった肘の上で小首を傾《かし》げて応えた。男は片目を瞑《つむ》るようにしていたが、それは目を閉じていたのではなかった。左の目が潰《つぶ》れており、引きつった皮膚の膠原質《こうげんしつ》がこめかみから目尻にかけて大きな古い傷痕となって張りだし、左の眼窩《がんか》の一隅を覆ってしまっていた。そのために顔をしかめた男の表情は醜く歪んで、人が見たらさぞや気味の悪い面構《つらがま》えになっていただろう。だがカラスが男の醜さを気にするはずもなかった。

醜い顔をさらに大げさに渋面《じゅうめん》に作ると、男は右手で雑嚢から引っ張りだしていた薫《くん》製《せい》肉を、芝居がかったゆっくりとした動作で背中に隠すように引っこめた。カラスは小さく羽を広げて、二、三寸飛びあがると、彼の左腕の上で今度は𢮦に正しく留まりなおした。そしてまた小首を傾げた。こちらもからかっているような仕草だった。

張り出した眉弓《びきゅう》の陰から光る男の右目に笑みが浮かんだ。それを笑みと知らなければ、人が怖気《おぞけ》を震うような凄惨な気のある笑みだった。男自身が自らの醜さも、引きつった表情の奇怪さも、落ちくぼんだ目付きの剣呑《けんのん》さも、よく心得ていた。彼は人に笑みかけることなど、永らくなかった。彼が笑いかける相手は鳥ばかりである。そうした男の屈託を知ってか知らずか、カラスは折り目正しく鰈に留まって、お辞儀をするように頭を下げると嘴《くちばし》を開いて、猫が鳴くように小さく鳴いた。小さくとも割れた耳障りな鳴き声だった。もっとも男はこの類《たぐ》いのカラスの割れがちな声に不愉快を催すことなどなかった。カラスが彼の醜貌《しゅうぼう》をいっかな気に掛けていないのと同じように。

男は右手の薫製肉をさっと突き出すとカラスの前にぶら下げる。カラスは口元まで持ってこいとでもいうように、相変わらず小首を傾げたまま待っているのだった。

「おーり、おり」

男が沈んだ声で呟《つぶや》いた。喋った拍子に、歪んで締まりきらぬ口元の左の端から涎《よだれ》が垂れ、彼はそれを鰈に覆われた左の手首で擦って拭いた。ながく使っていた鰈はけばだった裏革が固く締まってこわばっており、顔を拭えば鑢《やすり》で擦ったように口元がひりついたが、これが彼の癖だった。

男の言葉は普通に言う「文」にはなっていなかった。それは「腕から降りろ」ということだったのか、それとも「俺はこれから降りる」ということだったのか。誰にも本意は明らかでないその言葉足らずな指示を、しかしカラスは理解していたようで、男の左手から飛び退《すさ》るように舞い上がって手近な梢に飛び移った。

男は手の中の薫製肉の残りをカラスに投げ渡してから、自分は太い幹にしがみつくように木を降りはじめた。カラスは、投げ渡された薫製肉を嘴に銜《くわ》えると、それを飲み込むよりもまず、不器用な飼い主の手許を確かめるように、男が樅の木を降りていく間、ずっとすぐそばの枝々を飛び渡りながら嘴に肉をぶら下げたままで付いてきていた。いや、飼い主に付き従うというよりは、このカラスの仕草は、遊ぶ子供の身の安全を心配して行く先々に付きまとっている、乳母《うば》かなにかの挙措《きょそ》にむしろ似ていた。枝から枝へと渡って降りていく男を、先回りして見守るようにカラスは付いてきた。男が最後の枝に脚を下ろした時には、いつのまにか薫製肉はすでにカラスの胃の腑に納まっていた。

「お前！」

男が大きく水平に張りだした、最後の太い枝から降りようとぶら下がった時、いまなお暗く朝方の影の中だった下の斜面から厳しく声がかかった。

男は体をゆすって樹上から身を躍らせると、樅の葉が散り敷かれた斜面に飛び降りてきた。着地した時に斜面に足が滑って、幹の根元にたたらを踏んだ。

「お前、上で何をしていた！」

声をかけたのは軍装の上に汚い上着をまとった若い兵士だった。赤い髪が逆立っていた。

兵士は仕立ての良い軍装を隠すように襤褸《ぼろ》の外套《がいとう》で足までを覆っていた。しかし首元に紐編《ひもあ》みの釦《ボタン》を留めた詰め襟《えり》の軍服の絹の照り輝きを隠すにはいたっていない。外套の下の太い腰帯から、朱色の組紐の緒飾りを付けた軍刀を抜き出すと、鞘《さや》を持って威《おど》すように突き出して男を叱りつけていた。

かたや男は飾りのない麻衣に包まれた体を折って、お辞儀をするようにこの兵士に対した。降りる間に樅の脂《やに》が手についていたので、地を擦《す》った拍子に枯れ葉が手のひらに貼りついた。男は粘る掌《たなごころ》を膝元にこすって斜面の兵士を見上げる。

兵士は偉丈夫《いじょうぶ》で、身の丈が大きいばかりではない、この朝の早くに既に身じまいをきちんと調《ととの》えていたのが判る。突き出した左手の軍刀は鞘を握り、必要があれば空いた右手でつるぎを抜ける態勢である。兵士の声は神経質に尖っていた。

一方、並んで立てばこの兵士よりもさらに頭ひとつ大きかった男は、猫背に背を丸めて顎を突き出し、両の腕をぶらりと垂らして樅の幹により掛かるように立ち上がった。体を丸めた男は、斜面の上から叱責した兵士に目を伏せてしぶしぶといった様子ではあるが恭順の態度を見せた。上の梢ではカラスが不満そうに一声あげた。

「兵隊さん」

兵士の後ろから擦《かす》れた声を上げて、斜面を滑り降りてきたのは、男と同じく生成《きな》りの麻布に身を包んだ小柄な老人である。老人は兵士ごしに男に叫んだ。

「エーゴン、跪《ひざまず》け」

エゴンと呼ばれた男は、言われた通りにおとなしく跪き、赤髪の兵士を片目で見上げる。態度は慎《つつし》んでいたが、目の光にはへつらいはなかった。

「返事をしないか」

言葉つきはやや和《やわ》らげたが、兵士は依然切り口上でエゴンに詰問する。

「兵隊さん、こいつぁ大丈夫、伝令です」

「伝令？」

「トガイです。鳥ぃ遣いで。山じゃ飛脚《ひきやく》よりなんぼか早《はえ》ぇんで」

「ゴイ、あなたの部下か？」

「部下じゃありゃせん、これでエゴンにかなうものはねぇんでね」

エゴンと呼ばれた男の肩の上にカラスが飛び乗っていた。カラスはエゴンに厳しく詰問した兵士を見上げて、今も頭を垂れているエゴンの代わりにという訳ではないだろうが、割れた声で文句を言うようにひと鳴きした。

「ごらんのとおり――エゴンは鳥を遣《つか》いまさね。エゴン、連絡が来たんだな？」

エゴンは老人に向かってゆっくりと頷《うなず》く。カラスの乗った肩をすくめるようにすると、カラスは一度とびあがって蝶の覆ったエゴンの左手に留まりなおし、片方の脚にくくり付けられた一寸ほどの小さな篠竹の筒をつつき始めた。カラスはその細い竹筒から小さな巻いた葉っぱのようなものを器用に引きずり出して、嘴に銜えてみせた。

半信半疑といった様子で兵士が斜面を降りて足を踏みだし、カラスに震える手を伸ばす。カラスはそれを見ると、ばっと飛びあがって樅の梢に逃げさった。

「駄目でさ、兵隊さん、エゴンの言うことしか聞かんで」

「こいつは鳥と話ができるのか」

「そうです、人とはよう話しゃせんが」

エゴンは視線を落として小さく頭《かぶり》を振る。エゴンの表情がわずかに曇ったが、誰も見とがめはしなかった。

訝《いぶか》しむ兵士の目は梢に逃げたカラスを見上げる。すると今しも、兵士の手を逃れたカラスは、エゴンの肩にふたたび飛び降りてくる。そして嘴の紙片を「お前にだけ渡す」というように、エゴンの眼前に突きだしているのだった。誰の目にも明らかなことだった。このカラスはエゴンの言うことしか聞かないのだ。

人は誰も、人目には恐ろしげな相貌から鳥にだけ判る目配せを遣《や》って鳥を思うままに操るエゴンの職能を、彼が知性と引き換えに手に入れた恩寵《おんちょう》のごときものであると判断していた。じっさいエゴンは、自分自身が仕込んだカラスばかりではなく、出先で出会ったカラスすらもすぐに手先に遣えると評判だった。エゴンは知恵の足りない分だけ、鳥獣と心が通ずるのだと周囲に噂されていた。エゴンは「鳥獣の側」にいる人間であると考えられていた。

それというのもエゴンは人の言葉を満足に話せなかったのである。

誰もが彼を馬鹿であると考えていた。迂鈍《うどん》であると見ていた。それもそうだろう。人の知性というものは、まずは人の言葉によって示されるものなのだから。

なにしろエゴンはまともに言葉を並べて、意を尽くすということが出来ない。相手の言葉をおうむ返しにするか、せいぜい一語か二語の曲用もおぼつかない名詞を口にすることが出来るぐらいで、文章を織り上げて、ひとつの一貫した発言に纏《まと》め上げていく能力を全く欠いていた。エゴンの言葉は、言葉を覚えだした二、三歳児のものに同断であり、変化形も調わぬ、ぶつ切りの一語文にほかならなかった。そこに豊かな知的活動の片鱗《へんりん》はなるほど窺《うかが》われなかった。

　エゴンは彼の肩でカラスが差しだしている丸まった紙片を手に取った。カラスは肩に留まったまま頭を低く下げて、エゴンの耳元に嘴《くちばし》を寄せていた。その仕草の意味を理解しているのはエゴンと、彼との付き合いの長い老人だけであった――老人はエゴンをいつも伴っていたために、経験上カラスの習性をある程度までは見知っていた。カラスは今にも鳴き声をあげる姿勢だったのだ。嘴が細く、額の張り出していないこの種のカラスは、声をあげる前に必ずお辞《じ》儀《ぎ》のような仕草を見せる。お辞儀をしながらこうして黙っているのは、なんなら耳元で一鳴きするぞと威《おど》しているのだ。ハシボソガラスの鳴きは破《わ》れ鐘《がね》声で、必要なら谷を渡り峰を越えるほどの声量を出せる。その鳴き声をいま耳元で披露してもらいたいか、と威しているのだった。

　エゴンは乱暴に首を振って肩をすくめると、煽《あお》られて飛びあがったカラスが宙に舞っているあいだに、「約束」の薫製肉をまた一切れ出した。薫製ではあるが薫蒸前のつけ汁の塩を控えたエゴンの特製である。香辛料も振らない。赤黒く燻《いぶ》され、表面だけ固く締まった羊の腹膜の薫製である。長期保存には適さないがカラスは半生《はんなま》の方を好む。もとより羊の臓物の薫製などカラスが食餌《しょくじ》として有り難がるものではないのだが「ご褒美《ほうび》」の意味を心得ているのか、このカラスはなんらかの手柄を立てて薫製肉をエゴンの雑嚢から出させることを至上の喜びとしているようなのだった。カラスはまるで、羊を屠《ほふ》る季節の終わりに、エゴンがこの薫製肉をカラスのためにだけ手間暇をかけて作っているのを知っているかのようだった。

エゴンはカラスから受け取った丸まった書付けを開けようともせず老人に渡す。中身には何の関心もないという態度である。老人は樅の葉の散り敷いた斜面に足をとられながら、兵士に書付けを中継した。兵士は老人が指の先につまんだ書付けを引ったくるように奪い取って、斜面の上の天幕のほうへと礼もなく歩み去っていった。

「エゴン、わっしらも飯にするぞ。今日いっぱいは山ん中だ」

エゴンは老人について自分たちの小屋掛けに向かう。

カラスは樅の梢で薫製肉を引き裂いていた。カラスに表情があるかは判らない。だがちびちびと薫製肉を小分けに裂いて食べているカラスの様子を見れば、誰もそこに「満足そうな」表情を見て取っただろう。実際このカラスは知っていた。今朝は自分が、相当に大事な仕事を成し遂げたのだということを。エゴンの笑みがそれを語っていた。

老人は呆《ほう》けたようにカラスを見上げているエゴンの背中をどやしつけて言う。

「エーゴン、気をつけろよ。ありゃただの兵隊じゃない——国じゃ近衛兵《このえへい》なんだ、もともとお偉いさんのお付きだ、自分たちもうんと気位が高い」

「えいたいさん……？」

エゴンが何を訝しんでいるか判っていた老人は頷いて小声になった。

「じゃあなんでわっしが『兵隊さん』なんて惚《とぼ》けているのかというんだろう？　いいかエゴン、目端《めはし》が利《き》くのは今ん世じゃ命取り。わっしもぬしも山の育ち、余計なことに気づかないのが身過ぎ世過ぎのためになる。言ってるこたぁ判るな？」

エゴンは返事をしなかった。

「向こうが身許《みもと》を隠したがっているんだ、こっちだってうかうかと……おんしは離宮の近衛さん、あちらは宮のお姫《ひい》さま、と言ってやる訳にはいかんだろう」

老人はにやりと笑みを浮かべて、子供に諭《さと》すように一言ひとことエゴンに語った。

エゴンは背中を丸めて老人の隣で、顔を背けたまま頷いていた。

「ことがことだけにな。ぴりぴりしている。悪く思っちゃいけない」

エゴンはまた素直に頷いた。だいたい悪く思ういわれもない。それどころか近衛兵が何を考えているかなんて、エゴンには関係のないことだった。ただそれでも、彼らが神経質になり、周囲の全てに怖れを抱いていることは理解していた。どんなに襤褸切れに身を隠そうとしても、しょせん彼らは都の住人であり、山には慣れず、山を恐れる。そして彼らがもっと恐れているのは——人である。追っ手である。彼らがエゴンや老人ら、山の者の世話になるという不如意《ふにょい》を耐え忍んでまで、いまこうして山中にあることの意味はすべてそこにかかっている。

「エーゴン、余計なことに気づくな、その分だけ命が縮まるぞ。ぬしゃ馬鹿だが勘が良い。わっしゃ心配だよ」

「ワーカン、土をかぶせろ。霧が晴れる」

老人が小屋掛けの側の若いものに声をかけた。白い煙を細く上げていた小さな焚《た》き火を指差して命じたのだった。小屋掛けといっても低く張り出した樅の枝を梁《はり》として蠟《ろう》引きの帆布《はんぷ》を屋根に架しただけの粗末なものだ。樅の枯れ葉を集めた斜面には床代わりに広げた布すらない。本当に雨露を凌《しの》ぐだけの小屋掛けなのだ。老人は野営のために枝を払ったり、木を折ったりすることをすら厭《いと》うていた。別に樅の木立が大事だからではない。目に見える所に痕跡を残すのが賢明かどうかなのだ。もし追っているのが自分なら、老人は折れた枝を見れば、誰がどういった事情で折ったのか、それがいつのことで何を意味しているか、立ち所に把握するだろう。

「もうほとんど消えてるよ」

「煙が見られたらことだ」

「おいおい、ゴイ爺、この朝早く誰が見てるもんか」

「そこを見ていかねないような奴らから逃げてんだ。気を許すな」

ゴイ老はエゴンと連れだって、ワカンと呼ばれた若者を傍らに残し、木立に囲まれた斜面にかろうじて引っかかったような小屋掛けに近づいていく。先ほどの近衛兵はもっと上手《うわて》に張られた大きな天幕へ、枯れ葉の散り敷いた斜面に足を滑らせながら急いでいた。まだ霧に包まれた斜面には山道もなく、獣径《けものみち》さえ拓かれてはいない。蘚苔《せんたい》や羊歯《しだ》の下生えが一歩ごとに行く手を阻む、文字通りの藪の中であった。彼らには行路に山道を選ぶことすら出来ない理由があった。

ワカンらは荷役《にやく》に徴発された山賤《やまがつ》であった。国境に近いクヴァン山岳の道案内を務める荷運びの山賤をこの地方では剛力《ごうりき》と呼ぶ。ワカンも剛力らしく、小男ではあるが胸板が厚く、手足の根元が太い、屈強な体格だった。総髪《そうはつ》を後ろで結っているのも山の身じまいだ。エゴンのように髪を短く刈るのは珍しい。

　ワカンはしゃがみ込んで羊歯に隠れた腐りかけた枯れ葉を両手でかき集めると、斜面に穿《うが》った竈《かまど》のような穴に続けて何度か投げ入れた。その度に白い煙が鍋から蒸気の吹き出るように沸きあがった。不承ぶしょうではあったがゴイ爺には逆らえない。彼に従ったおかげで何度窮地を切り抜けたか、何度敵の手から逃げきったか判らない。丁寧に朽ち葉を穴に押し込んで、煙が止まれば足で踏み固めた。そしてあらかじめ竈の左右に引き分けて固定してあった、人の腰高《こしだか》ほどもある羊歯の藪の縛《いまし》めを解いた。羊歯は観音開きの戸を閉じたように再びばさりと斜面を覆いなおし、そこで火を焚いていたことすらがあっという間に隠された。ただ、追っ手が気の利いた犬を連れていれば、この場所で血が流されたことに気づくかも知れない。昨晩はここで兎《みみなが》を裂いたのだ。骨や臓物はここでは捨てない。それらは目くらましに余所《よそ》にまき散らす手はずである。だが血の臭いはこの場所に残るだろう。

　竈は夜中火を絶やさなかった薫製用の燻《いぶ》し竈《がま》だった。彼らは、ゴイが獲ってきた野兎や仔鹿を捌《さば》いて塩漬けして燻し、蛋白《たんぱく》性の携帯できる食糧をその場その場で山中に調達しているのである。初夏とあって季節柄は良く、木通《あけび》や零余子《むかご》も採れたが、径《みち》無き山中に重荷を負って分け入っていく剛力にはそれではとうてい足りない。水と塩と獣肉《しやちのみ》と……山の者たちの言葉で言えば「血」が足りない。

ゴイはこの山行の道案内の頭《かしら》であり、猟師である。ただ弓矢や投槍器《とうそうき》を携えて山中を駆けまわるたぐいの猟師ではない。ゴイの遣うのは罠《わな》である。兎や貂《てん》、鹿や猪が山野に残すわずかな手掛かりを拾い集める眼力が、まずもって彼の職能だった。窪地に落ちた糞、牙で山芋を掘った穴、折り取られた楤《たら》の芽……誰もが見逃してしまう小さな兆候をゴイは見逃さない。そして獣《けだもの》の動きを知る。獣の習性と常住の経路を見きわめて、獣の方から必ず足を踏み入れる場所に罠を仕掛ける。金物《かなもの》も凝った仕掛けも必要としない。ただ周りの草木の弾力と、わずかばかりの紐と網、あるいは落とし穴と竹串、そんな山中に手に入るものだけを使って獣を獲りおおせるのがゴイの技能だった。ゴイは山の知恵の塊のような男だった。ワカンも他の剛力も、みな山の中ではゴイの助手に過ぎなかった。

人よりも遥かに警戒心の強い獣の棲息域にひっそり分け入って、獣の動きを知り、その裏をかく。静かな仕掛けで巧みに獣を手中に収める。罠師ゴイの能力が、いま山中を追っ手を逃れて遁走《とんそう》する一団に是非とも必要なものだった。道案内と食糧調達ばかりではない、追っ手の気配を先んじてつかみ、こちらの痕跡を道中に消し去る、その術理に誰よりも長《た》けているのがゴイだったのである。雇われの荷運び、道案内とは言いながら誰もが際立って高い能力を持つこの罠師の言うことには逆らえなかった。

今彼らは猟師であるよりもむしろ、獲物の立場にいたからだ。彼らは逃亡者だった。彼らは狩られていた。

そして彼らは飢えていた。ゴイの猟法は「待ち」が基本である。こうして次々に峰を辿って移動していく事情がある場合には向かない。猟果ははかばかしくなく、一度の収穫を数日の糧として、つましく費やしていかねばならない。だが彼らの今回の旅程もひとまず終盤に差しかかっていた。

赤髪の近衛兵は天幕の入り口をくぐると薄暗い中に向かって声をかけた。

「叔父貴《おじき》、下《した》から伝令が来ました」

「伝令? 下から? どうやって? 斥候《せっこう》にやった剛力が昨晩ついたばかりだぞ」

暗がりの中から返事をした壮年の男の擦れ声が事情を訝しんでいっそう曇った。

「山賊の中に鳥飼《とがい》がいます。そいつがカラスを飛ばして伝令にしているんだと」

「カラスを……そんなことが……」

「この目で見ました、本当です。あの薄のろです。やけにひょろ長い……」

「剛力にしては痩せぎすだと思っていたが、あれが鳥飼だったのか」

赤髪の男は天幕に踏み入ってくる。脇から若い兵士が声をかけた。

「大哥《あにき》、連絡は……」

「あにきはやめろ、悪い癖だ。ここに郷党《きょうとう》の風は馴染《なじ》まんぞ」

傍らの若い兵士を押しやると、赤髪の男は指につまんだ小さな紙の筒を、叔父貴と呼ばれた初老の衛士長に手渡した。衛士長は丸まった書付けを指先で丁寧に展《ひろ》げ、天幕の入り口からの光に照らして書面の中身を検《あらた》めて、ゆっくりと顔を上げた。

「舟の手配が済んだ。一両日で山を下りる。麓《ふもと》まで出ないで沢沿いに進めば渡しが待つ」

「では……」

「やはり市街は荒れ狂っているようだな。街には入るなと言ってきた。夜に舟を出し、向かうは対岸ではない、下の港だ。上手く連絡すれば明後日には外洋船に乗りかえ、海に出る」

「良かった。姫御前《ひめごぜ》はもうこれ以上の山行にはたえません――」

「たわけ、うかうかと口を滑らせるな」赤髪が若い兵士に叱責を飛ばす。

「済みません。しかし……」

「山賤は耳がいい。あいつらに事情を悟られれば後顧《こうこ》の憂《うれ》いとなる」

「そんな心配はどうでしょう、言葉も違うし――」

「ツォユ」衛士長ゲンマは部下を叱る赤髪を窘《たしな》めるが、それでも赤髪は若い兵士に向

かって言い張った。

「剛力は雇い主を選ばない。口は重いが山岳三方の言葉は知っているぞ。クヴァング

ワンはニザマ同様、真っ二つに割れて動揺しているそうだ。誰がどちらについている

ものか確かではない。気を許すな」

兵士たちは暗い天幕の中、小声で呼び交わし合い、今日の強行軍の備えを始めた。

赤髪の近衛兵に叱られて悄然《しょうぜん》とした若い兵士は、彼らが護衛の重役を務めるニザマ

中原南部の地方官吏《かんり》、巡撫《じゅんぶ》兼都御史《とぎょし》の弟姫君《おとひめぎみ》を起こしに天幕の奥へいざっていった。

斜面下の小屋掛けはすでに帆布を巻きとり、剛力の一同は枯れ葉の上に車座になって糧食を口にしていた。エゴンは少し離れた斜面に横になり、自分の雑嚢からカラスに作った薫製を出して齧《かじ》っていた。

ゴイの側にはワカン、その隣の猪首《いくび》の無口な男はエノクと言った。ワカンにも増してずんぐりした全身鋼《はがね》のような男で、えらの張った顎が四角く口を引き結び、胡坐《あぐら》をかいた鼻から時折ふっと息を噴いた。樽のような胴は筋肉の塊で、この男は二人分の荷を担いで文句を言うこともついぞない。お喋りで、どこか顔立ちに都だったふうの

あるワカンとは好一対だった。

ワカンはゴイから鴨の手羽の干し肉を受け取ると、エノクに回した。エノクは黙って受け取って口に運ぶ。ワカンは自己主張の少ないエノクや、エノクの弟カランになにかと気を遣っており、口さがなく軽薄なようでもエノクからもゴイからも不思議と信頼があるのだった。ワカンはエゴンに対しても面倒見が良かった。ワカンにとってはエゴンは世話が必要な虚《うつ》け者、子供を甘やかしているようなものだ。

ワカンは上の手の天幕を見やって言った。

「ははぁ、お姫《ひい》さんはお目覚めかな」

「ワーカン、めったなことを。口は災いの元だぞ、つまらんことを気にするな」

「ニザマの後宮の姫様なんだろう？」

「後宮？　知らんよ、ぬしの知ったことじゃない。詮索はしないが身のためだぞ」

「そうは言っても、あれで身を隠している積もりなのかね。あの耳飾りなんざ金《くがね》だろう？　こんな藪を引き分けるのにお粧《めか》しとはなんだね……」

「もとより、この山を抜けようって連中に帰るあてもない。どうしても金目のものは身に着けておくことになる」

「だからってあまりにあからさまじゃねぇかい？　もう少しなんとかならねぇもんか

ね。ゴイ爺だってよ――」

「わっしゃ何も知らない。ぬしも何も知らない。山で女のことを口に出すな」

「まあ、いいよ。そういうことにしておこう。お姫さん、ずいぶん我慢もしてんだろうしな、本当なら駕籠《かご》をかけ、輿《こし》を担げってところだろ」ワカンは舐《ねぶ》っていた手羽先の骨を斜面に投げた。ゴイが厳しく指をさす。

「ワーカン、拾え」

「こんなもの……」ワカンはしぶしぶと屈《かが》みこんで言った「……落ちてたってさ」

「拾え。焼いた骨は一目で分かる、臭いもずっとよく立つ、犬ならきっと見過ごさん」

ゴイは谷間が晴れてゆくのを木立越しに遠く確認し、立ち上がると上の天幕へと登っていった。ワカンは一度は拾い上げた骨を、ゴイの背中を見送りながら藪の中へ放り投げた。エノクがそれを見とがめて苦笑いして、自分は口の中の小骨をがりがりと嚙み砕いた。

ニザマ近衛の天幕に昨夜から留めおかれていた若い剛力が出てきて、上っていったゴイと擦れ違う。

「ナーオ、あいつらに下の事情を話しとけ」

「はいよ」

ゴイの呼ばわり方には訛《なま》りがあった。声をかけられた長身の青年は本当はナオーと言った。

斜面に手まくらで寝転がり、枝の間から朝の空を見上げているエゴンには青年からは挨拶もなく、青年は投げ出されたエゴンの足を無遠慮に跨《また》いだ。通りすがりに二尺ほどの長さの削《そ》ぎ竹を編んだ筒をエゴンの足許に放りなげる。青年は喋れないエゴンのことは端《はな》から無視にかかっていたが、これはエゴンからの借り物だったのだ。礼を言うどころかエゴンに振り向きもしないまま、青年は下に降りてきた。ワカンがナオーに呼びかけて雑嚢を放ると、受け取った青年は歩きながら干し肉を袋に探った。

エゴンは気にも掛けず、車座の一同から離れたまま黙って空を見上げて、梢のカラスを目で追いながら筒を足で引き寄せて編み目を確かめていた。両手で筒を縮めるように竹を撓《たわ》めると、編み目が拡がって筒の胴がふくらむ。二羽のカラスがエゴンのその仕草を見ると一度飛びよってきて糞《ふん》をして逃げ去った。

ナオーは肩をほぐしながら車座に加わる。明け方までずっとニザマの近衛にひざ詰めで尋問されていたのだ。すっかり首が強《こわ》ばってしまっていた。まだ幼さの残る面立ちに総髪を高く結った青年は、体は引き締まっていたが顎が細く鼻が高かった。

クヴァン山岳は西大陸北部中央部の人種血統と南海周りの南西部血統との「分水《ぶんすい》嶺《れい》」にあたる。つまり西大陸中部で遥か古代に分岐して、陸路北回りにこの西大陸東端に辿り着いた人種と、南部島嶼《とうしょ》づたいに拡がってきた人種が遠い時代の懸隔《けんかく》の果てに合流した境界の地である。このうえ屏風《びょうぶ》のように立ち上がる山脈の北には、東大陸からニザマ中央に多い頬骨の張った血統が有史時代に入植して長らく帝国の本拠を維持している。

三方から移動してきた人種血統が突き当たって葛藤する民族移動の袋小路——ニザマ自治州クヴァンの人種構成は複雑で混血も多かったが、大陸中部山岳民族と南方系海洋民族に容姿や体軀の違いが刻まれていた。

ナオーは混血ではあるが南方系の容貌をはっきり呈していたのである。これは剛力には少ない特徴だった——山賤はふつう北方系である。そこを買われて、この一旬節のあいだナオーは別動で麓の港に潜伏していた。

もう一人南方系の容姿を持っていたのはエゴンだった。もっとも彼の容貌は人種血統を問う以前に傷痍《しょうい》によってひとめ異様な醜貌を呈していたので系統がいずれであろうと誰もそこを気にするものなどない。いずれにしても人目のあるところでの斥候には向かない容貌だ。

「ナオー、お姫さま見たか」

「ニザマのが隠してるけどさ、ばればれだよ。真っ白な顔してさ。頭巾まで絹なんだぜ。皁莢《さいかち》の棘《とげ》が引っかかったって気にしてたみたいだ、馬鹿だよな、こんな山ん中でさ」

「峠で合流した時にゃまだ腕輪をじゃらじゃら言わせてたしな。ゴイ爺に言われて兵隊が慌てて布に包んでたが……手を引いてるこっちだって命懸けだと判ってねぇんだ」

「でもさワカン、そんな心配する意味あんのかな。たいがい撒《ま》いたろう？　こっちひとやまふたやま、追っ手なんて影もかたちも……」

「お前《めえ》も判ってねぇんだな。追っ手の気配が分かるぐらいまで詰め寄られたらもう終《しめ》ぇだ。一度も差を詰められねぇまま逃げ切らなきゃなんねぇの。こっちがどこの山に居ると悟られただけでもう詰み、数が違うからな、麓を囲まれて山狩りをかけられりゃお姫さんはおしまい、俺たちも一緒に運の尽き」

若者に範を垂れるワカンはゴイの受け売りを口にして得意気にしている。

「なんでさ、俺たちには関係ねぇだろう」

「ばぁかだな、やつら捕まえて連れていくのはお姫さんだけ、兵隊も、俺たち手引きの剛力もご丁寧に一緒に捕まえてって貰えると思ってんのか。ただの道案内か、お付きの兵隊か、区別なんかしやしない、その場できゅうとやられちゃうよ」

ナオーは干し肉を食いちぎりながら樅に背中をあずけてしゃがみこんだ。肩凝りをほぐすように腕を回して不平を口にした。

「よう、ワカン、俺たちゃ、どうして損な方についちまったのかな」

「俺たちゃ荷運びだ、どっちにつくもねぇよ。仕事が済めばおさらばだ」

「クヴァングヮンはニザマ狩りに躍起になってるぜ、そうとわかってりゃなぁ」

「ナオー、お前は港に縁者がいたんだろ、どうだった」

「顔見てるひまなんざ、ありゃしねえな、上を下への大さわぎで」

件《くだん》のとおりナオーは昨晩深夜に一行と合流するまでは麓の港湾部の偵察に出ていた。朝まで近衛兵の天幕に呼び寄せられていたのは港の様子を逐一報告させられていたのである。

「出遅れたよなぁ、こうなるとわかってりゃ。もっとはやく降りてりゃ良かった」

剛力の符牒《ふちょう》では港湾部都市のことを単に「下《した》」、「港《みなと》」などと呼んでいた。いまワカンやナオーが言っているのはクヴァンの州都、山すその港湾都市クヴァングヮンのことである。

クヴァンは長らく大国ニザマの直轄地《ちょっかつち》であったが、ニザマとアルデシュの間の対立が激化したころに両国の紛争をきっかけに一種の自治州としての地位を確立していらい数十年になんなんとしていた。

もともと人種血統も言語もニザマ中央とは異なるこの土地は、隣国であるニザマともアルデシュとも山岳によって切り離された入江のような孤立地であり、宗主国格のニザマとは文化文物や風習もまったく別、むしろ南方島嶼系の民俗を色濃く残しており、門地宗族《しゅうぞく》を核に結ばれていくニザマの貴族制度がまったく土地に根付かなかった。

だがニザマからすればそこには利点もあった。大国ニザマを統《す》べる老獪《ろうかい》な官吏集団、宦官中常侍《かんがんちゅうじょうじ》一党は、この土地を対アルデシュの緩衝《かんしょう》地帯と見ており、自国の国風に染めるよりも、いつでも思うように切り捨てられる辺境属州として扱うことを便法として選んだのだ。こうしてクヴァングヮン首長府はニザマ羈縻州《きびしゅう》の都護府《とごふ》として置かれることになった。クヴァングヮンの最高責任者がニザマの都護《とご》、すなわち体《てい》よくも地方官吏の一人として扱われるということである。要するにクヴァンは主権こそ許されてはいるものの、同時にニザマ京城を核とする中央集権国家の周縁に組みこまれ、中央からすると地方の一羈縻州、つまりは附庸《ふよう》国のごときものとして冷遇されつづけることになる。自治権を持つとはいいながら、酷税にも等しい朝貢《ちょうこう》の要求に涙を飲み、服《まつろ》っては宗主国の横暴に唇を嚙む不遇の立場である。それでもクヴァングヮンにはニザマに服さねばならない理由があった。

それは海峡向こうの海運大国、一《いち》ノ谷《たに》の存在である。

海峡地域北方の玄関口に地勢を占めるクヴァングヮンは貿易中継地として発展してきた典型的な交易港だった。人種も言語も通貨も雑多な境の都市、海峡の北進航路が北方ニザマ沖の難所を前に最後に寄港する、よく言えば随一の要衝《ようしょう》であり、わるく言えば行《ゆ》き摺《ず》りの街、船乗りにとって通りがかりの休息地にすぎない。

クヴァングヮンは、農村が旱魃饑饉《かんばつききん》を恐れるように海の嵐を恐れていた。いや、気象上の嵐ばかりを恐れていたのではない、港湾都市の住人が恐れたのは海上の戒厳《かいげん》令《れい》、海峡封鎖である。海峡南北にあまねく影響力をおよぼす対岸の大国一ノ谷の出方こそ、クヴァングヮンの死活に関わる常時の懸案である。海峡一帯の制海権と商圏の広さを強みとする一ノ谷の専横を牽制するためにクヴァングヮンには是非とも北方の大国ニザマの後ろ盾が必要だった。

ニザマ、一ノ谷両国は海峡地域同盟市構想の中心として長らく潜在的敵対関係をたもってきた。さらには一両年と前にはクヴァン羈縻州のもう一方の隣国、アルデシュが今にも一ノ谷と戦端を開こうとしていた。こうした海峡をはさむ大国が勢力の天秤《てんびん》を揺らし、それに翻弄《ほんろう》されるクヴァン羈縻州のような附庸同盟市の数々は、次には件の天秤がどちらの皿に傾くかと右顧左眄《うこさべん》を強いられてきた。ところがこうした地政学的な事情にこのほど激変があったのである。

「まさかなぁ、下のやつらにそんな性根《しょうね》があるとは思わなかった」ナオーは呆《あき》れたように言って、干し肉を食いちぎった。

「都護《とご》も追い出したって話か」ワカンは訳知り顔で笑う。

「中常侍のお墨付きだった奴らは大騒ぎだ、這《ほ》う這《ほ》うの体で逃げ出しちまったよ」

「いままでニザマが黒と言ゃ黒、白っちゃ白で手先になって無体《むてえ》を通してきたんだからな、港じゃ鬱憤《うっぷん》も溜まってたんだろう。ナオー、お前の縁者は、あれだろ、衛所の方じゃないのか、どうしたんだ、一緒に逃げたのか」

「衛所ったって船の方だよ、運軍《うんぐん》——羈縻衛《きびえい》にゃ使われてた方だからな、もともとニザマに義理もねぇだろ、恨み辛みは山とあっても」

「じゃあいけしゃあしゃあと追い出す側に回ったのか」

「運軍の連中はそっくり手のひらを返したってさ。衛《えい》はもう蛻《もぬけ》の殻でお屋敷も焼かれちまってる。港は大荒れだ、城守《しろもり》の戍軍《じゅぐん》の奴らは向こうに付いた、それが災いして城から出てこれない、逃げ場を誤ったんだな。船は運軍が押さえてるからな、どうしようもねぇよ。屯田《とんでん》の奴らも追い出しの側だ。中原に宦官のご機嫌伺いに行った奴らはもう帰っちゃ来れないだろな」

「やっぱり港は追い出し一色か……」

「まったくやってられねぇよ。ニザマにへいこらするのが嫌味で俺は山に入ったのにさ、いまや下じゃ追い出しで大騒ぎ、それなのに何の因果か俺の方がニザマにつく羽目になるとはなぁ」

「いや、ナオー、港にしてみりゃニザマと切れた積もりはないだろ」

「なんでよ? いや、もうほんの昨月まで従ってたのが嘘みたいに手のひら返しだぜ、衛所《えいしょ》の大門の扁額《へんがく》がこう打《ぶ》ち割られててさ、下ん奴ら通りすがりにぺって唾を吐いていくんだ。ちょっと前までは目を伏せてしずしずお通りになってた奴らがだぜ。呆れたもんだよ」

「そんなとこまで入り込んできたのか、お前」

「俺は面《つら》がこれだからな、うろうろしてたって誰が見ても怪しがりやしねぇだろ。だいたい、港は今は大混乱だからな、ひとに構ってる暇なんざ誰にもありゃしねぇ」

「だけど、どうするんだ、このままいつまでも山に隠れてる訳にはいかねぇだろ。下の様子はニザマの兵隊さんには言ってきたんだろ、ナオー、奴らどうする積もりだって？」

「さあなぁ、ひとまず手引きの宿は見てきたさ。花街《かがい》は船の往来が止まってるから人気《じんき》が荒れる一方で剣呑《けんのん》だ。無法地帯みたいなもんだから、かえって忍び込む隙はあるかしんねぇ。テジンを残してきたから連絡はつく。でも港はニザマ追い出しで大荒れだと言ってやったら、兵隊さんは渋い顔だったぜ。むっつりしちまって」

「あんまし意地悪すんなよ、お姫《ひい》さんが泣いちゃうぜ」

「かぁわいそうに、こんな時に巡り合わせの悪いこった、選《よ》りにもよって」

「どっこい大荒れなのは中原の方もだからな、ニザマがもう真っ二つなんだってよ。なんてぇんだ？　あの……ニザマのさ、息の掛かった周りのさ……エノク、なんてぇんだっけ」

「冊封《さっぽ》」

「その冊封《さっぽ》のなんとかの方が軒並《のきな》み帝室について、宦官どもと追い回しあってるてぇんだ。中原は冊封の奴らに包囲されてて宦官とは睨《にら》みあい、もうどうしようもねぇよ。ここまで逃げのびてきた連中はまだ気の利いた方だろ」

「でもよ、ワカン、帝室ってそっちこそ余所《よそ》に逃げちゃったんだろ」

「どこか知らんが国の外から手紙を出してんだとよ。なんてぇんだ？　あの手紙のさ……エノク」

「勅《ちょく》」

「その手紙で宦官どもはみんな馘《くび》って触れ回ってるって。お城んなかじゃもうぶるぶるだろ」

「俺からすりゃ目出度《めでて》ぇような話だけどな。ざまぁみろって。ことが落ち着いたら俺も山を降りようかな、ニザマの連中がさっぱりすりゃちょっとは港も住みやすくなる」

これを聞くとワカンは意地悪そうな笑みを浮かべてナオーを窺い見た。運軍に縁者がいるとなれば親族は漕運《そううん》に携《たずさ》わる家ということ、ナオーは元は船乗りなのだ。山賤を馬鹿にするのが船乗りの当然のところ、身をやつして山に入ってきたこの若造はおそらく港で悶着をおこして居所がなくなったかなにかしたのだろう。悶着の相手はニザマの息の掛かった筋に違いない、今回の下の騒擾《そうじょう》はナオーにとっては渡りに舟の厄《やっ》介払《かい》いなのに相違ない。事情を察したワカンは含み笑いで当てこすりを言う。

「悪いことばっかじゃねぇな」

「でもよワーカン」

「爺《じじい》の真似すんな」

「もうニザマが戻ってくるってことはねぇのかな、ほんとによ」

「戻ってこられちゃ困るのか」

「ニザマを追いだしちゃってさ、結構至極《しごく》ってんでうかうか港にもどってさ、そこにまたぞろ都護が戻ってきたなんてことになったら……」

「ナオー、お前、羈縻衛の誰かと前に揉めたんだろ」

「うるせぇな、昔《むつかし》のことはいいんだよ」

「これだけ大騒ぎで追いだしておいてまた都護を置こうってことはねぇだろ、安心しろよ」

「しっかしなあ、ワカン、羈縻衛の連中が幅を利かせてやがったのはさ、奴らが睨みを利かせていねぇとな、そういう都合もあらぁな、海峡に一ノ谷の艦船がどっとあふれて港は二進《にっち》も三進《さっち》もいかなくなっちまう。あの街は海峡を押さえ込まれたらものの一月で干上がっちまうからな。そこが港の痛し痒しってやつでさ……」

「そりゃいらん心配じゃねぇか、都護なんか戻ってくるもんか」

「なんで判る」

「知りゃしねぇが、ゴイ爺はそう見てるみたいだぜ。下は次に組むとすりゃニザマの帝室の方だって、あれになるんだよ、あの帝室からあれを貰ってさ、なんてぇんだ、エノク」

「冊封《さっぽ》」

「ともかく宦官の息の掛かったのを追い出しにかかったのは、ここんち冊封《さっぽ》の味方ですとよ、そう触れ回る都合なわけよ」

「結局ニザマじゃねぇか、やっぱりしばらくは様子見だなぁ」

「まあ勝手にするさ。港だろうと、山だろうと、どうせナオー、お前は荷運びだ」

「しかし余所に逃げちゃってる帝室の方に付くって？　そりゃどんなもんなんだろうな、軍隊も持ってないんだろ？　だから逃げ回ってんだろ？　そっちに付いたんじゃ頼りにもならねぇじゃねぇの……やっぱり中原と切れちゃって港が立ちいくんか」

「お前知らねぇのか、一ノ谷に睨みを利かせてぇんなら付くのはだんぜん帝室のほうだぜ」

「どうしてよ」

「俺も詳しい事情はしらねぇよ。下に降りたら聞いてみない。ともかく一ノ谷がニザマ帝室の後ろ盾になってるってうわさだ」

「そりゃ滅法《めっぽう》な話だなぁ、ワカン、もともと一ノ谷とニザマは……」

……百年の仇敵《きゅうてき》同士であった。海峡地域に暮らして知らないものはない。この二大国が争わないでいたのは、言ってみれば攻め手がなくて睨み合っているばかりの話で、そこに和合《わごう》の機運が持ち上がった例《ためし》などなかった——すくなくとも同盟市の平穏は二国の綱引きが均衡していたがゆえの仮初《かりそ》めのもの……。誰もがそう思っていたはずなのだ。

ニザマ中原に政権を委譲され恐怖政治を布《し》いてながらく大国の牛耳を執ってきた宦官中常侍一党に対して、実権を手ばなしてお飾りの地位に甘んじていたはずの帝室が、不治の大病に窶《やつ》れさらばえながらも俄然として抗抵《こうてい》の旗幟《きし》を鮮明にした。それだけでもすでに寝耳に水の大政変であるが、かって天帝から冊封《さくほう》さずかった周辺諸侯が帝室への帰服を唱道して各地に勃々として立ち、中央政権たる中常侍一党の壟断《ろうだん》に対峙したのである。かくして旧宗主国ニザマは「帝室」対「宦官中常侍」の両陣営に真っ二つに引き裂かれた。

しかし帝室の成算は、求心力に劣る周縁冊封諸侯、羈縻州《きびしゅう》、また北部衛星市の数々といった、衆を恃《たの》んでのものではなかった。むしろ、あるいは境を接し、あるいは対岸に望む、アルデシュ、一ノ谷両国と結ぶ大略遠図《えんと》をもって、大軍を擁するとは言いながら政道としてはいまや賊軍に落魄《らくはく》した中常侍一派を、国の内外併せて包囲抑圧してしまうことにあった。

したがってこの大略に仇敵一ノ谷との共闘が前提されなければならないが……これがすでにして百年の懸案であり、能《あた》わざる無理頼みと思われていた。

ところが一両年前の冬に忽然《こつぜん》と持ち上がった三国円卓会議、これに続くカラブサン御前《ごぜん》会議におけるアルデシュ、一ノ谷和睦《わぼく》調印、そして一ノ谷元老院での対ニザマ和夷協同の批准《ひじゅん》——驚天動地の国策の大転換が各国に巻き起こり、海峡地域両岸の勢力地図はあれよというちに書き変わっていった。

海峡南北一円の周辺諸国にあっては、この地政激動のきっかけが何処《いずこ》にあったのかを知らず、もっぱら怪しげな風聞ばかりが伝わっていたのであった。

「その滅法が本当なんだ。こりゃニザマから逃げてきた奴の言ったことだからな」

「へぇ」

「帝室の後ろ盾も何も、そもそも一ノ谷が唆《けしか》けてニザマの帝《みかど》を宦官にぶっつけたって話なんだ」

「そんな無茶な。それじゃニザマが真っ二つに割れちまったのも一ノ谷の仕込みだってぇのか。なんだってそんな……」

「お前もいずれ耳にするだろうよ、去年か一昨年《おととし》か、一ノ谷のな、化け物みたいな奴がニザマに乗り込んで……何てぇんだ、塔のてっぺんの……塔の魔法使い……エノク！」

「高い塔の魔女」

「その魔女ってのがニザマに直々《じきじき》に乗り込んでったって言うんだよ」

「一ノ谷から？」

「一ノ谷からよ、小舟一つで乗りつけたって」

「一人で？」

「さすがに一人じゃねぇよ、黒い着物のな、こう高い塔みたいな男どもが槍《やり》ぃもって周りをずらりと囲んでな、全身真っ黒よ。それでその中に塔の魔法使いがな、居るわけよ」

「はぁ、剣呑だな」

「そんでその黒い男の輪の中にな、もう一人化け物みたいな奴がいて……そいつがまた剣呑でな、黒い輪の中に一歩でも踏み込んだら御陀仏《おだぶつ》、その目を見ただけで体が真っ二つに裂かれて死んじまうという……」

「なんだい、そりゃ鬼か悪霊か」

「だから化け物なんだって。そんなのがニザマに乗り込んでったっていうんだ」

「へえ、何のために」

「呪《まじな》いだよ。高い塔の魔女ってのはな、怪しい言葉を幾つも知っていてな、いっち気味悪い呪いをちょろちょろっと唱えるってぇと、途端に身が竦《すく》んで誰でも魔女の言いなりになっちまう」

「驚《おで》えたな、誰でもかい」

「誰でもさ、そいつが黒服をぞろっと並べて乗り込んできて……帝をどやしつけたな」

「宦官は何やってたんだ、中原に凝り固まって手を拱《こまね》いてたのか」

「帝にもう呪いがかかってたんだよ。ニザマの軍港に呼び出されて魔女の手に落ちた。そっからはもう魔女の思いのままさ。雪の山ん中を引き回されてあっという間に国の外に連れ出されちまった、そっから黒服ぞろりが可愛そうに息も絶えだえの帝をおったてな、アルデシュに伝手《つて》をつけたってわけよ。向こうもニザマには含むところがあるからな、帝を引っ張ってきましたと言われて、うかうかとアルデシュのお偉いさんがお出ましになった。するってぇと、こんどは帝を迎えにきた将軍が雁首《がんくび》並べてびっくり、黒服にぞろっと囲まれたと思ったら高い塔の魔女のお出ましだ。呪文がちょろちょろっ、それでお終《しめ》ぇよ」

「アルデシュもやられた？」

「前に北の三州こぞってアルデシュと組んでさ、一発やるぞって話があったろ、ナオー」

「ああ、そんときゃ俺はもうお山に入ってたが、下じゃ軍船が何艘《そう》も寄って騒ぎになってた。クヴァングヴァンの羈縻台からもごっそり船を用立ててたんだぜ。もう大騒ぎさ。なにしろ上の……ニザマの言うことにゃ逆らえねぇからな」

「そんで出港したのか、えぇ？」

「知らねぇ……そう言えば何処《どこ》に攻めに行ったか、話も聞かねぇな」

「聞くわきゃねぇのよ、その話、丸ごとちゃらになってるぜ。解散して三々五々、お国へ帰ったんだ」

「なんで？」

「高い塔の魔女がな、アルデシュの偉い奴を木偶《でく》の坊《ぼう》みたいにおっ立ててな、南西の低地の王様のところに戦は止めますと言ってこいと」

「また呪いか。ちょろちょろっと」

「まあ、おっかねぇのよ。アルデシュも南からは一ノ谷の……半島のさ……怖ぇ奴が……エノク、なんて言ったかな」

「カリム」

「まあそんな名前の奴がぐいぐい押してくるしな、王様のところにゃ魔女にすっかり腑抜けにされちゃった将軍どもが、もう戦は止めましょうと泣きついてくるしな、これはもう泣くなく戦は取りやめってことになった……」

「べらぼうだな」

「べらぼうはこっからよ、魔女の言いなりにニザマの帝は手紙をな……何だっけ、エノク」

「勅《ちょく》！」

「その勅ってのをちょろちょろっと書かされてな、さあお触れが回った、宦官は全員馘《くび》ってことにして、周りの冊封《さっぽ》で取り囲んじまってな。そりゃ宦官だって黙ってねぇわな、中原の軍隊を持ち出して睨み合いよ。その面倒が溢れあぶれて、こっち山ん中にまで及んでるってわけ」

「じゃあ港が追い出しに大わらわんなってんのも、どれもこれも元を糺《ただ》せば一ノ谷の仕込みってことなんか。そのちょろちょろって奴で」

「だからな、もうニザマと一ノ谷は揉めてねぇってこと、少なくとも魔女の手にかかってニザマ帝室は言いなりだ」

「じゃあクヴァンもそっちの……帝室の方につくってことか。そうすりゃ一ノ谷とも揉めねぇで済むと」

「まあそういう下心だな。例のほら、冊封になってさ、そうすりゃ皆お仲間、海峡封鎖もへったくれもねぇだろ」

「そう上手くいくのかね。それで済む話かい、なんか裏がありそうだな。だいたい癪《しやく》じゃねぇかよ、そんなちょろちょろっと……やられちまっちゃ。怪しいな、こいつぁぜったい担《かつ》がれてるぜ」

「だから俺たちぁ様子見だな。どっちに付いても下手《へた》を打ちそうだ。お前もせいぜい考えな」

「参ったな、どうすりゃいいんだ」

「どっちにも付かねぇってのも世過ぎのわざさ。俺たち山賤はどっちにも付かねぇ、約束は守る、義理は欠かねえ、だけどお仲間ってわけじゃないんだぜ、と」

「なるほどねぇ、ここは俺も様子見だな。その魔女の呪《まじな》いの効き目が切れたらさ、次どうなるか判ったもんじゃねぇからな」

「そういうこと」

「しかし気味の悪い話だぜ、その魔女ってのは、まだこっちをうろうろしてんのか？」

「さあ、知らねぇな。どうだかな、エノク、そのあと魔女ってのはどうしたんだっけ」

「帰った」

「そうだよ、お国に帰ったんだな、帰った」

「そうかい、そりゃよかったな。そう年がら年中ちょろちょろっとやられてた日にゃ、いつまで経っても騒ぎがおさまらねぇ」

「まあ国に引っ込んでいてもらいてぇよな。何処だっけお国って、エノク？　エノク！」

「一ノ谷」

「そうか、当たり前《めえ》だな、そりゃ」

「なんにしてももうこっちにゃ出張《でば》って欲しかねぇな」

「なんだナオー、お前、怖いのか」

「怖いかって……そりゃまあ、ちょろちょろっとやられちゃたまらねぇからな」

「お前なんざ、ちょろってぐらいでやられちゃうだろうよ」

「よせよ」

「酒場にゃ気をつけろよ。その魔女って奴、こっちをさんざん荒らし回ってる間もずっと行く先々で酒盛りしてたって話だぜ。とっとと酒を持っていかねぇとさ、給仕が鯰《なまず》にされちまうんだ」

「そいつは滅法だな」

「そういう話だ。そして女中は蛙《かえる》にされちまう」

「ほんとかよ。でもどっちかって言ったら蛙の方が増しだな。歩いて逃げられる分」

「じゃあ魔女にもし万一出くわしたら頼んでみるんだな。蛙の方でお願《ねげ》ぇしますってな」

「ええ、そりゃどうかな、困ったな。それ元に戻してもらえることもあんのかな」

「さあ、知らねぇ。エノク、元に戻してもらえることってあんのか」

「知らん」

「それじゃ、どっちにしたもんか、困ったな、元に戻してもらった時に女中に戻っちゃうんじゃ蛙も考えもんだぜ。しかし鯰ってのはなぁ……ワカンはどっちにする」

「馬鹿か、お前は。呪いを掛けられねぇように立ち回れよ。俺なら酒場には立ちよらねぇ」

ナオーはばかに素直になるほどと手を打った。そしてエゴンを振り向いて軽口に言った。

「エーゴン、お前はどっちにする、鯰か、蛙か」

エゴンはこっちを振り向いたがきょとんとしていた。話を聞いていなかった。

「エゴンならカラスにされちまうんじゃねぇか。それなら奴にゃ頂上《ちょうじょう》なはなしだな」と、ワカンが笑った。


ゴイが天幕の方を振り返りながら降りてきた。手には巻いた兎の皮を携えている。

「ゴイ爺、どうした難しい顔して」

「爺さんよ、上はどうした、天幕は畳まねぇのかい」

ゴイは黙って車座にしゃがみ込み、顎で合図した。

「エノク、預かりの荷をいったん兵隊さんに返してこい。しばらく向こうで持っても

「そりゃ有り難てぇよな、エノク、でもどうした爺さん」

「この尾根《ながね》の裏にいったん戻る」

「なんでだい」

「次の次の尾根筋のどさきん霧が晴れない。見てみろ」

二沢ほど渡った先だろうか、杉の木立の向こうに遠い尾根筋をゴイが指さす。針葉樹のうっそうと繁ったここからでは見通しが悪いが、わずかな視界から次の峰、次の次の尾根と様子を察することが出来なければ山の案内《あない》はつとまらない。ワカンが立ち上がって目を細める。ナオーもそちらの方を窺っていた。

まずは次の尾根が眼下を低く仕切って、対岸を右へと下がって続いていく。港は右手、つまりここからは南西のずっと先の方だから、これは道なりの下り尾根、降りていく先にはまだガスがかかって下界ははるか靄《もや》のなかだった。そしてその尾根のそのまた向こうには次の峰がぐっと立ち上がっている。遠い分だけ緑が薄く見えるのは当たり前だが……いま彼らがいる尾根筋も隣の尾根筋も薄くなった靄が朝風に吹き払われていくのに、その先の一枚向こうの峰はといえば真っ白に霧がかかっている。手前の尾根では尖った樅の樹冠が薄霧を透いて棘《とげ》を宙に浮かべたようにうっすらと見えていたが、こうして一連の尾根筋越しにこちらを遠く見おろしているからには、問題の奥の峰ははるかに標高が高い——そこにはもう針葉樹は茂らず、山体には山巓からガレ場が拡がっているあたりである。だがその峰が霧に隠れている。

「……霧は……好都合じゃねぇかい、こっちにゃ」

「よく見ろ」

言われてみれば確かに変だ。朝霧は陽の当たる峰筋から順に晴れて、だんだんに谷に降りて行くように見えるのが普通だ。風の中の湿気は地に玉を結び、大気は朝日に晒《さら》されて澄んでいくものだ。ひときわ高さを稼《かせ》いだ次の次の尾根筋はこの谷間よりも先に陽光を浴びている。ましてそちらの峰は頂上はガレ場、その下は這松か樺がまばらに生えているばかりの植生の薄い高さである。それなのに尾根筋のどさき——山言葉に言う崖際の霧が晴れていない。そこにだけ雲が沈み込んでとどまっているように尾根筋の半ばが白くぼやけている。

「兵隊さんがなにやら急《せ》かしはじめとるんだ。出来ればあっちに乗り換えて降りていきたかったが……これは駄目だぃな。迂回か。風向《かぜ》にゃ逆らえん」

「ゴイ爺あれは火を焚いたのか」

ゴイはワカンに頷きかえした。ワカンは遠い峰に視線を据えて溜め息まじりに言う。

「あんなに目立つもんかい」

もちろんワカンの念頭にあったのは今朝の竈の早じまいのことだった。

「いや、ただの焚き火なら、ああも霧は留まらん。ただの焚き火じゃない。まだ燻《くすぶ》っているな。野火か山焼きか」

「山火事……？」

「この時期に……ありえん。雷でも落ちればともかく」

「じゃあ追い手が火を焚いたのか」

「ありえん、追い手にせよ逃げ手にせよ、ここにいると狼煙《のろし》を上げる馬鹿もおるまい」

「それじゃ何なんだ」

「わからん。出来れば迂回したいんだが、何の連絡があったのか、兵隊さんはここにきて気が急いとる、はやく下に降りたがって聞かない」

「ありゃ……尾根筋の窪地だよな。どさきの下……森の切れる際《きわ》のところだ……多分、池があるだろ。その所為《せい》じゃないか」

ワカンもだいぶん読みが深くなってきた。ゴイは返事をしなかったが、この沈黙がワカンの判断をなかば肯《うけが》っていた。よしんば植生が薄くとも水場があれば霧は深くなる。晴れるのが遅くなるのも当然だ。だがゴイは今の場合にはそうした理由で霧が滞留しているのではないと見ていた。水場の上の霧なら下に沈んで横に拡がる。だが問題の尾根筋の霧は上辺がまばらに盛り上がっているのだ。やはり火の気がある。

「あのあたりに庄があったか」

「どのみち庄に寄ったりする積もりはなかったろ」

「だがあの尾根筋の下の沢《むさ》を辿りたかった。あそこの様子が摑めなんだら近づけんな」

「じゃあどうするんだ」

「ワカン、ナオーとエゴンを連れて……見えるな、あの高いところ、あの峠《ばっけ》を枝沢《いざさわ》づたいに裏から攻めろ。二合下あたりで森が切れたところを山腹《ひら》を横にまわって――」

「あのガレ場に出る前だな」

「尾根沿いの霧の窪地の様子を窺ってこい。うんと警戒しろ。手間を省いて近道を取ったりするなよ」

「わかってらぁ、沢を登って回り込むんだな」

「なにかまずいことがありそうなら尾根に出る前に引き返して構わん。峠まで出なくとも構わん。動きを悟られるな。昼前に峠に取り付けるか」

ワカンは指で二峰の横断行程を宙に描くようにしてぶつぶつ呟きながら一考して答えた。

「荷無し空身《からみ》なら楽勝だな。爺はここで待つのか」

「もしあれがわっしらを追ってきたものの火の名残なら……ちょっと近いな、近過ぎる。こっちの場所を摑んでいるのか知らん。もしそうならここにいたままじゃまずかろう、こっちも少し動く。だが山腹《やまはら》の向こうに回るぐらいだ、事情が摑めるまで大きくは動けん」

「だがよゴイ爺、追っ手なら狼煙を上げるもんかね。もしも何も心配がないようなら……」

「その旨を知らせろ。あっちの峰を避けて迂回するのは大きな回り道だ。なにもないようならあの下を通りたい」

「そんときゃ俺たちは向こうで待っててりゃいいんだな」

「いや、いったん戻ってこい、途中で合流する。兵隊さんは疲れとる、ぬしらの分の荷を分担してずっと行くには剛力の数が足らん。そこまではぬしらの荷はエノクとカランに半分担がせておく。兵隊さんにはここはしばらく残りの半分を自分らで担いでもらおう、そのぶん遠回りしないで済むとなれば文句も言うまいが。ぬしらは、もし何か面倒がありそうだったら……追っ手の影の一つも差すようだったら、そっからさっぱり戻ってこい。エゴンがいればわっしらが動いてしまっても次に向かう先は分かるだろう」

そういってゴイはエゴンに目配せした。エゴンは自分の雑嚢から粗編みの麻袋を出すとゴイに放り投げた。羊の腸《わた》の干し肉が詰まっているのが編み目の隙から見え、独特の香気とも臭気ともつかぬ薫製の匂いがたった。ゴイは袋をさぐる。エゴンの元にはいつしかカラスが飛びよって、まだ地面に胡坐をかいている彼の膝の上にとまっていた。そしてエゴンに向かって小首を傾げた。エゴンは年寄りが孫に笑いかけるみたいに相好をくずしたが、それを見てナオーが、げぇと舌を出した。じっさいエゴンの微笑《ほほえ》みは相手がほんとうに赤ん坊だったなら火の点《つ》いたように泣き出しかねない体の、めっぽう威しの利いた凄まじい笑みだったから。

エゴンが膝をあおるとカラスは宙に浮かび上がり、ゴイがエゴンの真似に「はぉ、はぉ」と呼ぶと、その頭上に戸惑ったように飛び寄った。ゴイが薫製を差しだしている。カラスは事情を悟ってゴイの手元から薫製をかすめ取って梢に飛び去っていった。次の名宛人が指定されたのだ。

「すぐに行くんだな」

ゴイはワカンに返事もしないで、昨日屠った兎の皮と肉とを丸めて筒のように縛ったものを投げた。

「有り難てぇ、喰っていいんだな？」

やはり老人は返事をしないまま踵《きびす》を返した。もっとも端からワカンにも判っていたことだ。この兎は、いざという時には猟師を装って誤魔化せ、という指示に他ならない。じじつ彼らは猟師には違いない。だが道具も獲物も持たずに山をうろつく猟師というのは――無駄な詮索の種になる。

2 廃虚と唐臼《からうす》

背中の荷をエノクらに預けて空身となったワカンら三人は峠を指した。合流したばかりのナオーを伴ったのは普通のことで、新米はたいてい斥候に同行する。こうした一々の偵察が実地の訓練の役割を果たすのだ。今は案内の山賤《やまがつ》も命がけだ、誰も気を緩めることなく、全員が一体になって動けなければいけない。いっぽう斥候にエゴンを伴うのはゴイの率いる剛力衆に独特のことである。狩りではなく連絡のために鳥飼を擁し、猛禽の代わりにカラス、カササギを飛ばすのがこの剛力衆の創案で、これ一つで偵察隊の話の戻りが倍と早くなる。そればかりではない偵察隊の帰還を待たずにすぐに本隊が動き始めることが出来る。

一山の視野で追ってくる敵に対して、こちらは谷を越え二山、三山を索敵して、連絡をつけられる——これでようやく狩られる方にも逃げる算段が立つ。とくに道連れの足が遅い時には、こうした工夫を凝らしていなければ追い手の方が圧倒的に有利なのだ。

目的地の決まったワカンは後ろも振り返らずに一定の足並みでぐいぐいと高さを稼

いでいく。原生林では藪を掻《か》き分けていくよりも沢を登った方が道がいい、森林限界線を超えればガレ場は尾根づたいの方がはるかに早いが今の務めには高みに姿を晒すのが憚《はばか》られた。さいわい携えたのはわずかな猟果の装いと水ばかり、荷が軽いとあってワカンの足は速い。エゴンは雑嚢を袈裟掛けに提げているがこれも小荷物に過ぎない。エゴンとナオーは、山猿《ましら》のように山へ踏み込んでいくワカンの足取りに遅れじと、息を切らさぬように額に汗して付いていく。

日が高くなってきた。地にはりついて汗だくで登っていかなければならない人間の不便を憐《あわ》れむように、樺の梢には三人の山行を先回りして眺めるカラスの姿があった。

剛力衆の本隊が野営地を撤して尾根裏に退避していった頃、ワカンらはすでに目指す尾根筋の窪地に、同高度から回り込みつつあった。山は静かで人気《ひとけ》がないが、いちど一行は高みからの犬の吠え声を聞いた。ワカンの目に警戒が宿る。狼や山犬ならば群れで狩りをする。そしてよく統率された群れなら無駄吠えはしない。だから犬の声がするのは凶兆だ、追っ手の連れた犬かも知れない。

「ワカン、狼《おきやく》か」

「狼なら訳もなく朝っぱらから吠えゃしねぇ。山犬《せた》なら……もっと里に近いところを移動するからな、この高さだとちょっと変だな。エゴン、カラスがなんか言ってるか？」

エゴンはカラスを仰ぎ見たが返事はしなかった。ただの軽口だったのか、ワカンは返答を待たずに踵《きびす》を返し、背を向けて山道を続けた。質問を理解しなかったのはカラスではなくてエゴンの方じゃないのかと、ナオーが呆れ顔でワカンに付いていく。

エゴンは鳥の話を解すると剛力衆も勝手に思い込んでいる。だが本当はそれは違う。鳥と話など――

エゴンには鳥と話ができた例《ためし》など無かった。だがそのことをどうしても人に判ってはもらえなかった。なるほど鳥の習性には誰よりも通じていたし、カラスのような賢い鳥ともなると、ちょっとした意思の疎通が出来たと感じられることはあった。だが鳥の気持ちなどエゴンには分からない。エゴンは鳥が好きだったが、鳥の気持ちが分かるというのとは違った。

それでもエゴンが鳥を扱っているのを見た者は大概、彼が鳥と話を通じているというように誤解するのだった。人に懐かぬ野鳥がエゴンのすぐ側に寄ってくる、猛禽がエゴンの指図に諾々《だくだく》と従う。そしてとりわけ数羽のカラスが、いつだってまるでエゴンと話をしているように、彼と笑み交わし合っている——誰だってエゴンには鳥と話す力があるのだと思い込むのが道理だった。

エゴンとしては、それはそんなに難しいことではない。鳥の習性を、欲求をきちんと弁《わきま》え、鳥に出来ること、鳥に求め得ることと、こちらが鳥に施《ほどこ》してやれることの折り合いがつけば、きっと鳥はその本能に導かれ、なけなしの知性に従って、人の要求に応えるのだ。それは小さな契約のごときものであって、正しい手順で水をやれば鉢の草木《そうもく》が花を付けるというような、一種の天然の摂理に過ぎなかった。だが彼はこの「鳥との交感」の機微を人に伝えることが出来なかった。彼がしていることが、どういうことなのか、どういうことに過ぎないのか、それを説明することがどうしても出来なかった。

だからエゴンとしては、鳥と話をする方法を聞かれても答えることなんかありはしないし、せいぜい間の抜けた苦笑いを返すことが出来るばかりだった。そしてひとは、やっぱりエゴンは馬鹿なのだと、馬鹿だから鳥と話が出来るのだし、馬鹿でなければ出来ないのだと、そんなふうに勝手に納得するのだった。

ワカンら斥候が出発前に遠目に確かめたとおり、尾根筋は巨大な匙《さじ》ですくい取られたように一ヵ所おおきな窪地になっていた。頂上からずっと緩やかに降りて来たガレ場がざっくりと崖によって断ち切られ、落ち込んだ先の窪地には崖際に池が湧いていた。いずれも辿り着く前から判っていたことだが、やはり不自然に霧が濃い。いまだに窪地は狭霧《さぎり》に包まれ、進むにつれて麻衣が湿気《しけ》ってくるほどだった。

崖の上はもう高山帯で、這松のような灌木《かんぼく》が岩の剝《む》き出しになった山肌にかろうじてはりついているばかりである。季節柄、わずかな高山性の草本がところどころに群生している。白く固まった花を指してワカンは意地悪そうな笑みをナオーに投げかけた。

「ナオー、あれなんだか判るか」

「判るわけねぇだろ」

港育ちのナオーは山地の草木に疎《うと》い。こういうことを端《はな》から馬鹿にして覚えようともしないが、それが時には命取り――ワカンが指さしていたのは小梅蕙草《こばいけいそう》、剛力の言葉ではニセウルイと言った。若葉が山菜のうるいに似ているのが罠で、間違えて口にするものが多いが実はきつい毒がある。剛力ならよく覚えて避けなければならないものだ。

上のガレ場と崖下の林とは山体に横に線を引いたようにはっきりと植生の違いがあ

り、池を潤す湧水が崖の腹からそこここに滲み出て、崖の下半分では岩肌を蘚苔《せんたい》が覆っている。そして崖からすとんと落ちた窪地の方は、株立ちになった岳樺《だけかんば》のまばらな純林が始まっていた。木立は低く、隙だらけで林の中は明るかったが、一帯には湿り気が多く羊歯《しだ》が下生えに地を覆っている。崖の標高差に陽の当たる水場の条件が重なって、池の周りだけ特に植生に著《いちじる》しい偏りがあった。

崖の下にまわってみると崩落した片麻岩《へんまがん》は湧水に濡れ、崖の足許には山肌に食い込んでいくような淵が出来ている。淵の崖際には倒れた岳樺が幹を沈めていた。幹が一抱えもある倒木は撓垂《しなだ》れかかった崖の下際に、淵の奥を覆うように拡がった枝々を浮かべている。ほとんど泥と化した朽葉《わくらば》が沸き立つように淵に浮かび、水は濃く濁《にご》っていた。池の岸には黄変した樺の葉が寄りついて、水場の輪郭を黄色い点線で描いたようになっている。

ワカンが羊歯の一画を指さす。ナオーにも意味は分かった。羊歯が引き分けられて小径が出来ている。池は水量からするとおそらく夏涸れに消えてしまったりすることのない常在の水場、小径は習慣的にこの水場に行き来する者があることを物語っている。

水場の際には簡単に板が渡してあった。ナオーが踏みつけると水に浸かった向こうが持ち上がった。

「濁り水だがなぁ」板を踏みしめてちゃぷちゃぷ音をさせながらナオーが呟く。

「濾《こ》しゃいい話だ。こんな山奥じゃ、飲める水が出るだけでも頂上《ちょうじょう》だろう」

「お山だけにか」

剛力はよく「有り難いこと」といったほどの意味で「頂上だ」と口にするのだが、ナオーが皮肉に笑ったのはこの物言いのことだった。

いずれにしてもこの板敷きは水汲みのための足場だろう。人の手が入っている。やはり山中の集落か幕営地が近い。下界まで真っ直ぐに降りていけるこの尾根筋なら……杣人《そまびと》の庄ならありそうな話だが――

ワカンが山々をぐるりと見渡して眉根を寄せた。

「おかしいな」

「なんだいワカン」

「この窪地な、この先に樵《きこり》の基地かなんかがあるかと思ったが」

「ここが水場《わつかば》だろ、そりゃ集落はあるだろ」

「樵はいねぇな」

「なんで？」

「わかんねぇのか、静かすぎるぜ。奴らは朝が早い。樵がいりゃあ、鉞《まさかり》、斧《よき》の音が山にこだましているはずだ」

「休憩中じゃねぇの」

「それなら休憩しっぱなしじゃねぇか。樵ってのはな、昼まで休まねぇ、昼からは玉っ切りと材木運びだ。木を切り倒すのは午前の間だけだぜ、今んごろならそこいらじゅうでこんこんやってるところだ、本当ならな」

「そうか」

「それに樵は互いに呼ばわるしな」

「ああ、そりゃ合図無しで切り倒したら危ねぇからな」

「そういうこった。木を引くときにゃ杣歌《そまうた》を歌うしな。でかいのを引き倒せば地響きがするし……どうしたって樵はやかましいもんだ」

「それじゃ樵の村じゃないってこったろ。他にいくらも静かな生業《なりわい》だってあるんじゃないのかい」

「山鍛冶《やまかじ》、石切に、樵……山にはなかなか静かな生業なんてねぇだろ」

「炭焼きは窯《かま》止めに入れば静かじゃねぇかな。あとは漆《うるし》取りとかさ」

「この高さに漆はねぇ」

ワカンは水場と集落を結ぶと思われる道筋を避けた。なにか不穏な気配を感じていた。

「見ろよ」道を離れる前に、ワカンはわずかに認められる二条の痕跡を路上に指さした。

「この先に集落があるってことなら、いくら山ん中だからって……荷車ぐらい」

大八車ぐらいあってもおかしくない、ナオーはそう思ったのだった。

「よく見ろ、ナオー、車輪《くるま》の轍《わだち》じゃねぇぞ」

ナオーは首を傾げる。しゃがみ込んでしげしげ見れば、下草は踏み押されているばかりではなく轢《ひ》き切られていた。そして下草の途切れた岩盤の上では片麻岩の小さな礫《れき》が、ごく薄く積もった腐葉土の上の轍にめり込んで轢き割られている。二つに割れた小石が条痕に食い込んでいた。岩場から割れ落ちた礫は節理が通っていてこのように割れやすいものが多い。

「引きずってるだろ。これはな木橇《きぞり》を曳《ひ》いた跡だぜ。こいつぁ、ますますおかしいな」

「なにがだよ」

「木橇を曳いたってことは材木を運んだんだ。やっぱり樵の集落があるはずだぜ。しかもそこの庄じゃなきゃいけねぇ」

「どうして」

「蹄跡《ひづめあと》がねぇだろ。下りとは言え木橇を引っ張るのに馬も驢馬《ろば》も使ってねぇな、人力だ。樵の頭数が揃ってるってことになる。それなのに気配がねぇ、斧《よき》の音もねぇ――」


杣道を外れた藪の中で、ワカンはどうしたものかとエゴンとナオーの顔を見比べる。追っ手といわぬまでも人に行き合いそうならば、こちらを見咎《みとが》められる前に折り返そうと考えていた。だが周囲に人の気配はなく、ただ杣人の生活の痕跡だけが残っている。そして窪地にかかる霧……ゴイ爺は火の気があるって言ってたな。まだ燻《くすぶ》っていると。


なにかまずいことがありそうなら戻ってこいと命じられていたが――たしかにまずいことがあったのだ。ワカンの全身が警戒に総毛立っていた、確信があった。なにか途方もなくまずいことが……だがそれが何なのかが判らない。

「窪地はまだ霧が晴れねぇ……」

「ワカン、なんか落ち着かねぇな」

若い者に脅えが伝染していたがワカンはからかわなかった。

「ああ、どうも剣呑だぜ」

「どうするよ、引き返すんかい」

「……なんだか嫌な感じはするが……気味が悪《わり》ぃんで帰ってきましたじゃ斥候にならねぇ、窪地の奥をあらためてこなきゃな」

窪地はまるで嵐の後に冷え込んだ朝みたいに霧が濃かった。日は高くなっていくのに夜霧にまかれたように林がうすら白く靄《もや》っている……そして煙の臭いが強くなっていた。やはりこの先に火の手があった、滞留した煙や粉塵《ふんじん》が核になって朝露が凝結《ぎょうけつ》し、かなりの高さまで濃密な霧になって窪地に沈んでいるのだ。

ワカンらは杣道に足を踏み入れず、藪を抜けていく。周りに物音といえば木々の騒《ざわ》めきと自分たちの息の音ばかりだった。やがてまた遠くに犬の声を聞いた。

藪から窺う杣道はゆるやかに蛇行して先へと続いていく。これは材木を運ぶ道だ、やはり杣人の庄に間違いない。上がり下がりのある近道ではなく、なだらかに下っていく道筋を拓いたのは木橇を曳くからだ。登りはもちろん急坂を降りるのも都合がわるい——そういう気遣いのある道のつけ方だった。

やがて頭上の木立が開けた。崖下の池から窪地を横切ってきた小川が、ここで道を離れ、尾根筋から逸《そ》れて谷間に一気に下っていく。そして林間の空地に盆のように落ち込んでいる、靄に沈んだ山里に向かって細い道が続いていた。もう視界を遮《さえぎ》る白い大気は、靄とも煙とも区別がつかなかった。炭と木醋《もくさく》の焦げくさい臭いが周囲に充満しているのだ。霧に包まれた杣人の庄には人の気配は無かった。

「こりゃどうしたこった」

ワカンは窪地を見おろす林の際《きわ》で連れの者を藪にしゃがませて息を潜める。視界がひどく悪い、ものの十歩も先が霧の中に白く消え失せて見通せない。それでもこの庄の様子はすでにおぼろげに判じられた。この臭い、この静けさ、これほど濃い霧が沈んで留まっていることそのものが事情を物語っている。

一集落が……おそらくそっくり焼かれているのだ。

しばらく藪で息を潜めていた三人はゆっくりと音を立てないように窪地に降りていった。樵や炭焼きは生業の都合で山間《やまあい》の集落をまるごと放棄することがよくある。一箇所に定住を決め込んで周囲の森から要り用なものを搾取し続けていれば山を台無しにしてしまう。回復不能なまでに森を傷つけるまえに、いずれ移動するのが当たり前だ。

だが本拠を移動していくというのは、そのつど集落に終《つい》の別れを告げるということではない。十年か、二十年か、世代の移っていく間に、かつて本拠にしていた庄を、子孫《こまご》や縁者がまた経巡《へめぐ》っていくものである。

山中に人の絶えた山里に行きあっても、そのこと自体に不思議はない。だが……あとにする集落をわざわざ焼いていく者はいない。昼なお立ちこめる濃霧は、誰かが一つの集落を根絶やしにした痕跡にほかならない。この静けさが集落をおそった何らかの災厄の証《あかし》なのだ。

ワカンは庄へと踏み込んでいく。

「おい、大丈夫かワカン」

「もうここには誰もいない。これはそういうことだぜ」

ナオーとエゴンも足音を立てないように気を払いながらも、庄のただなかに延びていく道筋をもはや避けようとはせず、ワカンに付いてしずかに足を進めていく。

掘っ立て小屋か、物置きか、今はくずれた一山の炭となった塊が霧の中からあらわれて、彼らが歩み進むにつれて、また霧の中にゆきすぎていった。また一軒の焼け跡は裏に積み上げてあった薪がそのまま炭化したのだろう、まるで炭窯を崩したように今なお燻ってしゅうしゅうと細い紫煙をたちあげていた。

十歩と進むごとに焼かれた廃屋があらたに霧中に浮かび、そしてまた十歩と進むごとに悪い夢のように後ろの霧の中に消えていく。

一村落を襲った災厄を紙芝居に見せられているかのようだった。

ナオーは靄に目を凝らして周りをきょろきょろと落ち着かなげに見回していた。この庄が、人が出ていった後に焼かれたのではないことはもう気がついていた。

窪地の崖に寄りかかって原形もとどめず焼かれふせっている一つの小屋では石造りの竈だけが焼け残って真っ黒に煤《すす》けている。まるで今でも火にかけているように竈の上には鉄鍋が取り残されていた。中には何が炭化したものかは定かでないが、あたかも木タールの澱《おり》のようなものが溜まって、いまでも沸き立っているように見えた。

辺り一帯が焦げ臭く、霧は今なお深まっていくかのようだった。

手前はすっかり焼け落ちてしまっているが、裏の壁が石積みで、奥の勝手口が虚しく口を開けている焼け跡があった。石はいずれも真っ黒に焼け燻《いぶ》されていた。もはや仕切るべき家屋の内と外との区別もありはしないのに、黒い壁だけが焼け跡の奥に立ちはだかって焦げた石肌をさらしている。ナオーはその壁際に積み重なった炭の山から目を逸らした。視界を横切った一瞬に、それは焼けた材木の残りではないということが察せられたのだ。人の形はしていなかった。

屋根は抜け、小屋の中に落ち込んで調度とともに焼け失せている。何もかもが真っ黒に焦げて凝り固まった炭に変じている。腰高に積まれた瓦礫《がれき》、石の間仕切りの痕跡だけが、そこにあったはずの慎ましい山小屋の間取りをうかがわせた。

ナオーは入り口の敷居にあたったと思《おぼ》しき二尺長の直方形の石材を足許に見る。ちょうど玄関先の材木は内の方に倒れて燃え尽きたのだ、吹きつけられた灰と黒炭がこの石材の内側にあたる面を真っ黒に染め上げていた。

石材の半ばで上の二稜が削れて丸く磨《す》りへっていた。ナオーは石材の磨り減った角を見て、自分でも驚くほどに心を揺り動かされていた。この小屋に出入りしていた樵か、その家族か……この石材で木靴か革靴か、山径で付いた底の泥をこそげ落としていた……石材が面取りされ、こんなふうに丸く磨りへるまで……何年も、あるいは何十年も、今は焼け落ちたこの玄関口を誰かが潜《くぐ》っていったのだ。お帰りと中からよばわる誰かの声がする……帰ってきた者はただいまと応え……いや、愛想のない樵なら返事もしなかったかも知れない、ただ靴の泥をここで落として……我が家の入り口をくぐって荷を下ろして……そしてあそこに焼け残っている暖炉の前に腰掛けただろう。やはり燃え残った黒さびた鍋には樵の帰りにあわせて煮上がった夕餉《ゆうげ》が湯気をたてていただろう。あの炭化した黒い塊は汁だったのだろうか、煮物だったのだろうか……ナオーは過ぎた感傷に喉を詰まらせて振り返り、すでに霧の中へ消えなんとしているワカンとエゴンの後を追う。これはすべて青年の想像力の所産に過ぎないのだろうか。いや、それは想像ではない。確かにここに生活があった。生活があって、そして蹂躙《じゅうりん》されたのだ。

霧の中から浮かび上がった次の焼け跡は構造材にあまり石を使っていなかったのか、炭に埋まって一山の燃え殻のようになって積み上がっていた。ワカンがふと立ち止まっていた。表情が硬かった。ワカンは炭の山から突き出た金輪を見おろして眉を顰《ひそ》めていた。唇を結んでいたが、ナオーはワカンが何かに気づいてしまったことを悟った。さっき、自分が石の敷居に在りし日の住人の生活を見てしまったのと同じように。

強がるようにナオーは軽口にワカンに声をかけた。

「どうしたい」

ワカンは踵を返して焼け跡を離れる。ワカンが見ていたものにナオーは屈みこんだ。瓦礫と炭の間から大きな楕円の金輪が黒く焼け錆《さ》びて小さなアーチをつくっていた。一寸ほどの幅の鉄板をぐるりと輪にしたものと見え、大人が両手で大きく楕円を描いたほどの大きさの輪だった。焼けて歪んだのだろうか、楕円が反り返ったようになって中ほどが持ち上がっていた。

「こりゃなんだい」

ワカンは振り返りもせずに足早に焼け跡を離れていく。エゴンはぼんやりとまだ霧の晴れない空を見上げていた。ナオーはワカンの後を追う。

「ワカン、どうした？」

「……揺り籠《かご》の芯だ……」

あっと思った。ナオーの喉を驚きがせり上がって、一瞬で鼻が詰まった。あれは揺り籠を編むのに縁に使った鉄材の焼け残りだったのだ。縁編みの芯に鉄板を入れたのは、梁から綱を降ろして低く吊るかたちの揺り籠だったからだ。焼け落ちてしまった身も知らぬ杣人の小屋に人の暮らしの跡が、家族の生活の気配が残されている。ここで幼子を育てようとしていた痕跡が、そういう生活のあった痕跡が残っている。

ほんの一両日前までは確かにこの山小屋に暮らしがあった。だがそれがぶつりと途切れた。火の手が上がったのは昨晩か、いや一昨日の晩……。あるいは昨日の陽《ひ》のあるうちか……三日と遡《さかのぼ》るはずはない。まだ燻りつづける熱気を保った燃えがらが物語っている。ナオーの鼻の奥がうずいて目頭が熱くなった。

ナオーは早くからぐれて世を拗《す》ね、運軍の頭目の家に生まれながら衛所と悶着をおこして家督の座を放り出した。家族への情も薄いし、すっかりひねくれて育った積もりだった。だが山間のささやかな家族の営みが——おそらくほんの一昨日までは続けられていた慎ましい暮らしが、こうしてことごとく焼き滅ぼされていることに、自分でも驚くほどの動揺をおぼえていた。ここに暮らしていた者たちは何処に追い立てられたのか、あるいは……

窪地の一番奥に霧の中から浮かび上がったのは巨大な錐《すい》状に炭が積みあがった焼け跡だった。材木置き場だったのだろう、焼け跡の端に太い丸太のままの形を保った炭がまだ細く煙を上げていた。寸法を揃えた材にする前に、玉切りを施した丸太を積み上げて乾燥させておくための場所、粗造りの屋根が架してあったはずだ。

材木を雨風から守る壁は燃えつき崩れ去っていた。壁に掛かっていた鋸《のこぎり》の刃が真っ黒になって消し炭に突きたっている。二人がかりで挽く鋸は持ち手が燃え尽きてしまっていたが、焼きの入った歯がよじくれもせずに原形を保っている。本来ならこの足許には大量の大鋸屑《おがくず》が溜まっていたはずだろうが一番に火の手に燃え上がったか、あるいは業火が風を巻き起こし吹き払われてしまったのか、あたり一面に黒い灰となって降り積もり、いまは朝霧にじっとりと濡れて地を覆っている。

エゴンがワカンの袖を引いている。下草の上にまで黒く灰の積もった路上には、ここまで進み入ってきた彼ら三人の草履の跡が刻まれていたが、そこにもう一筋、小さな足跡が点々と続いていたのである。犬の足跡だ。エゴンが指をさすと、ワカンも黙って頷いた。この半刻、ときおり遠く犬の吠え声が聞こえていた。

「やっぱり野犬《のせ》じゃなかったな」

村が燃やされたあとに山犬が入り込んだのなら複数の足跡が入り交じる。だが足跡は単独だった。足型までは定かでないが歩幅は中型の犬のものだ。

しゅうしゅうと朝霧に湯気をたてる焼け跡はまだ熱冷めやらず、炭となった割丸太は藁《わら》でもくべればもう一仕事、火勢を取り戻しかねない。ナオーは材木小屋の焼け跡の前に茫然と突ったって言葉もなかった。ワカンがナオーに声をかけようとして、彼が黙って見つめていた先を窺った。

「ナオー、どうした」

ワカンはナオーが言葉を失って見据えている材木小屋の焼け跡の一隅に一塊の炭を見た。

「ワカン、こりゃ……」

「ひでぇな」

「十、二十……」

「庄のもんがみんな集められたな」

炭壷をぶちまけたように転がった燃えがらのなか、奥の壁がつい立っていたと思しきところに黒焦げの亡骸《むくろ》が積み重なっていた。ふつう大柄な者が多いはずの樵の庄であるのに亡骸はどれも子供のそれのように小さくこわばって縮んでいる。火勢から退いて狭い材木小屋の奥へと虚しく追いつめられ、そこで折り重なって焼かれた幾多の死体は恐らくそれぞれに苦悶に身を捩《よじ》って焼け死んでいったのであろうに、いずれも等し並みに頭を抱え膝を引き寄せて、いわれもなく何かに謝っているかのような姿勢に小さく縮こまっていた。

山と積み重なった焼死体の一番上に転がった亡骸は前腕と膝下から先が焼き尽くされて消え失せ、すっかり炭化した肘まで、膝までの短い四肢を、野焼きにした猪仔《いのご》のように宙につき出している。顎を引いた黒焦げの丸い頭蓋《ずがい》が人間の物だと見極められなかったら、ひとの亡骸には見えなかっただろう。

「殺されて……焼かれたのか」口元を押さえてナオーが呟いた。懇願するように。だがそうではないことは誰の目にも明らかだった、ナオーにも本当は判っていた。

「葬式に焼いてやったんじゃないだろうよ」ワカンは手刀の形に指を揃えた手を立て

て自分の額を親指の付け根で軽く二、三度叩いて目をつぶった。山賤なりの冥福を祈る仕草である。ナオーも真似をした。蹂躙された庄のために冥福を祈るというよりは、この里を襲った災いが自分に及ばぬようにといった気持ちだった。後ろではエゴンは焼け跡の方にはあまり関心を寄せず、まだ犬の足跡の行方を追っていた。

里を覆う焦げ臭い霞が、にわかに悪臭をともなったものに感じられてきた。いや、実際これは悪臭だった。人の肉の焦げた臭いだとひとたび知られれば、この庄は初めから焼かれた者たちの死臭で充ち満ちていたのだった。ナオーは口を押さえたまま後ずさるように焼け跡を離れた。ワカンはまだ積み上がった焼死体に目を据えたまま、庄の内に焼かれていた山小屋、掘っ立て小屋の数を思いだしては、眼の前で一塊の不定形な炭の山に焼き縮められてしまった杣人の頭数を胸の中で勘定していた。

これほどの仕打ちに見合う、いったいどんなことを庄の者らが仕出かしたというのだろうか。これほどの暴虐非道を正当化できるいかなる事由があったというのだろうか。ワカンは眼の前でいびつによじくれた亡骸の山からやがてゆっくりと目を離した。亡骸の数など数えても仕方がないと思った。

山と積まれた焼死体からやや離れて、崩れ落ちた梁の下にひしゃげている一かたまりの炭もやはり人だったのだろうか。隅にうずくまった炭の塊はそげ落ちた炭化層の下から灰色に焼け焦げた肩甲骨と脇腹の骨をわずかに覗かせて、背を丸めるように地に伏していた。何かを覆い隠しているように見えた。あの下に何かを庇《かば》っている。もとより顔も知らぬ縁もゆかりもない杣人の庄である、だがワカンはその黒焦げの背中が誰のものであり、誰を庇ってそうして死んでいったのかがありありと目に映るように思えた。あの下に、やはり一塊の炭と変じた、小さな亡骸が縮こまって焼け焦げているのだろう。あの黒焦げの背中が、あの揺り籠をかつては揺すっていたのだろう、いやかつてどころか――ほんの数日前まで。

「ワカン、エゴンが行っちまった……」

ナオーは気丈を装いながらも震える声を隠せず、怖《おじ》けるようにワカンの背中に声をかけた。ワカンは焼け跡に踵を返し、眉根を寄せ、唇を歪めてナオーに対した。今にも泣き出しかけている子供のような表情だったが、涙は流していなかった。ナオーに鼻声で応えたが、その声音に滲んでいたのは悲しみではなく、深く沈んだ怒りだった。

「エゴンが……どうした」

「犬《せた》の足跡を追って……なんかふるっ、ふるって唸《うな》ってさ……」

「なんか言ってたか」

「あいつが何言ってたかなんて俺にゃ……判らねぇよ……あっちに」

ナオーが指さしたのは霧の中、庄のさらに奥の方だった。細い峰筋に稜線を削り取ったような小さな庄である、もう平坦な一画はそれほど奥まで延びていきはしない。ちょっと足を延ばせば杣人の里も行き止まり、上の水場から続いてきた崖が回り込んで窪地を仕切っているはずだ。

「犬が鳴いているって言ってたんじゃないのか」

「知らねぇよ」

ワカンとナオーは晴れぬ霧の中を庄の奥へと進み、やがて一つの焼け跡を過ぎて低い崖がどん詰まりを仕切っているところまで辿り着いた。結局、狭い庄を縦断してきたことになる。崖は岩肌に水が滲み出て、水源の一部がこの庄まで届いていたことが判る。崖の一画に梯子《はしご》がかかり、数丈あがって崖の上に続いていた。エゴンはこれをのぼっていったのか。ワカンにはエゴンが何を追っていたのかがもう判っていた。崖上にエゴンの気配はないが、ナオーの言っていたふるっふるっという声がかすかに聞き取れた。エゴンの声ではない、犬がいる。

ワカンは梯子に取りついた。梯子は根が生えたように崖の下に二脚を埋めてあり、まったく安定したものだった。梯子の下に片方の靴が転がっていた。鹿革を太い木綿糸で綴り合わせて作った踝《くるぶし》まで覆う靴だ。誰のものか。新しいものではないが、さほどへたってもいない。一足ではなく片方だというのが事情の一端を物語っている。この梯子を上ったときか、下りたときか、それは判らぬが、途中で脱げた靴を持ち主が再び拾いに来ることはなかったということだ。靴の持ち主はおそらく一塊の炭になってしまっている。

崖上には樺の茂る木陰に羊歯の下生えが蔓延《はびこ》り、その中にひっそりと、庄の焼け跡に比べても小作りな掘っ立て小屋があった。だが様子がいささか変わっていた。小さいながらもしっかりした普請《ふしん》で、合掌《がっしょう》の屋根は斜度がきつく檜皮《ひわだ》で葺《ふ》いてある。小さな社か何かかとワカンは思ったが、それは屋根が大人の背丈ほどの高さしかなかったからだ。だがこれは社ではなかった。

ワカンが小屋に進み出ていく。後ろで見送っていたナオーが、足許の藪の中にもう片方の靴を見つけた。先に梯子の下で見つけたものの片割れだった。これで一足揃った訳だ、ナオーはそう独りごちた。しなやかな鹿革の靴は、ふつう草履か木靴《サボ》か、あるいは藁編みの雪沓《ゆきぐつ》に裾を引き締める、この辺りの杣人の習俗にはちょっと見ないものだ。そのことにはワカンも既に気づいていたはずだった。そして今藪の中から引っ張り出した靴は、中底が赤褐色に染まって強《こわ》ばり、そこに羊歯の葉がべったりくっついていた。

ワカンの方は靴には気づかず小屋に向かっていた。入り口に屈みこんでエゴンが中を覗き込んでいる。背を丸めて下を見おろしていた。この掘っ立て小屋は床を掘り下げた縦穴の造りだったのだ。

「エゴン、どうした」

ワカンが声をかけるとエゴンが困ったような顔で振り返った。ふるっふるっと獣のような声を上げる。今度はがりがりとさかんに地を掻る音がした。これは小屋のなかからだ。エゴンは小屋の入り口にしゃがんで、扉代わりの蓆《むしろ》をかき上げて相変わらず犬の鳴き真似で下に呼びかけていた。上の木立には姿はみえないがカラスがついてきていて、声だけが森にこだましている。

ワカンとナオーがエゴンの背中越しに小屋の中を覗き込むと、中にいた犬が火がついたように吠え声を上げはじめた。歯を剝いて猛烈な勢いで憤っている声である。あまりの剣幕にナオーが後ずさった。その分、小屋の中に光がわずかに差して、犬の鼻先と足先が闇のなかに浮かび上がった。黒犬だ。鼻先と足先が白い、そこが闇の中に火を灯したようにちらついて見えた。

「なんだ、エゴン、お前が追いつめちまったのか」

エゴンはゆっくり首をふった。両手を顎の下に出して水を掻くような仕草をして見せた。ワカンは意味が分からず首を傾げたが、エゴンは相変わらずふるっふるっと興奮した犬の吐息を真似て、今度は足許の落ち葉を両手でばりばりと掻いた。

「なんか掘ってんのか、よう、その犬が？」ワカンの質問にエゴンは目をつぶって顎を突き出した。普通なら頷いて見せるところだ。

「お宝かご馳走でも隠してんじゃやねぇのか、邪魔しちまったな」

軽口にそういいながらワカンは蓆を大きく持ち上げて檜皮《ひわだ》屋根に引っかけた。さっと光が差すと中の犬がまた猛烈な勢いで吠えはじめた。

その時、小屋の中の様子に光があたり、エゴンがこの犬に構っている理由《わけ》がワカンにも判った。この小屋は尋常の小屋ではない。

方丈の狭い土間は数尺を地下に掘り下げ、その底に一抱えもある分厚い石の円盤が鎮座していた。円盤の上面には放射状に捩《ねじ》れた条線が刻まれている。石臼だ。上石は外れて土間の隅に転げ落ちている。そしてその上石の際のところを、狂ったように犬が引っかいているのだった。

「なんだい、こりゃ……」エゴンの肩に手をかけて覗き込んだナオーが呟いていた。

石臼を中心に蓆を敷いた土間の四方の土壁をめぐって漬け物の瓶《かめ》のようなものがぐるりと取り囲んでいる。蓆の上には小さな皿が幾つも欠けて貝殻捨て場のように散っていた。錆びた鉄瓶、梁に吊るした乾いた藁束、湿気ったような黴《かび》の匂いに薄荷《はっか》の香が混じる。石臼の奥には鋳物《いもの》で出来た高足の四角い平皿のようなものが倒れ、傍には独楽《こま》のような、金属の円盤に心棒が突き立った得体のしれない道具が転がっている。

祭儀の場所にしては転がる民具が俗めいていて、それといって杣人の庄に似合いの調度を揃えているとは言い難いこの小屋……敷かれた蓆を引き裂いて、その土間の一画を掘り狂っている犬。犬の前脚は土間の底に埋まった木の板を掻きむしり、板はけばだって辺りに木っ端《こっぱ》を撒き散らしている。

高床の小屋ならともかく、掘り下げた土間に板敷きをすることもあるまい、ワカンは犬が掻きむしっている板張りを見て、すぐに「その下」があることを悟った。

「エゴン、何が埋まってる？」

訊かれてもエゴンに答の用意などない。だがワカンは何か食い物があるなと思った。エゴンを押しのけて土間に飛び降りていった。黒犬は顔を上げ、歯をむき出して闖入者《ちんにゅうしゃ》に向かって唸った。

「エーゴン、犬の面倒を見てくれ！」

そう言われてもエゴンも困る。誰も勝手にエゴンは獣《けだもの》と話が通じるかのように思い込んでいるが、それは先方の勘違いだ。カラスも犬もなまじな人間よりも道理を弁えた連中だと判ってはいるが、説いて聞かせて言葉が通じるという話でもない。エゴンはおたおたと慌てながら土間に飛び降りて、脇に吊るした雑嚢から干し肉をとり出して犬の前にぶら下げた。犬の吐く息の調子が変わる。黒犬はしばらく逡巡《しゅんじゅん》したあげく、おずおずと進み出ると、次いでエゴンの手首に咬みつかんばかりに躍りかかって干し肉を奪い取る。また一瞬ためらって鼻をひくつかせてから脱兎のごとく小屋の外へ走り去っていった。外ではナオーが声を上げている。

「あの犬ころ、ここに近づけたくなかったんだな！」

ワカンは土間の板敷きを検《あらた》めていた。エゴンはとりたてて反駁《はんばく》しなかったが違うと思っていた。あの黒犬がここを守っていたのは確かかも知れない、だが人を近づけまいとしていたのではない。むしろここにエゴンを、人を導いていたのだ。人を待っていた。それでずっと居るともわからぬ誰かに向かって遠吠えを上げていた。

ワカンは石臼の上石をなんとか持ち上げて、ごろりと転がすと土間の奥へ追いやった。そして蓆を引きはがして土間の土塊《つちくれ》を手で払い、板張りの輪郭をたどり縁の場所を探った。やはり板張りは蓆の下にかくされた地下蔵の上げ蓋、二尺四方の寄せ木の蓋が暗い土間の底にあらわになった。ワカンが上げ蓋を拳でどんどんと叩く。くぐもった音が土間に響き、上げ蓋が撓《たわ》んで上に積もった土塊《つちくれ》が躍った。下に空間があるのは明らかだ。ワカンは土間に転がる壊れた鉄瓶から、鋳鉄の柄を無理に外すと、上げ蓋に戻って縁のところを抉《こじ》った。

その時、どこかに干し肉を隠してきたか埋めてきたか、黒犬が大急ぎで小屋に戻って土間に躍り込み、上げ蓋を抉じ開けようとしているワカンに猛烈に吠えはじめた。

「エゴン、犬《せった》を、犬を！」

エゴンは干し肉をとり出しながら、ワカンに視線を送って伝えるが、ワカンには判らない。犬はワカンの邪魔をしていない。上げ蓋を開けようとしているワカンに躍りかかっていかない。激しくワカンに吠えたてているけれども、ワカンを止めようとしているのではない。

「ナオー！　犬を外にほっぽり出せ！」

「無茶言うない！」

ワカンが手に力を込めて上げ蓋を抉じ開けた。エゴンも手伝って隙間に手を差し入れる、二人がかりで上げ蓋を持ち上げた。土間の底に土ぼこりが舞って上げ蓋は唐臼の上に派手な音を立ててひっくり返った。犬が黙った。ワカンが、エゴンが、下の地下蔵を覗き込む。上ではナオーが小屋の入り口から様子を窺って怒鳴った。

「なんだ、どうした！」

地下蔵は風呂桶ほどの容積しかない手狭なものだった。びっしりと紙と蜜蠟《みつろう》で蓋をした瓶《かめ》が底に並び、そしてその上のわずかな空間に巴《ともえ》を描くように、小さな子供が二人向かい合わせに、上下を入れ違って横たえられていた。

まさしく巴紋《ともえもん》のごとく、二人の男児には肌の色に対照があった。一人は毛深く白い肌で、もう一人は漆黒の肌だった。息はなかった。

犬がまた吠えはじめた。

ナオーが土間に降りてきた。三人は傍で吠えている犬のことはもう忘れて、まるで瓶の重しに置かれたかのような、地下蔵に埋め隠された二人の男児を見おろしていた。ワカンが手前に横たわっていた白い方の首に触れ、胸に畳み込んだ腕に触れて、首を振った。冷たかった。固かった。

「駄目だな。死んでる」

ワカンはその亡骸の下に手を差し入れ、小さな遺体を土間に引っ張り出した。虫みたいに硬直していた。たった今、蹂躙され焼かれた幾多の死骸を見てきたワカンだったが、こうして生前の面影を保った幼い亡骸をその手に掻き抱くとことさら痛ましさが募《つの》って辛かった。

「これも庄を焼いた奴らのしわざかい」

ナオーが訊いた。エゴンも、ワカンも凍りついたように動きを止めた。ワカンが亡骸をそっと足許に置く。おかしい。一つの村を焼き滅ぼした者たちがいたことは確かだ。だが、その同じ者たちがなぜ、子供を地下蔵に埋めることがあるだろうか。連中は……おそらくは乳飲み子すら材木小屋に押し籠めて火を放った――それがこの二児に限って……土間の底の地下蔵に埋め隠したというのか？

エゴンが黒い方の子を抱き上げた。その首がぐらりと傾いだ。エゴンは涎を垂らし、鼻水が口元までずっと流れ出ていた。鼻水も涙も止まらなかった。何故とは言わず悔しかった。ずっと犬は吠え続けている。エゴンは幼子を胸にかき寄せて俯いた。息が苦しかった。エゴンの胸についた幼子の額が冷たかった。

胸に抱きしめた幼子の腕がぶらりと垂れ下がった。

「おい！」

ナオーが声を上げていた。エゴンは涙に濡れた目を隠そうともせず、ナオーの鋭い悲鳴のような声に顔を向けた。

「そっちの餓鬼、生きてねぇか？」

ナオーの言っていることを先に理解したのはワカンだった。エゴンの胸に抱かれた黒い肌の少年の腕が垂れて、ぶらぶらと揺れている。ワカンが抱き上げた方は死後硬直が始まってがちがちに強ばっていた。しかしエゴンの抱いている幼子は……腕を揺らしている。

エゴンが戸惑ったように首を振る。だって、もう冷たい、息も……していない。だがもう一人とはやはり様子が違う。エゴンに抱かれたまま体を弓なりに反らして……脱力している。膝を抱えて強ばっているもう一人とはたしかに姿態の様子が全く違った。

エゴンは、はぁはぁと息をして見せて、ナオーとワカンに首を振る。息をしていない、生きているはずがない。

「エーゴン、その子を下ろせ！　生きてるぞ、死ねば体が強ばる！　死んでねぇんだ」

エゴンは壊れ物を置くように、ぶるぶる震えながら跪き、ナオーとワカンを交互に見つめて子供を土間の蓆の上におろした。息をしてない、息をしてないと訴えながら。

ワカンが黒い肌の少年に屈みこんだ。胸の青地の綿衣を掻き開いて心音を聞く。なにも聞こえない。だが判らない、黒い肌の胸が冷たい、しかしやはり弾力がある！

ワカンは少年の口に息を吹きこもうと顎をこじって口を開けさせた。ナオーも覗き込んでいる。エゴンは立ち上がっておろおろしていた。犬が吠えている。

「なんだい、これは！」

少年の口の中には、まるで丸焼きにする鳥の腹に詰め込むみたいに、何か褐色の葉や腐りかけた花の類いがいっぱいに押し込まれているのだった。口を開けても歯も見えないぐらいに無理やりに花卉《かき》の類いが詰め込まれている。

ワカンは指を突っ込んで、この茎、葉、花を必死で掻き出しにかかった。これが息を止めているものかと思ったのだ。喉の奥まで指を突っ込んで詰まっている草花を引きずり出した。手に触れる舌は冷たいがやはり柔らかい、だが息がない、生きるか死ぬか、瀬戸際だ。

ワカンはすうと胸いっぱいに息を吸い込むと少年の鼻を摘んで、顔を寄せていった。

「駄目だ、ワカン！」止めたのはナオーであった。

「何だ！」

「駄目だ、こんな餓鬼にそんなに息を吹きこんだら胸が張り裂けちまう、そうじゃねえ！」

ナオーはワカンの胸に手を突いて乱暴に押しやると、みずから少年の顔に屈みこむ。首の下に手をあてがい上を向くように顎を上げさせた。斜めに指を差し入れ歯を抉《こじ》って顎を大きく開かせ、指で口腔を拭ってから、唇に自分の口を押し当てると鼻は開けたままでそっと息を吹きこんだ。口を離して胸を見つめる。しばらくナオーの動きが止まっていた。やがて首を振って眼差しが厳しくなった。

「なにやってんだ、急げ、ナオー！」

そうは言いながらワカンにも判っていた。ナオーは船乗りの出だ、こうした「餓鬼」の息を吹き返すなら、自分よりも術理に通じているはずだ。ナオーは今度は口を大きく開けると、黒い肌の少年の首を反らせるように持ち上げ、口と鼻とをそっくりくわえ込んで、やはりゆっくりと息を吹きこんだ。口を離し、少年の鼻先に耳を付けて息の音を聞き、首をめぐらせて膨らんでいく胸を見ている。しばし待つ、そして今度は口だけに息を吹きこむ。

じれったいが見ているよりほかない、ワカンとエゴンは、ナオーが少しずつ、少しずつ少年の胸に呼気を吹きこむのを見ていた。

やがて少年の鼻が微かに鳴った。ナオーは少年の口に耳を寄せて、自律して呼吸が始まるかどうかを慎重に確かめていた。途中で少年の鼻をくわえて、何度か吸い込むと白く濁った鼻汁か何かを土間にぺっと吐き出した。

「なんだこれ、苦《にげ》ぇ」

「どうだ、息してるのか？」ワカンが覗き込む。

「してる……してると思うんだけど……えらくゆっくりだ」

「胸は、心臓はうってるのか」

「息をしてれば鼓動はあるはず、そっちが先だからな……でも……」

「でも、なんだ」

「こっちもえらくゆっくりだ、脈が取れねぇ、息も……つっかえつっかえなんだ」

「やっぱり駄目か」

「いや、死にそうって感じじゃないんだよ、どういうのかな。なんか……」

ナオーには訳が判らなかった。少年の心臓はたびたびつかえるように間歇《かんけつ》的に打ち、脈動も気配を殺したような徐脈で一拍いっぱくが微弱だった。呼吸も一度すれば、しばらくは続きを忘れてしまっているかのように止まってしまう、そして忘れた頃にまたかすかな呼気が漏れてくるのだった。この死にかけの少年だけ、ゆっくりとした時の流れに捉えられて孤立しているかのよう、あるいはあたかも——冬眠でもしているかのようだった。

「何を考えてるんだよ」

渓流に足を浸して立つエゴンの背中には黒い子供が負ぶわれ、襷掛《たすきが》けに縛られてその力ない体が支えられていた。済まなそうに背を丸めたエゴンと、これまた悄然《しょうぜん》と身を縮めているワカン、ナオーを迎えたのはエノクである。ふだん無口な彼が呆れたように三人を見上げて声を上げていた。やがてエノクは深く溜め息を吐《つ》くと、長身のエゴンをあらためて下から見上げ、背中でのけ反ったように上体を垂らしている意識のない少年を、襷をほどいて受け取った。気の利かないエゴンが担いできたので、少年は背中の上で荷崩れして斜めに傾いでいたのだった。

「あんな犬まで連れてきやがって」

愚痴るエノクからやや離れて、ゴイはなにも言わないで沢の瀬の大岩の上にしゃがみ込んでいた。向かいの岸辺の藪の際にはハンノキが湿地に幹を並べ、その木陰にこちらを窺っている様子の黒い犬の影があった。犬は一行に近づこうとはしなかった。

「……命を救ったら責任が出来るんだ」

エノクは腕の中の子供を見おろしながら低い声で言った。

「今から棄ててくってわけにはいかないぞ、どうするんだ」

「しようがねぇじゃねぇか、エゴンがよぅ……どうしても連れてくっていうから……」

それは嘘だ。エゴンの所為《せい》にしてはいるがワカンとナオーの意志でもあったろう。どちらかと言えばそちらが主だ。エノクはそれを咎めるように、二人の顔をゆっくりと眺めわたした。二人は気まずそうに顔を見合わせている。

ワカンら三人の斥候班は、あのあとカラスを伝令にゴイと連絡をとりあい、撤営した尾根の裏沢で本隊と合流していた。

カラスの足の竹筒に差し込む伝令を書いたのは、剛力の中では珍しく仮名文字ぐらいは読み書きの出来るナオーである。ナオーは生まれがクヴァングヮンの港だったので僅《わず》かに文字に通じていた。生来山中にあるワカンの方はほぼ文盲で仮名を読むのも覚束《おぼつか》ない。エゴンに到っては、もとよりまともに喋れない鳥飼に読み書きを期待するものもない。エゴンはゴイから届いた不調法な仮名文字のならんだ指示をみても、それが言葉をなしているということ自体が理解できないのだった。エゴンは伝令が届くと、中身も見ないでワカンに渡し、ワカンはナオーに押しつける。

今朝のゴイからの伝達は簡単なものだった。ナオーからの報告を受けたゴイは、樵の庄に起こっていた異常事をおおごとと見て、下山路を大きく迂回することに決めたのだった。すぐに戻ってこいと命じられた偵察の三人は、しかしその時、息も絶えだえの黒い肌の少年を置き去りにしがたく、結局ここまでエゴンに担がせて戻ってきたのである。

埋められていたもう一人の少年は下にしていた頰と脇腹にすでに死斑が拡がり、いまさら手の施しようもなかった。羊歯を漕《こ》いで浅い穴を掘り、薄く土をかけてやっただけだが、ひとまず簡単に埋葬してやった。ひと一人を埋めるための墓穴というのは掘ってみると大概はえらく骨折りなものだが、小さく縮こまったその幼子の亡骸を納める穴を土の軟らかな下生えのもとに拵《こしら》えるのは造作もなかった。痛ましいまでの小さな粗末な墓穴だった。

その後は拾ってしまった黒い肌の少年をエゴンに担がせて、後ろも見ずに庄をあとにしてきた。材木小屋に累々と積まれた焼死体については、もはやどうにかしてやる余地もない。

そして本隊に戻るべく二峰を横切ってきた三人に付かず離れず、例の黒犬がずっとあとを追ってきていたのだった。もうナオーは、その犬はエゴンの担いでいる黒い少年と縁があるものだということを疑っていなかった。その犬がエゴンを呼んだのだ。

だが黒犬はまだ警戒を解いてはおらず、振り向けばかろうじて姿が認められるぐらいの距離を保って、彼らが拾ってきた子をどう処遇する積もりなのか確かめに来たとでもいうように遠くから監視を続けているのだった。もう吠えてはいなかった。ただ藪の中から真っ黒い瞳で一行を賢《さか》しげに見つめていた。

「餓鬼は仕方あんめぇ、港まで連れてこう」ゴイが重い口を開いた。

「樵の庄に義理はないが、これで捨てておくってのも仁義に反する。息が戻るようなら、連れてって下で救護院にでも預けよう」

「でもよゴイ爺、港じゃ救護院なんざ人買いの仲卸《なかおろし》みたいになってるぜ」

「くたばって当然のところを助かったんだ、身の上に注文はつけられまい」

ワカンがエノクの腕の中で丸まっている小児に目を遣って呟く。

「爺さんよ、この餓鬼……人足に売られちまってもつだろうかね」

少年のえりくびを捲《まく》ってゴイに示した。組み紐の釦《ボタン》が強ばった綿布の前身ごろに並んでいる。

ワカンが言っているのは、目下の容体のことではない。この少年は山に連れてこられた人足の子などではないだろうということだった。肌の色からすると南の出なのは間違いないが、南方島嶼系のナオーやエゴンなどと同じ地方の出自ではない。肌の色が違い過ぎる、肌が炭のように漆黒の少年は明らかに遥か南大陸の血統だった。海峡南方の一ノ谷や半島地域には南方系の奴婢《ぬひ》や解放奴隷は普通にいるが、大抵は南方島嶼部の血統であって、南大陸くんだりから連れてこられたものは少ない。南大陸との間の戦役は優に五百余年を遡り、今日の人的交流は商圏がもたらしたものが大半であって、南大陸からの収容奴隷などはついぞみない。

ましてところは海峡南方ではなく、帝政ニザマに隣接するクヴァン旧自治領の山中である。ただでさえ南大陸の民がめずらしい地域だった。

そしてなにより少年のみなりが樵の庄に奴隷労働や奉公《ほうこう》に入り込んだとは思えない瀟洒《しょうしゃ》なものなのだ。組み紐釦とじの藍染めの綿衣は造りのしっかりしたもので、貧しい山村に売られた子なら袷《あわせ》か単衣《ひとえ》の貫頭衣でも引っかけているのがせいぜいのところだ。極め付きと見えるのは小さな足を包んだ靴である。薄手の鹿の裏革を木綿糸で綴った靴は、ナオーが梯子や掘っ立て小屋の周りで見かけたものと同様の仕立てだった。少年は乳飲み子とはもう言えないが労働力としてはおよそ頼りない年頃で、この時分の子供の成長の早さを考えれば、近辺の山岳地ではふつうは組み紐鼻緒の草履か、緒を足首にからげたサンダルでも履かせておくところだ。働き手でなければ裸足で放っておかれても尋常である。ところが靴――この小さな造りのよい靴が物語っているのはごく単純なことで、この少年の保護者は割に裕福だったはずだということだ。

「兵隊さんにはわっしから話しておいてやる。面倒はぬしらで見ることだ。しかし大事無いんか、ここから死なせたりはしないだろうな。結局くたばるんなら連れてきただけ無駄な骨折りになる」

ナオーとワカンが顔を見合わせた。少年は道中エゴンの背中にいちど反吐《へど》を吐いていた。白く濁った体液ばかりだったが、それでも自ら戻したというのはよい兆候だ。弱り切ってはいるようでも山はとうに越えていると見えた。恐らく毒を飲まされていたか、二人の少年のうち埋葬してきた方は暗い穴蔵に押し籠められてほどなく亡くなっていたのだろう。こちらの黒い子のほうは、見つけたときには既にその峠を越えて、かろうじて永らえていたのだった。

だがもし彼らが掘り出さなかったらどうなっていただろうか。彼らが尾根筋の霞を見咎めて斥候に立ち寄っていなかったなら、そしてあの犬がエゴンを呼ばなかったなら……少年は息を吹き返すことはなく、もう一人と同じように墓穴も同然の狭い暗闇の中で静かに死んでいったことだろう。そして庄のものは大人も子供もひとり残ることなく死に絶えていたことになる。

　しかし何のために？　ワカンにも、話を聞いたゴイにもそこが判らない。蹂躙された庄、焼き殺された杣人たち、そして埋められた少年たち……

　これは文字通りの理不尽か、あるいは理が尽くされるとしたらどのような道理があってのことだったのだろうか。剛力衆は結局、庄を避けて大きく遠回りすることを選んだ。それでも若い者たちの胃の腑には澱《おり》のように、問いが、不審が、わだかまっていた――迂回することのかなわない泥沼《ひじぬま》のように。


　まる一日を足止めされ、さらに二尾根の遠回りを強いられた一行には、所期の日程で連絡船と落ち合うことは出来なかった。闇で渡し舟を用意していたのは港に潜伏しているニザマ方の連絡員であったが、そちらも自由の利く身分ではない――身を隠している立場とあっては一行の遅延に合わせて次の連絡船を簡単に都合するというわけにはいかなかった。

　次便の用立てが済むまで一行は下山できず、山中に身を隠していなければならなくなった。麓に近づき過ぎるのはまずいし、さりとて奥山を移動し続けるのも無理な相談だった、一行は兵隊ばかりではない、ニザマの高級官僚の息女を伴っているのだ。

ゴイが選んだ野営地は見晴らしのある尾根を避けた沢筋の湿地を見おろす高台で、とかく人の立ち入りがちな沢に近いのを憾《うら》みとするが、その場所に近づこうとするものは必ず湿地を横断してこなければならない。こちらが先に相手を見咎められるであろう位置取りだった。それでもゴイの選択としては相当に敵陣に踏み込んだ危うい碇泊《ていはく》地《ち》である。

山麓からあまり離れられない事情はもうひとつあった。塩が足りなくなっていたのだ。姫御前《ひめごぜ》の随身はニザマ中原の近衛兵の一隊で、弓馬はよくしたが山岳地の強行軍に慣れなかった。弟姫君に苦労をかけまいと応分以上の負担を諾《うべな》っていた近衛たちはみな体調を崩しつつあった。詰め襟の軍服もまずかった。多くが頻尿《ひんにょう》になっていて行軍を休んでも体温が下がりづらくなっていた。体温調節が利かなくなりつつあったのだ。いま必要なのは休息、水、そして塩だった。

野営地を定めると剛力衆は寝所を拵《こしら》える近衛に手を貸し、斥候に選ばれたワカンはエゴンと下に土地鑑のあるナオーを連れて山麓に降りていくことになった。目的は山狩りが始まる気配がないかどうか確かめることと、わずかなりとも塩と糧食を手に入れることである。

仲間が休みに入ったあいだに遣いにやられるかたちになるが、ナオーも文句は言わなかった。都落ちの連中はどうしても陰気になりがちで、そばにいるとくさくさしていけない、いっそ用足しにでも出ていた方が増しだというのである。エゴンの方はもとより何かに対して文句を言うような人となりではない。

ニザマの一行は金品は多く携えていたのだったが、質の良い金を使えば足がつく。皮肉にも都落ちの姫御前一行の手持ちは山麓の農村で払いに使うには価《あたい》が行き過ぎていた。そこでワカンらは例によって兎の肉を提げて猟師を装い、尾根裏での待機のあいだにゴイが追い込みで捕らえていたヤマドリの番《つがい》を荷に足して下山していった。

ところで山を下りて行くワカンらには、狩人の仮装に適《かな》った演出がひとつ付け加わっていた。例の黒犬が三人についてきたのである。

問題の黒犬にはゴイはすっかり閉口していた。

近くまで寄ってくるならうんと打ち据えて追い払うことも出来るだろうが、犬はずっと一行を遠見しているばかりで、手出しが出来るほどの距離に近づいてはこない。それでいて一定の合間を保ったまま、ずっと彼らを付け回していた。

こうなると犬を振り切るためには橋のないところで大きな川を渡るか、舟にでも乗るかしかない――それはこの山中では叶わない。ゴイが言うには、犬というものは早馬でも振り切ることが出来ないもので、それというのも距離をあけても臭いを辿ってどこまでも追ってくる。しかも品種にも依るが中型種はいったいに持久力があって、気性も粘り強く、昼夜を分かたず弛《たゆ》みなく獲物を追い続ける習性、というか根性がある。

斥候の三人がどうして目をつけられたのかは判らないが、ひとたび目星を定められた以上なまなかなことでは振り切れないだろう。犬と穴熊は執念《しつこ》い、と言うのである。

「黒い子供に黒い犬か、ぬしらどれだけ面倒を背負い込む積もりなんだ」

ゴイはお手上げといった表情で、ワカンに愚痴る。

「仕方ねぇじゃやねぇか、勝手についてきちまったんだから……」

「追っ払おうにも、近くに寄ってこねぇからな」

ナオーも他人事《ひとごと》のように言っているが、エゴンは犬が目星をつけたのはナオーだったんじゃないかと思っていた。ナオーが黒い子に息を吹きこんでいる間、犬は吠えるのをぴったりやめていた。穴蔵の底でエゴン、ワカンと並んで、まるで手出しができない歯がゆさに懊悩《おうのう》する、病気の子の親みたいに焦《じ》れて待っていた。ぴたりと黙り込んで、はぁはぁと息を吐き前足を床に摺りながら……

結局この犬を振り切ることも撒《ま》くことも出来ないと見たゴイが、三人の不心得者に命じたことは、それならばむしろ早くに手懐《てなず》けろということだった。干し肉でも定期的にくれてやって、だんだんに手懐けて近くに寄せれば、必要なら痛めつけてやることも出来るだろうし、なんならとっ捕まえて絞めて喰っちまってもいいだろう、というのだった。

禽獣に特段の思い入れをしないゴイらしい指示だったが、これにはワカンとナオーが顔を見合わせた。彼らの考えでは、犬は明らかにあの子を助けるためにエゴンを呼び寄せたのだ。黒い子との縁がどうだったか審《つまび》らかには知らないが、十中八九は庄で飼っていたものだろう。庄を襲った災厄をかいくぐって逃げのびたあの犬は、ただ自分の身を永らえるばかりではなく、もう一人、たった一人の庄の生き残りを救うべく、彼らを焼かれた村の奥へと誘った。そして今も子供が人心地を取り戻しはしないかと、一行をずっとつけてきているわけだ。義理堅い、心棒の通った忠義な犬だ。それを縊《くび》って喰ってしまうというのは、ちょっと道義に外れる。犬っころの方が道義を通しているというのに、それでは人間様の名が廃《すた》る。

示し合わせた訳ではなかったが、ワカンとナオーはなんとなく口を揃えて、猟師の扮装をするなら犬を連れているのは好都合なのではないか、取っ捉まえて縊ってしまうより都合よく利用する方途があるのではないか、うまくすれば番にも使えると水を向ける。

ゴイは餓鬼ばかりか犬にまで絆《ほだ》されやがってと吐き捨てたが、処遇についてはワカンとナオーに一任した。エノクやカランも呆れて苦笑していた。

そういう訳でワカン、ナオーとエゴンは自分らの食い扶持《ぶち》を持ち回りで一部とりおき、つけてくる黒犬が見つけられるところに度々残してきた。犬は誰が干し肉を残しているのか、物陰で見ていたのか先刻承知の様子で、三人が本隊と別れて下山を始めると、そちらについてくる素振りを見せていた。

こうして用足しと偵察に里へと降りていった斥候班の三人は犬を伴うことになったのであった。

沼沢地を通り抜け、水飛沫《しぶき》の散る沢を降りて行くあいだに、犬の鼻面と脚が洗われていた。上の庄では灰と炭とに塗《まみ》れ、汚れ荒んでほとんど真っ黒になっていたが、こうして水をかぶってみると、黒犬は艶のある毛足は短く、額から鼻先にかけて、それから腹一帯に真っ白い斑《ぶち》があり、手先足先も白足袋を履いたように真っ白だった。

黒犬はやや近づきはしたが、それでもまだ距離をとったまま、沢沿いを降りて行く三人に従ってついてきていた。その黒い瞳にはなんらの屈託もない、時に先の白い尻尾を振ってすらいた。

「どうやって獲ったんかね、毒でも仕掛けたんかね」

そう言って眉を顰《しか》めるのは一行の求めに応えて納屋を開けてくれた地場の百姓である。この初老の農夫は、血抜きも壺抜きも施していない二羽のヤマドリを矯《た》めつ眇《すが》めつ、矢傷もなければ、足にも羽にも糸をかけた跡もないことを訝しんでいた。毒で獲ったんなら食い物にならんだろうというのだ。交渉に立っていたのは里の訛りに近しいナオーである。

「師匠は罠師だから」

「罠で雉《きじ》が獲れるんか」

「そりゃヤマドリだ、番《つがい》だぜ。こっちも雄だが、やっぱりこの柄だ」

「何にせよ雉の類いだろ。罠でねぇ、そうかねぇ」

「巣が先に見つかりゃ逃げる先に霞網《かすみあみ》を張って追い立てるんだ」

農夫は暗い納屋にヤマドリを提げて踏み込んでいくと、そこで待っとれと声だけ戻ってきた。ナオーの注文は塩《かえなめ》か味噌《しちべえ》、それと引き渡した獲り物に応分の食料だ。ナオーは農夫の背中に声をかける。

「まだ熟《な》れてないからな。もう二、三日吊るしとかなきゃ」

「目に蛆《うじ》が湧くまでって言うんだろうがね。狩人《かりんど》は始末がわるいんねぇ」

農夫は味噌の壺を持って出てくる。

「山に戻るんなら壺は邪魔だろう。藁苞《わらづと》に包《くる》んでやるがね、待ちなさい」

愛想は悪い親父だが気の利いた話だ。味噌を紙に包んで、干し藁を打ちながら、農夫は港から魚が揚がらなくなって山の禽獣は有り難いのだと正直に言っていた。

商売っ気はないが、この農夫は数羽の兎の薫製とヤマドリに見合う分として、醂《さわ》して渋を抜いた柿を数包み、それから干した大根《おおね》と芋幹《いもがら》を数束引っ張り出してきた。貧しいものばかりで、ナオーには若干買いたたかれた感があったが、味噌と塩を持って帰れれば待機組も文句はあるまいと辛抱した。居所を決めてしばらく動かないでいるとなりゃ、ゴイ爺がまた鳥ぐらいは木の実を拾うみたいにあっという間に獲ってくるんだろう。その時の食味がしちべえで俄然違ってくる。食欲を失っている近衛どもも、この有り難みを思い知るだろう。

欲をかかなかったのが幸いしたか、この地方での商売はこうしたものなのか、取引を諒としたナオーに気を良くした農夫は、いったん手打ちをしたあとにおまけと言って籠に山となった冬瓜《とうがん》を付けてくれた。瓜が苦手なナオー個人としては、荷が重くなるばかりで有り難迷惑、結構千万といったところだが、礼を言って受け取る。

「なぁ、親父《おやっ》さんよ、この辺の者はいったい愛想ねぇなぁ。みんなあんな感じかい」

「どうしたのかね、邪険にされたかね」

「まあな。あれか、狩人《またぎ》が嫌いなんか」

「港が荒れて下から余所もんが荒らしに踏み込んでくるから。余所もんは剣呑だろうがね」

「まぁ、そうかもしれねぇけどさ、ごらんの通り俺たちゃ山から下りてきたんだし。それが声をかけようにも逃げてっちまうし、捕まえてもじろじろ顔を窺ってる様子なのに、そのくせ話しているあいだは目も合わせねぇしさ。この畑を教えてくれた婆さんもちょっと隙を見せると後じさって逃げ出しかねねぇ有り様だったさ。こう、口を押さえてな」

「口を押さえてねぇ……ぬしらお山はどこから下りてきなさった」

「上の尾根沿いに峠向こうから来たけども」

「お山で杣の里に寄りんさったかね」

後ろで聞いていたワカンが警戒にぴくりと耳をそばだてる。ナオーも緊張を押し殺して訊いた。

「……いいや。どうして？」

「上で流行《はや》り病が出たろう、お山から下りてくれば病を感染《うつ》されようが」

「流行り病？」

「疱瘡《もがさ》でないかね、もし痘痕《あばた》でも見れば走って逃げようよ」

「疱瘡？　上の庄で？」

「何人も死にようが」

「へぇ、確かかい？　疱瘡は港からくるもんじゃねぇかい、疫病神は船が運ぶんだぜ」

「港が騒いでおるから、疫神がお山にいったのと違うかね」

「そんな話があるかねぇ？」ナオーは訝しげにワカンへ振り向く。農夫は藁を叩いては、冬瓜を二つずつ縛り上げて器用に吊り縄を拵えている。そしてぽつりと言った。

「お山から下りてくれば連れてきてるかもしらん、村落のもんは顔を背けて話しようよ」

なるほどそういう訳か……口を押さえて後ずさりする婆さんの姿が思い出された。

「親父さんは疱瘡は怖くねぇんかい」

「家《うち》は代々《だいだい》犬を大事にしておるから疱瘡は寄らん」

「そういうもんかい」ナオーが呆れて言った。

「じゃあ俺たちも平気だろ」そして、納屋の外で犬と並んでしゃがみ込んでいるエゴンを指さして笑った。エゴンは人といても犬といても同じで、普通なら撫でてやったり声をかけてやったりするところ、ただ黙って道端の丸太に座り込んでいるばかりだ。

「村落では感染《うつ》された者でも出たんか」

「いいや。そいでも一軒でも出ればあっという間に広まるでね、皆怖がっとるよ」

「上で死人が出たなんてどうして判ったんだい」

「早桶が下りてきよったでね。三つ、四つ……上の庄はもう駄目だと」

「その……樵の里は……駄目かい」

「全滅だと。焼いてきたと」

ああ、それで、とナオーが息を吐《つ》く。だがワカンの目は厳しく愁眉《しゅうび》を開くことはなかった。

3　姫御前、娼館

渡しの都合がつくまで野営はさらに数日間に及んだ。港に潜伏する手の者も自分の身を隠すのに手いっぱいで再びの連絡船を手配する算段がなかなか立たなかったという。

「風向《かぜ》が悪いな、石尤《むかいかぜ》では進捗《はか》がいかん」

姫御前を連れ、なにかと気が急く近衛一党にゴイはかたくなに慎重策を説く。降れば木立に雨止みを待ち、吹けば窪地に風をやり過ごすのが山賤《やまがつ》の流儀である、なるほど山ではそうしたものかもしれない。ここで逆艪《さかろ》に据えて流れに抗《あらが》っていくのは賢明ではないと、近衛らも渋々ゴイの方針に従うことになった。

しかし山は静かで沢は清く、山中に留まる一行は降ってわいた休息の機会に、これまでの旅の疲れを癒していた。ニザマの近衛は上着を脱いで木陰に憩《いこ》い、剛力衆はゴイについて野営地の周りの罠を見回る。

木陰に憩う近衛一党から離れて、先日エゴンにからんだ赤髪の男が、ここ数日の見回りに参加していた。剛力衆から一方的に糧食を供されることに忸怩《じくじ》たるものがあったのか。もともと剛力や港の人足は「怪我と弁当は自分持ち」などと言い習わして、万一の保障と日々の糧食を雇い主に請わぬならいだったが、今回のように逆に剛力衆からずっと飲食を都合して貰っているのは雇い主側の不覚である。予定外に山籠もりが長引いたという事情はあるにせよ、赤髪からすると不如意に不甲斐なくてならなかったのだろう。

彼は名をツォユといったが、剛力衆の間では相変わらず「赤髪」と渾名《あだな》されていた。今回の落人《おちうど》の一行のうちでは一番のうるさがたで、剛力の若いものはどちらかというと彼のことを敬遠していたが、頑なに節を折らぬ彼の姿勢は理解できないでもない。落人にきっと必要なものを彼は必死で守っていたのである——すなわちそれは矜持《きょうじ》であった。

赤髪にはいつも一人部下がついていたが、この若い兵士は部下というよりはむしろ子分とでも言った方が相応《ふさわ》しい様子で、赤髪によほど心酔しているのか階級や長幼の序を超えた恭順を示していた。ツォユはこの部下をタイシチ、あるいは人目のないときには小《シャオ》チと呼んで、とりわけ信頼して使っているようだった。小《シャオ》は弟分に呼びかける物言いである。

台地では居残り組の剛力が穴竃《あなへつい》に熾《おき》を保ち、ぬるい湯を沸かして天幕に休む近衛に絶えず摂《と》らせていた。脱水症状がとりわけ酷かった一人を除けば、近衛連中もだいぶん復調し、なにより降って湧いた休息に気を晴らしていた。

その午後にはエノクが炊事に立ち、先に偵察班が里で都合してきた大根を剝き、筒切りにして串に刺した。これを熾火《おきび》でじっくり炙《あぶ》ってやる。隠し包丁に十字を切った断面に汁が湧き出てきたところで、かねて持ち帰っていた味噌を薄く塗り広げて、さらに炙っておもてを焦がす。ほどなく焼き味噌の香ばしい匂いが狭い台地に拡がって、だれ誘い合うともなく鼻を疼《うず》かせて竈に近づいてきた。藪を漕いで出てきたカランが、道中に挽《も》いできた紫蘇《しそ》の葉を束にして兄貴のエノクに渡している。

やがてエノクは今や焼き上がるかと焦れている一同注視の中で、縁に味噌が焦げた土大根《つちおおね》の田楽焼きを串から抜き、水を振るった紫蘇でくるんで手近にいた近衛の一人に手渡した。後は、あっという間に列が出来た。受け取ったものはその辺に腰掛けてもうかぶりついている。干し大根の身の中に保たれていた驚くほどの量の汁が湧き出て、味噌に混じって手元に滴《したた》る、熱くて手を放しそうになるがこの汁を啜らずば醍醐《だいご》味《み》を失う。皆、頰張《ほおば》ったかたまりの熱さにものも言えなくなって、大根を貪《むさぼ》っていた。エノクは一つまた一つと燠の傍から取り上げては紫蘇で包んで配ってやる。

ふと手渡す先の手が白く小さいのに驚いてエノクが顔を上げると、ニザマの姫御前が恥ずかしそうに前に立って両手を差しだしていた。

黒髪を左右に玉に結《ゆ》い、淡い翡翠《ひすい》の正絹《しょうけん》の襦《じゅ》に裙《もすそ》は交領《えり》と腰帯が共布《ともぬの》で、やはり薄緑の地に金糸銀糸の刺繡《ししゅう》が散っている。華美ではないがひとめ瀟洒で楚々《そそ》とした装いにエノクはたじろいだ。陽がそこに差したように台地の一画が華やいだ。

エノクが熱いよと注意した言葉が判ったのかどうか、受け取った田楽焼きに小さく悲鳴を上げて、また恥ずかしそうに相好《そうごう》を崩して何か言ったのは礼の言葉だったろう。鼻も口も顎も小作りで引き締まり、伏せた目元は涼やかで切れ長に濃い睫毛《まつげ》を伏せている。白い頰には汚れ一つなく、この山岳にあって市中の玉をみるがごとき清廉であった。その頰が赤く染まっていた。姫御前は手の中の熱い田楽を摑みかねながら、顔を赤くしたまま近衛の並んだ方に走り去っていった。

ニザマの近衛は、ちょっと見せた宝物をすぐにしまい込んでしまう嫌味な物持ちみたいに、姫御前を見送るエノクの前にすっと立ちはだかり、どこか自慢顔でエノクに脂下《やにさ》がって見せた。そして自分にもくれないかと手を差しだすのだった。

姫御前はすでに天幕の中に走り去っていた。

その後、湯を沸かしていた叩き出しの薄い銅鍋《あかくまご》を指さして、ニザマ近衛の赤髪が、これを使ってよいかとエノクに訊いていた。これまではもっと横柄に切り口上だったものが、少しものの言い様が和らいでいる。せっかく沸かした湯を棄てては勿体《もったい》ないとエノクは言いかけたが、赤髪はそのお湯で湯《タン》をこしらえてやると言っている。なんのことかと思ったがエノクは竈の前を譲った。

やがて陽が傾き峰の向こうにすじ雲を引いて隠れていった。台地に冷えた空気が沈みはじめる。カラスを放しに尾根に出ていたエゴンが野営地に戻ってくると藪の中で黒犬が尻尾を振っていた。かたや日課の斥候から戻ってきたワカンとナオーは、竈にはりついて額の汗を拭っている赤髪に目を遣《や》って、エノクにわけを尋ねる。煙を立てぬ燠の上では、赤髪が煮る冬瓜の汁がふつふつと沸いていた。

「汁《はしり》を煮ると」

「あの冬瓜でか、ご苦労なことだな」瓜嫌いのナオーはそっぽを向いて言った。

「ありゃ、何をしてるんだ」

「よく判らんが手拭いを浮かべては引き上げてる」

「そりゃ何だ、汁を煮るのと一緒に洗濯でもしてるのか。何を食わされるんだか」

ワカンも憎まれ口に言って、剛力衆の即席の天幕に雉を吊るしに行った。雉には縄張りがある、明日からはもうこの山では獲れないだろうとゴイが先行きを危ぶんでいた。エゴンが犬がいると思しき藪の陰に干し肉を放っている。

エノクは汁の面倒を見ている赤髪に興味津々だった。瓜などただ煮ておけば四半刻も要せずに煮上がるだろうに、なにくれとなく手を入れている。昨日おとといと総勢十数人が分けたあとの雉のがらを骨まで煮切って出汁《だし》を取るのはいい、だが後の始末に念が入っている。がらは手拭いで包んだままで煮上げていずれ引き上げた。山にはない手順作法だ。その後、生干《なまぼ》しの茸《くさびら》と何かの種を沸き立つ汁に落とし込んでいる。あの茸《きのこ》は罠回りの間に山野に採っていたのか。形《なり》は銀杏《いちょう》切り、大きさ薄さを揃えた冬瓜を入れてからは少し鍋を熾から離した。天幕から栓をした小瓶を持ち寄ってなにやら香《か》を足している。そして例の「洗濯」をやっている。不思議そうな顔で見守るエノクに別の近衛が近づいていった。

この近衛は赤髪の傍輩《ほうばい》、剛力のあいだでは陰沙汰に「狐」と渾名されていた。細面で吊り上がった細い目が狐を思わせるからだ。この狐が相変わらず不審顔のエノクに「灰汁《あく》を取っている」と説明してやった。だが、薬膳の語彙《ごい》の豊富なニザマの言葉がエノクには判らない。せいぜい頷いておいたが結局何をしているのかはこの場では得心しなかった。

日が暮れきるのを待たず、赤髪は満足げに汗を拭いて汁を配りはじめた。杓子《まがり》がないので椀を鍋に突っ込んで掬《すく》っている。そもそも山賤への返礼という気持ちだったのだろう、一椀を姫御前の天幕に持たせると、赤髪は次いでの椀を剛力衆の天幕に届けさせた。全員に回るほど椀の数がないので近衛連中は剛力が汁を済ませるまで待っていなければならない。

こうして山中にもてなしを受けることなど想定していなかった剛力衆は戸惑ったが、得意げに汁を持ち寄ってきた赤髪におずおずと礼を言って両手で椀を受け取った。ナオーも瓜は喰わねぇとは言いかねた。

ところがこの汁がたいそう澄んでいる。澄んだ汁の底に身が蕩《とろ》けそうな冬瓜の具が沈み、立ち上る湯気にはあっさりと清爽な香が立ちあがる。種を明かせば唐樒《とうしきみ》の実が莢《さや》ごと鍋に沈んでいるのだ。エノクもワカンも、瓜は苦手と顔を顰《しか》めるナオーすら、一口啜れば否応《いやおう》無しに眉が開いた。

山鳥がらのふくよかな旨味に塩味《しおみ》は薄く、干し茸と唐樒の香気が鼻にたち、のど越しが良ければ後味も絶佳である。きれいに澄ました透明な汁に複雑な味わいがあって、剛力衆の知らぬ何かの秘薬を足したかと思えた、あの小瓶が怪しい。エノクがなるほどと頷いて汁を啜っていた——この深い味わいの透明な汁を見せたくて、あの「洗濯」が繰り返された訳だ。せっかくの味噌《しちべえ》を溶かなかった訳も判る。ちょっと見ると透明な汁に透明な冬瓜が沈んで白けた見映えだが、一啜りすれば味の深さ奥行きが舌に拡がり鼻腔を充《み》たして、そこにちょっとした驚きがある。こうした繊細で典雅な味が、この山中に供されようとは、山賤連中も一口ふたくちと啜っては、ううむと唸っている。もう一杯と頼みたいところだが近衛の連中は椀を譲って空手《からて》で待っているのだ、さあどうしたものか。

鍋《くまご》の脇についたたち満面に手柄顔の赤髪のツォユは、空になった椀を手に出方を決めかねている剛力衆を見て満足そうで、椀を返しに来た奴には「もう一回りはあるから全員に回ったらまた取りに来い」と言ってのけていた。

ゴイは車座から離れて沼沢《しょうたく》を見おろしている。そしてカラスを港に遣って手持ちぶさたのエゴンはまだ犬に構って藪の周りをうろうろしていた。

一方、ニザマ方の天幕では干し肉ばかりの保存食に辟易《へきえき》していたところに山の田楽焼きの野趣、それから郷里の冬瓜の湯《タン》の洗練に舌鼓をうって至極満悦だった姫御前が天幕からにじりでてきて、人知れず竈《かまど》の周りの車座を見おろしていた。やがて奥の藪から出てきた背の高い男が竈に立ち寄って椀を受け取ったとき、横顔が醜く引きつって目が潰れているのに驚かされた。

その男はツォユが手招いて椀を掲げて見せると片手で受け取って、熱かろうものを一息に飲んでしまった。そして目を白黒させると、何かを訝しむような顔でもう一杯と椀を差しだしている。みんな順番を待っているのに厚かましいと、姫御前は遠目に見ていて腹が立った。じつは自分が一番に椀を届けてもらっていることなど念頭を擦《かす》りもしない。

椀を突きだすだけで、お代わりを頼む言葉さえない無礼な大男に、気難しいツォユが呵々《タン》と相好を崩して湯を注ぎ直してやった。礼節や順序に厳しい男なのに、なぜツォユはあの無礼者に一言いってやらないのだろう。

エゴンが椀を手に竈を離れて振り向いたときに、潰れていない方の目がちらりと車座の奥を一瞥した。天幕にさっと身を隠して姫御前は震え上がった。こちらの憤懣が通じて、睨みつけられたのかと思ったのである。

明くる朝まだきに尾根からエゴンが戻ってくると、その肩の上にはカラスが乗っていた。すでに竈の傍で湯に口を湿していた剛力衆は港から連絡のあったことを知る。筒に丸めた短信をゴイは開かぬままに近衛の天幕へ持っていった。しばらく詮議の様子である。

やがてゴイが剛力衆の車座に戻ってきた。浮かぬ顔であった。

「ゴイ爺、なんだって？」

「撤営だ。下りるぞ」

「船は出るのか？」

ワカンが訊いたのは夜間に港湾都市に忍び入るための連絡船のことではない、港から外洋に落ち延びるための次の足のことだった。

「そうとんと拍子にはいくまい、港で一度隠れることになる」

「この人数でかい、そりゃ無茶だ」

「港まで案内《あない》が済んで荷を下ろせば剛力は山に戻る、近衛もばらけて港に散らばるそうだ」

「そうか、俺たちゃお役御免か、案外と早かったな」

「南行きの都合がついても近衛を全員連れていくということにはなるまいな、半分は居残りだ、貧乏くじを引くものが出る」

「そりゃ厳しいな。いま港で捕まってニザマ方の身分が割れたら吊るし柿にされちまうぜ」

ナオーは悪趣味に手の醂柿《さわしがき》を鼻の前にぶらぶらさせて言った。だが目は大真面目だった。

「下はそんなに荒れてるのか」ワカンが呟くように訊いた。

「みんな頭がいかれちまってるからな。羈縻衛《きびえい》に縁のあった奴らも、そのことの埋め合わせになるとでも思ってるみたいにニザマ狩りに手を貸してる。ニザマ方のを一人吊るせば、その分自分が安全になるってな具合に勘違いしてんじゃねぇか」

「そんな中であらためてニザマ方のを匿《かくま》おうって奴が出てくるのか」

「もとからニザマの息が掛かってた館《やかた》や宿《しゅく》こそ今は危ねぇぐらいだからな……市中、密告者だらけだ、どいつもこいつも指《さ》すねたはねぇかと鵜《う》の目鷹《たか》の目」

「花街に根城を置いてるって言ってたな」

「ああ、今は商船も途絶えてるし、人の出入り……ことに見慣れねぇ女の往来があって不自然じゃないのは尼寺か娼館ぐらいだろ。港には老舗《しにせ》の娼館がふたっつあってな、運河のそばの方の廓《くるわ》が衛所の用達《ようたし》だったんだが、これが羈縻衛が潰れるのと一緒に店仕舞いになったわけさ、主だった女郎が逃げ出しちまってな。今は窓は戸板を閉《た》てて門も閂《かんぬき》を支《か》ってあるが、中に入ればぞろりと余所もんがひしめいてる」

「それこそ指されやしねぇのかい」

「娼館が潰れたはいいが、あとちょっとで年季明けだったはずなのに今さら身請《みう》け先もねぇ、郷里に戻ろうにも船は出ねぇで行き所に困ってる遊女《あそびめ》が溜まってる。外向きには駆け込み寺みたいなもんで」

「そいつぁ上手いこと誤魔化したな」

「いや、ワカン、それが誤魔化しばっかりじゃないんで、噂が噂を呼んで実際に駆け込んでくる蹴転《けころ》がまだ居る。そういう女共の差配の片手間に南行きの手配をしてるのが遣手《やりて》の婆《ばば》ぁで、どういう経緯《いきさつ》でそういうことになったのか、こいつは元からニザマに通じてたんじゃねぇかな。婆ぁが扮装で遣手風に納まってんのか、本当に年季明けの女郎かなんかだったのか、まあこっちの知ったことじゃあねぇが、えれぇ貫禄でさ」

「なんにしてもそこが逃げ込む先になる訳だな」

「ああ。するってぇと近衛は途中で置いていくしかないってことになるよな」

「しかし駆け込み寺か。ニザマの宦官を逃がしてる大元締めが女郎の頭だっていうのは頓興《とんきよう》な話だ、ちょっと気がつかねぇな」

「そいつはどうかなワカン、野郎が入り込みづらいっていうのはよく考えたもんだが、花街の裏通りにはどうしたって脛《すね》に一傷《ひときず》、腹に一物《いちもつ》、後ろ暗《ぐれ》ぇ出所の連中が集まるからな……」

　他国の歴史や事情などに通じないナオーであったが彼の心配はもっともである。一般に花街の裏通りといえばかえって余所の間者《かんじゃ》の足を踏み入れるところ、世を忍んで闇に隠れようとする者がどうしたって集まってくる。

俄《にわか》にニザマ憎しと逆風が巻き起こっているクヴァングヮンの港町で、旧宗主国につながる抵抗勢力が凝り固まっているのが花街なのも理の当然なら、それをつけ狙って帝室についた冊封領主が間者を放つ先もいきおい港の裏通りということになる。なかにはここを先途と宦官中常侍とその係累を根絶やしに駆逐しようとしている海峡向こうの一ノ谷が肝煎《きもい》りで、剣呑な刺客が市井《しせい》に紛れ込んでいないとも限らない。ワカンに聞かされた噂話ではないが、ことによったら一ノ谷の化け物、高い塔の魔女の手のものが市中に網を張っている恐れだってないとは言い難い。

暗いところを選んで裏通りに滑り込んだら、例の黒衣の槍持ちがぞろっと列になって待っていたなんていうんじゃ悪い夢みたいな話だ、まして逃げ込んだ路地の角を曲がったさきで魔女の随身に出会《でっく》わしたなんてことになったら肝が冷えて足が固まっちまうこと間違いなし、影を踏んだら二の足を待たずに随身に真っ二つにされてしまう——との風聞である。

「なんでこっちについちまったのかな」

「ついてなかったな」ワカンが笑う。

「港じゃ、際物《きわもの》めいた噂が飛び交ってるぜ」

「噂？」

「雨上がりに夜更《よふ》かしに街頭に出ていきゃ鈴の音を聞く。ちりちりってんで、その音を聞いたらその夜じゅうにくたばっちまうってな」

「なんだ化け物が鈴を鳴らしてうろうろしてんのか」

「寄席の怪談や廓の噂とは違う、本当にみんな怖がってる話だ」

「ナオー、お前はそんな話を信じてんのか」

「信じるもへったくれもあるかい、下の噂だよ。俺の知ったことか。あれじゃねぇのか、一ノ谷の……」

「……高い塔の魔女」

「ああ、そいつらが夜の港に出張って獲物を探してうろついてんじゃねぇかって」

ナオーは竈に土を投げ入れながら、これから下りて行く港町に待つ危険に身が竦《すく》んで、あらためて言っても仕方がない不平を口にしていた。

「あぁ、なんでこっちについちまったのかな」

山を降りて渡し舟に合流するのは夜半を過ぎての約束、剛力も近衛一同もすでに野営地を撤収して荷を纏《まと》めたが、すぐに発つということにはならない。まだ陽が高く、麓の河畔に出る時間を日暮れ過ぎに合わせたかった。

台地の際でひとりぼんやりと座り込んでいたのはエゴンである。せっかちにもう荷を担いだり下ろしたりしているナオーの傍では黒犬が逃げるでも近づくでもなく藪に隠れて伏せていた。この朝から黒犬はエゴンに寄りつかなかったが、エゴンが犬に近づいていくと梢のカラスが不満げに鳴いて咎《とが》めるのである。それを見てワカンが笑って当て擦《こす》りを言った。

「黒いもん同士、仲良くしたらどうなんだ」

さて、もう一人の黒い者、庄で拾ってきた少年はまだ意識がはっきりせず、相変わらず目も開かない。口元に寄せた湯を飲む素振りがあったが、すぐに戻してしまった。もっとも衰弱が行き過ぎると経口で水分を摂るのも難しくなるもの、こうして水を含めるだけでもずいぶんな回復だった。きちんと計っていた訳ではないが、鼓動も呼吸も人並みな水準にきもち近づいてきたようだった。ワカンやエノクが入れ替わり立ち替わり汗を拭いてやったり、声をかけてやったりと面倒を見ていたけれども、男所帯の山下りとあっては万事に気が利かない。看病といっても本人自前の回復力に期待するばかりの大ざっぱなものだった。

エゴンは午後の沼沢地に陽炎《かげろう》がたっているのを見つめ、日暮れ前に夕立がくるなと鼻をひくつかせている。ゴイも夕方の雨を予測しているようで蠟引きの貫頭衣を荷の上の方に詰めておくようにと近衛に注進に回っていた。山での雨は辛いものだが、里に下りてしまえばさしたる苦労はない。まして人目を避けたい一行には今晩の悪天候は渡りに舟。

それぞれに嵩張《かさば》りがちな荷をうまく纏めようと苦慮しているところ、子供を担ぐ約束のエゴンは一行からへだたって台地の端に腰掛け、手すさびに草など抜いたりしている。

もう一人、荷の準備をしていない者がおり、それはニザマの姫御前だった。

すでに天幕は畳んでしまって束になっている。出立の準備に怠りない一同を前にその辺に腰掛けているのも気詰まりだし、隠れるところもない。少女は手持ちぶさたに野営地を回っていた。

すると下を見晴らす台地の崖縁に腰掛けているのが昨日見た顔の潰れた大男、少女は脅えすくんでぴたりと足を止め灌木《かんぼく》の陰にしゃがみこんだ。そろそろと顔を上げて窺《うかが》い見てみれば、ぼんやり沼沢地を見おろしている男の顔に険がない。いたって穏やかな顔立ち、なんなら端正な面持ちと言ってもよかったろう。それもそのはず、姫御前はいまエゴンの横顔を右から眺めていたのだった。

樽のような胴に猪首の剛力衆のなかで、エゴンの細面はこうして右だけ見てみれば大層繊細な様子なのだった。若禿げぎみに広い額から彫り深く落ちくぼんだ目を細め、伏せた睫毛の色がやや薄かった。鼻の峰が高く肉のそげ落ちた頬は浅黒く艶がある。すこし口を尖らせて歯の間から聞こえてこない口笛を吹いているのは、聞かせる相手が犬と鳥だけだからだ。髭をあたる習慣がないはずなのに口元も顎もうっすら産毛が生えているばかりで、引き締まった顎の線がさっぱりと細い首に続いていく。美丈夫とまでは言わないが、その穏やかなおもだちの線、表情は童子のそれにむしろ似ていた。

その男は上に目を遣って視線を宙にさまよわせている。蠅でも追っているのかと見れば、風雲急を告げ俄にかき曇りつつある空に羽を広げて滑翔《かっしょう》する鳥の影がある。彼女が何の鳥だろうかと目を細めたところに、その影が身をすぼめ地面まで墜落するかのように急降下してきて、見上げていた男に躍りかかっていく。

身を屈める男は悲鳴こそ上げるではないが上体を回し、長い腕を振って黒い鳥を追い払おうとしていたようだが、しかし鳥の方は執拗に襲いかかって、一度などは男の薄い頭髪を毟《むし》っていったように見えた。おう、おう、はぅ、と男が嗚咽《おえつ》するように呻《うめ》き、手を宙に差しだして指を差し咎めるように鳥を追い払うが、鳥は男の頭の上で羽を手のひらのように広げて滞空し、度々頭めがけて飛びかかる。黒い羽が散っている。男は泣き声とも笑い声ともつかぬ、言葉にならぬ叫びにえずきながら首を竦めていた。

姫御前は足許の木切れを拾い、小石をさらって灌木の藪から立ち上がり、襲撃を止めぬ鳥——真っ黒いカラスに向かって両手のものを投げつけはじめた。木切れは見当違いの方へ飛び、小石は眼の前の足許に散らばるばかりだったが、目の先をすっと飛び去っていった木切れを目に留めて男がぎょっとしてこちらに振り返っていた。

男の潰れた左の顔がこちらにのぞく。その時、姫御前は第二弾を用意して今しも投げつけようとしていたところだった。大男はカラスの襲撃に為《な》す術《すべ》がないようなのだ。

木切れを振りかぶる少女を見て、今眼の前を飛んでいった木っ端の意味を悟り、彼女が何をしようとしているのか、その善意を理解したエゴンは慌てて崖際から立ちあがった。その長身が曇天を背景に伸び上がり、少女は真っ直ぐに向けられた片方の目、そして潰れてしまったもう一方の目の痕跡に射《い》すくめられて、投擲《とうてき》を果たせず手を振り上げたままで身が強ばった。立ちあがれば見上げるような長身、そのてっぺんには醜く引き攣《つ》れた傷だらけの顔が乗っている。その顔から目が離せなかった。怖かった。だが、まじまじと見るその顔はやはり半分だけは邪気も屈託もない少年のような顔なのだった。ただ左半面の傷痍《しょうい》だけが——その傷痕が男の柔和な表情を意に添わず歪めてしまっているだけなのだ……

大男はやや猫背に立ちあがったなりに両手を前に出し、違う違うというように振っていた。なにか懇願するような、謝るような仕草だった。そうするうちにも宙を舞っていたカラスがぎょうと破《わ》れ鐘声を上げ、そしてまた男の頭に躍りかかっていく。姫御前は振りかぶっていた木切れをまた狙い定めた、あの不届きなカラスを追っ払ってやらなくちゃ！

だが男は依然、手を振りながら、あぁ、あぁと困惑するように口を開け、こちらへ向かって大股で近寄ってきた。少女がすわ投げなんとしたところで男が「あっ」と大声をあげ、必死で手を振っている、投げようとした手が再び固まった。男は首を振り続けている。

そして唖然とした少女の眼の前でカラスは男の頭の上にふわりと飛び降り、頭のてっぺんから彼女を見おろして、不満そうにお辞儀を繰り返すと破れ鐘声ではっきりと不平を告げた。少女は目を丸くして見ていた。カラスが……頭の上に留まっている。男はそっと首を振り、頭の上のカラスを指さし、そして少女が手にしている木切れを棄《す》てるように身振りで示していた。

言われるまでもなく、力の抜けた手から木切れは滑りでて地面に落ちていった。少女は唖然と開いていた口をようやく閉じて、つばを飲み込むと小声で訊いた。

「仲良しなの？」

エゴンはニザマの言葉に疎《うと》かった。

「虐《いじ》められていたんじゃないの？」

やはり判らない。だが少女が震える指でカラスを指さしている。何を訊いているのかは判った。エゴンは、はぁはぁと笑いを堪《こら》えるように息を吐《つ》き、口の左端からもれた涎を手の甲で拭った。

エゴンの片目が細まって、注意深く右の半面だけを見ていたらかろうじて笑ったのだと判る、独特の笑顔を見せた。左に注視していたら威しに掛かったと思われても仕方のない凄まじい笑みである。だが少女はすでに理解していた、感得していた――笑ってる。可笑《おか》しそうにしてる。

エゴンはまだ焦った様子のままで自分とカラスとを交互に指さし、なにか言わんとしているが、もともと話が達者でない上に国の言葉が違う、それでなくとも山賤のつかうクヴァンの山岳方言とニザマ中原の女房詞《にようぼうことば》では意思の疎通も覚束ない。それでもまじまじと目を見合わせた大男と少女は、見交わす目のあいだになんとか言わんとすることを交換していた。

エゴンは頭にカラスを留まらせたままで、脇の雑嚢から干し肉を出すと、見ろと言わんばかりにいちど少女の方に突きだして見せると、やおら勿体ぶった様子で口に端をくわえた。べろりと舌を突きだしたみたいに干し肉が口にぶらさがる、その次の一瞬、エゴンはすぱっと真上を見あげるように首を振る、頭の上のカラスが慌てて羽を広げふわっと宙に浮かぶ、上を見た拍子に開いたエゴンの口から干し肉が放り出されて宙に舞った。

少女があっと声を上げたときには、前を向いたエゴンの頭の上には再びカラスが鎮座し、今度は不平そうな鳴き声を上げてはいなかった――カラスの口には空中でかすめ取った干し肉が銜《くわ》えられていたのである。いまの刹那に干し肉がエゴンの口からカラスの嘴《くちばし》に移っていた。少女は目を見張って、一瞬だまりこみ、そして笑い声を上げた。

カラスは上を見上げて干し肉を丸のみに喉に滑り込ませている。エゴンの口がはぁはぁと息を吐いて笑っている。

「仲良しなのね、遊んでたのね？」

エゴンには判らない。少女はエゴンとカラスを交互に指さしてもう一度同じことを訊いた。エゴンは判らないなりに、それでもうんうんと頷いた。エゴンは首肯する際に、むしろ上を向くような仕草をする。それでも少女にはそれが肯《うけが》ってのことだと判った。

「あんた、喋れないの？」

エゴンはまだはぁはぁ言いながら不器用に目を細めて頷いていた。こちらの言っていることが判って頷いているのだとは思えない。だが少女は屈みこむエゴンの目を覗き込み、そこに微かな知恵の光が兆しているのを見た。喋れない。だが馬鹿なのではない。怪我のせいで喋れなくなってしまったのだ。

「あんた、名前はなんていうの？」

エゴンが首を傾げていた。少女は自分の首元に開いた手を着けてエゴンを真っ直ぐに見上げて言った。

「私はユシャッバ」二度繰り返した。そしてエゴンを指さしてもう一度訊いた。

「あんたはなんていうの？」

エゴンは目を丸くしていたが、自分を親指でさして言った。

「えおん」

「エオンって言うの？」

エゴンが悲しそうな目で首を振る。再び「えおん」と言った。ユシャッバは「エオン？　エオン？」と何度か抑揚を変えて繰り返していたが、エゴンが頷かないのでおそらく言い当ててはいないのだなと見当がつく。ユシャッバは自分も首を振りふり、閊《つか》えの取れぬ面持ちでいたが、やがて目を上げるとカラスの方を指さした。

「その子はなんていうの？　そのカラスは？」

その時、ユシャッバがたじろいだほどにエゴンの目が輝いた。

エゴンは背を伸ばして韘《ゆがけ》を巻いた左手を高くたかく差し上げた。いつも猫背にしているエゴンがすっくと背を正して腕を差し上げると、見上げるような高さになった。その手は手のひらを下に、甲を上に差し上げられていたが、のけ反るように見上げたユシャッバの頭上でカラスがふわりと飛び上がるとその手の甲に舞い降りた。カラスは見得を切って勿体をつけるようにゆっくりと羽を畳み、そして高みから首を傾げてユシャッバを見おろしている。

しげしげと眺めたその姿は、今まで気づかなかったことが不覚に思われるほど端正なものだった。ユシャッバは真っ黒なカラスが、よく見ればこれほど端麗な姿形を持っていることに初めて気がついたのだ。艶のある羽は雨覆《あまおお》いから羽先まで穢《けが》れ一つない漆黒で、後宮の寵姫《ちょうき》がどれほど丁寧に髪を梳《くしけず》ったところでこうはいくまいと思われる照り、輝きに密に織り重なり、青みがかった光彩を得ている。黒い輝きというものがあるのかと思い知った。艶のある嘴は優美な曲線を描き、つるりと滑らかな額の下に黒々と丸い目がさかしげに見開かれている。鳥というものはいったいに、いつも何かに警戒し脅えているようにせわしなく首を巡らせて周囲を窺っているものだが、このカラスは小首を傾げたまま、じっと視線を据えてユシャッバを静かに見おろしている。この泰然、この余裕——こうして間近に眺めいったのでなければふてぶてしいとも思われただろう、その落ち着きが、今のユシャッバにはカラスの知性の高さを物語るものとしか思えない。

そして高だかと差し上げたその手に自若《じじゃく》として座すカラスを見上げたエゴンは、まるで自分の子を誇るように目を細め、口角からわずかに涎を漏らして言ったのである。

「はあう」

「ハアウ？　ハアウ、それがその子の名前なの？」

エゴンは勢い込んで、いつものように少し上を見上げるようにして頷いている。だれが見ても区別がないように見える黒いカラス、その容姿を見分けて、個体を正しく識別し、名を付けて区別すること——これが鳥飼《とがい》エゴンのたった一つの秘訣なのだった。ハァウは嘴細《はしぼそ》の仲間としてはやや額が張っていて、嘴の線にも丸みがある。そして艶のある雨覆いにさす緑色にも見える輝きが鋭く細い条線を成しているように見える。声も独特で、嘴太《はしぶと》みたいに澄ましてみたり、野犬みたいに唸ってみたり、小節をつけて鶯みたいに数振り鳴き伸ばしたりと芸がある。何よりこのカラスが特異なのは、好奇心がありながら安全と危険を正確無比に測っている、物おじをしない性格と裏腹になった、一種独特の身を慎む危機意識の高さである。カラスはいずれも驚くほど知恵のあるものだが、ハァウの取り柄は自分が経験したのではない危険にも予め注意を払えるという先見の深さだ。エゴンの密かな自慢であった。

だれにも見分けられぬカラスに実は一羽いちわはっきりとした区別があり、名前があるということ、そのことを眼の前の少女が当たり前のように理解していることが、エゴンには驚きだったし、なにしろ嬉しいことだった。それこそが他ならぬエゴンを正しく理解することだったのだから。

エゴンが差し上げた左手にカラス、ハァウを乗せたまま、右手を大きく広げて、矢をつがえた弓を引き絞るような仕草で遠くを指さした。背筋を伸ばし、両腕を広げたエゴンは枝を大きく張った巨木のようにユシャッバの視界を覆っている。筋肉質の細い腕がすっと横へ伸びていって、指さした彼方へとユシャッバの視線が誘導されると、その視線の先へと、だれがはっきり命じたという訳でもないのに、強い羽音を立てて黒いカラスが矢のように飛び過ぎていった。ハァウがエゴンの指示に応えて飛び立ったのだ。

カラスは崖下の一番高い糸檜葉《いとひば》の木の樹冠をぐるりとまわって、崖を吹き上げる上昇気流に乗って鷲鷹《わしたか》の類いのように羽ばたきを止め羽を広げて旋回しながら曇天に昇っていった。そしてエゴンがカラスを呼ぶように手を上げたと見るや、その指示をみなまで確認する暇もあらばこそ崖上に急降下し、エゴンが放った干し肉を中空に受け取った。

ユシャッバは目を見張って小さく拍手をし、エゴンに振り返ると満面の笑みで言った。

「すごい！　命令しなくても、思っていることに従うのね！」

いや、それは違う。カラスの方の観察眼が優れているから、人目に見えるようなはっきりした命令を出さなくても済むまでのことだ。だがユシャッバが言っているのはそういうことではない。ハァウの知恵を誉めそやしているまでのことだ。だからエゴンは例によって凄まじい笑みをうかべて、ユシャッバの言葉を肯《うけが》ったのである。うふうふと吐息を漏らしながら。

カラスは膝をついたエゴンの肩に留まり、間近にユシャッバを見つめている。ユシャッバはこんな風にカラスを自在に操れたらどんなに楽しいことだろうと目を輝かせている。エゴンは干し肉を引き裂いて少女に投げ渡した。

ユシャッバは目をぱちくりとさせて、受け取った肉を見おろす。そしてその意味に気づいた。食べろと言っているのではない、あげてごらんと言っているのだ。ユシャッバはぱあっと笑顔になって、干し肉を指にぶら下げてカラスに興奮した声をかけた。

「おいで」

カラスはエゴンと少女を見比べるように、交互に二人に視線を送ると、ひゅっと風を切ってエゴンの肩から飛び上がる。ユシャッバは頭に乗っかられてしまうのかと首を縮めたが、カラスは宙で身を翻すとユシャッバの肩に降りた。ユシャッバの翡翠色の絹の色がハァウの漆黒の羽に映っていた。ユシャッバはくすぐったそうに肩をすくめるが、カラスは肩の上でくるっと向きを変えユシャッバと並んでエゴンを見返した。ユシャッバが笑い声を上げる。

カラスはユシャッバの耳元に揺れている耳飾りをちらちらと睨《ね》め付けている様子だった。あれ、まずいぞとエゴンが少し慌てる。カラスはたいてい光り物にご執心《しゅうしん》で、しかも人で言うなら「手癖が悪い」ものと決まっている。ユシャッバはカラスの眼の前に干し肉をちらつかせる。だが当のカラスはそちらの方は一顧だにしない。ほら、ほらと肉を揺すっているユシャッバをしばらく無視していたが、やがて干し肉をさっとかっさらうとエゴンの左手の喋に戻ってきて——そしてユシャッバが驚いたことに、干し肉をエゴンに返した。ユシャッバは今度こそ仰天していた。カラスは、そんなに一度に貰っても仕方がない、これは次の時にとって置いてくれよと言わんばかりに、エゴンの喋の上にぽとりと肉を置いたのであった。そして再びユシャッバの肩に飛びよった。

「もうお腹いっぱいなの？」

ユシャッバは声を立てて笑った。野営地では姿をくらましたユシャッバを赤髪が捜しあぐねていたが、彼がその声を聞きつけていた。

ハアウはやはりユシャッバの耳元に屈みこみ耳飾りを見つめている。ユシャッバの小さな耳朶《みみたぶ》に垂れた飾りは、金の細い線を組み紐のように編んで花結びにしたもので、花ならば花托《かたく》にあたるところには蜻蛉玉《とんぼだま》の代わりに大粒の本真珠が括《くく》られている。ゆらゆらと揺れれば、繊細に織り上げられた金糸波《なみ》うつ花結びのおもてに光が踊って、その黄金《こがね》色の反射が中央の真珠に映り込み、意匠も細工も念が入って気が利いている。無論、エゴンは宝飾品になど関心はないが、ここでの問題はハァウがこの耳飾りに心奪われてしまったのがありありと判ったことだ。

灌木を回って崖際にツォユが顔を出していた。ユシャッバがエゴンと話し込んで楽しそうにしているのに驚いている。ユシャッバは赤髪に諌《いさ》められながら名残惜しそうにカラスとエゴンに振り返り、近衛の隊列の方へと引き戻されていった。エゴンは少女の後ろ姿に手を振る。そしてカラスは遠ざかっていく後ろ姿のうなじの傍にちらちら光る耳飾りを見つめていた。

やがて篠《しの》つく雨が梢をうち、濡れた山道をゆく足音を隠した。ワカンらの導きで一行は下界の村落を迂回し、里人に会わぬよう川べりの葦原を引き分けて歩いた。疱瘡《もがさ》がおこって壊滅したという話になっている庄のある峠からこの人数が下山したら、つまらぬ噂を巻き起こすことになる。

もっともワカンも、話を聞いたゴイも、山に流行り病が吹き荒れたという風聞を信じてなどいなかった。あれは死人を焼いたのではないとワカンには確信があったのだ。その判断を黙って肯ったのがゴイだった。事情は判らない。だがなにか話が曲がっている……

雨の葦原をついて足を運べば疲れは一層倍、しかし合流点が近いので野営の支度もほとんどは山中に処分してきた。荷は減り、重たいのは自らの体ばかりである。剛力はともかく近衛たちは湿地の泥濘《でいねい》に足を引きずっていた。

エゴンの背中では急拵えの蓑の下で子供が微かに震えをおこしていた。そして平地に出てきてから一度失禁した。エゴンに着替えの準備などないのでワカンが説き付けて、一晩は濡れ鼠で歩かなければならないことだからとなだめて我慢させた。エゴンは文句を言わなかった。むしろナオーに「戻したり、漏らしたりは良くなってきたあかしだから」と言われて、仕方のないことだ、かえって良いことなのだと納得していたようだった。

だが不満がなかったはずもない。もう少し付き合いの長いワカンは、エゴンが潔癖《けっぺき》なほどに衛生に気を払っていることを知っていた。これは鳥飼の習慣なのだ。他種、他属にまみれることなく中空に暮らす鳥たちは、免疫に劣るところがあるのかもしれない、鳥飼はちょっとの接触で鳥が簡単に病を得ることを体感的に悟っていたのである。

そうした面倒はあり、荒天のもとであっても、もとより山野を踏破するのが仕事の剛力衆にとっては平地の川べりで藪を漕ぐことなど苦労といって物の数にも入らない。疲弊しきっていたのはもっぱら同行のニザマ方の近衛であった。

しかし近衛の輪の中ではユシャッバまでもが雨覆いをかぶって気丈に歩みを進めている。だれも疲れ、そして腹を減らしていた。平地に下りて来てから食事の支度をしているような余裕はない。なんとか一気に連絡船との合流点に辿り着き、港町へと紛れ込んでしまわなければならない。近衛のなかに鬱憤《うっぷん》を訴えるものなどいなかった。疲弊していても意気は確かだった。

河原が広く伸び拡がり、運河が十字に流れを仕切る低地の河岸に連絡船は待っていた。すでに雨は瀟々《しょうしょう》と降りしきり、土手からも見通しが利く気遣いはない。体温を失い、体力を削られながらも、なによりも身を隠すのが至上命令である逃亡者たちには、これはうってつけの状況だった。二艘の渡し舟は蠟引きの幌を覆いにして合流した者たちの姿を舟底に隠した。段々に距離を詰めてきていた黒犬は桟橋ではエゴンの隣に当たり前のように並んでいる。ナオーがついてくるかと訊いてみると雨に濡れた鼻面をあげてじっと見ている。舟の艫《とも》にはエゴンが背を丸め子供を膝に抱え込んだ。

ナオーが黒犬を抱き上げて船底に放り込んでやる間も声を立てるでも暴れるでもなかった。ここまで来た以上さいごまで同道するという態度で、闇夜《あんや》雨中に人目を忍ぶ一行の事情をあたかも心得ているようだった。

本来棹《さお》を突いて対岸を目指すはずの舟が櫓《ろ》を漕いで港湾へと舳先をむける。曳行《えいこう》される波が雨粒に泡立つ川面に静かに拡がっていった。音もなく舟は下っていく。

港湾都市の外れ、閘門《こうもん》のある運河を避けて、大回りに下っていった本流河岸の船着き場はほんらい港に陸揚げされた荷をさらに内陸に運ぶ連絡船の集荷場所である。いまは外洋船の行き来が途絶えて集荷分配しなくてはならぬ荷など何処にもなく、船着き場は見る影もなく荒れ果てていた。船着き場の倉庫は雨風に傾いた鎧戸《よろいど》を揺らし、箍《たが》の緩んだ空樽を樋《とい》の雨水が叩いて音を立てている。建て込んだ港町の河岸は高く石堤に囲まれ、雨の夜ともなれば、そこに舟が寄せられて怪《け》しからん余所者が大挙して岸に踏み下りても、見ているものも聞きつけるものも誰もいない。

追い剝ぎ夜盗が横行しているという港の夜に人影はなく、雨の巷《ちまた》に軒を並べる蔵屋敷の数々には灯《あかり》もない。本来なら船が着けば商人と人足に溢れる表通りにもいまや野犬の姿すらない。だが一行は蔵屋敷の土塀の軒からしたたり落ちる雨垂れに足音を隠すように裏路地を縫って進んだ。

手引きの船頭が裏木戸を叩けば、すでにそこに誰か待っていたのか中から閂《かんぬき》を外す音がする。裏木戸を潜ると門の奥には隧道《すいどう》のように南面の棟を貫いた通路が続き、その先に目的地である娼館の中庭が待っていた。通路を塞ぐ戸は通りに面した裏木戸に加え、中庭に出るところにもあり、こちらにもご丁寧に閂がある。

先頭に立っていた衛士長は姫御前を後に連れ、中庭に足を踏み入れて頭上を見上げた。曇天が四角く切り取られている。高く連棟が四方を囲った方形の庭だった。凝灰岩の灯籠《とうろう》が等間隔に立ち、うっすらと火が点っている。続いてニザマの近衛が門を抜け、荷を担いだ剛力が後に続く。

子供の小便に背中を濡らしているエゴンはゴイの言いつけで裏木戸の外、塵芥を集めたごみ箱の脇に待たされることになった。少年の小便はつんと揮発臭がたって、舟の幌の下でも一行を閉口させていたのだ。エゴンは土塀の脇に積まれた瓦の束に腰を下ろし、背中を丸めて子供を腕にかき抱いて雨具を頭から被った。黒犬は言葉もなくエゴンの隣に這いより、雨の当たらぬ軒下に丸まっていた。

「気に入られたもんだな」一行の殿《しんがり》について木戸を潜るナオーが、雨の中に取り残されるエゴンを可愛そうに思ったか、からかい口調の中にも労《いたわ》りを滲ませて小声で言って、エゴンの肩を叩いた。エゴンにしてみれば、犬は黒い子供の傍を離れまいとしているだけだと思っていたのだが、ただにやにやと顔をしかめて見送った。

裏木戸は閉ざされる。雨は勢いを弱めていた。

中庭は方形を十字に仕切る水路が切られた南方風で、庭園に山水の奇観をあしらうニザマの風流とはずいぶん趣の異なるものだった。水路に分断された庭の四つの象限《しょうげん》にそれぞれ盛期を異とする四時《しいじ》の植生があり、今目立つのは枇杷《びわ》の葉叢だった。一同が足を踏み入れた一画には季節に合わず落ち葉が散り敷かれ、雨に濡れて薄荷《はっか》のような芳気が立ち上っていた。

四方を囲む列柱の回廊の上には中庭を見おろす部屋が並び、今は張り出し棚の欄《おばしま》の向こうで窓に鎧戸を閉《た》てている。往時にはこれが一周、娼館の閨房《けいぼう》の列ということだったのだろう。

水路を胯《また》ぎ磁磚《タイル》張りの中庭を横切ってから庇《ひさし》を潜《くぐ》った先が、本来なら店《たな》の正面から入ってすぐの出迎えの間で、吹き抜けの大広間は見上げれば上階の廊下に続く通廊がぐるりをめぐって、欄干に凭《もた》れて幾多の女たちがくたびれたように広間を見おろしている。静かではあったが人が犇《ひし》めいていた。高級官吏の用達《ようたし》だったというだけに調度は奢《おご》っていて、わずかな灯が映えて壁際に寄せた水瓶や盆栽をぼんやり照らし、間仕切りの赤い緞帳《どんちょう》に影をなげかけている。港町の爛《ただ》れ切った頽廃《たいはい》が広間を充たしてほのぐらく翳《かげ》っていた。

吹き抜けの中央には、かね折れ階段の下で、奥の廊下から続いてきた板張り座敷の一部が桟橋のように土間に延び、そこに経机《きょうづくえ》を据えて帳場に設《しつら》えたところに寝ずの番の小男が座っていた。油を汲んだ灯檠《とうけい》が傍でじりじりと燃えている。一行の到着を待っていたものだろう。番頭の小男は運河から廓まで一行を先導してきた船頭と小声で話し込み、何度か横目で一行の様子を細かに窺っている様子があった。さっと視線を土間に遣っては数を数えているのか首を縦に小刻みに振っていた。ついで番頭は船頭を中庭に追い払うような仕草をしてから、自分は静かに階段を上っていった。暗い吹き抜けに、近衛がぐるりを囲んで、姫御前と、後ろでは剛力衆が取り残された。静かだった。だが見おろす人の視線を感じる。

下の者たちを睨《ね》めつけながらも、彼らのことが気になっているようにも見えず、そればかりかおよそ他人についての関心も失ってしまっているように見える女たちは、ここに逃げ込んだ女郎のなれの果てか、あるいはあれも娼館が一時預かっているだけの貴賓なのか。いずれも身仕舞いは華美だがどこかだらしなく虚《うつ》ろな視線を広間に漂わせている。

階段の上で奥の暗がりに続いていく通廊の縁に、手を広げたような棕櫚《しゅろ》の鉢植えがあり、その後ろで背の高い男が影に紛れて佇《たたず》んでいた。屋内にも拘わらず頭巾を被っているのがワカンには気に入らない。ゴイ爺もちらりとその人影を見咎《みとが》めている。足許の妙齢の女がその裾に取りついて何か訴えている様子だったが、やがて頭巾の男は踵を返して通廊の奥へ去って行った。つっかい棒を外したように、しなだれかかっていた女は頽《くずお》れて、まだ階段の上に突っ伏して哀訴に嗚咽しているのが忍び声でも聞こえてくる。

吹き抜けの上の方に靄《もや》のように漂う煙は南洋の水煙草が燻《くゆ》ったものか、あるいは甘い薫りは阿芙蓉《あふよう》のものだったかもしれない、港の不道徳が凝集《ぎょうしゅう》して臭いたっているようだった。

階段を軋《きし》ませて下りてきた番頭の後ろには、娼館を預かる噂の遣手《やりて》の姿があった。燭台を手に、一歩いっぽごとにぎっと踏み板を鳴らして大柄な遣手が下りてくる。薄汚れた外套に身を窶《やつ》した近衛たち、もとより簡素な風体の剛力衆と比べると、およそ隔たった華美絢爛《けんらん》な身仕舞いだった。これから大掛かりな芝居の一幕でも繰り広げられるのかと、一同が唖然とするほどの派手な装いである。

深紅の絹地に正体の分からぬ花々を色糸で刺繡したものが盛り上がり、およそ季節に合わせる気遣いもない。ぎらぎらと金糸の散った帯が蠟燭の光を照り返し、肩掛けに羽織った丹前《たんぜん》はぜんたいに瀟洒な縫製だが縁に唐草の縫い取りがあるところは派手で野暮だった。

太り肉《じし》で首まで白塗りの顔には艶があり、分厚い唇に紅をさした丸顔、年のころは定かでないがやや頰が垂れている。眉を引いた額に横皺が刻まれ、ちょっと太夫《たゆう》がありには見えないがなるほど貫禄がある。結った黒髪は真っ黒に染められ金銀、珊瑚《さんご》玉の飾りが垂れていた。

丹前の下で右を懐手《ふところで》に肘を張り、左手の蠟燭を掲げて階段の途中で一同を見渡した。走り寄った番頭に燭台を渡すと懐から出した扇子で口をかくすようにして二言三言注文をつける。三《さん》の糸《いと》――高音の弦を擦るような芝居がかった紛い物めいた女声に、剛力の若いものが怖気《おじけ》を震っていた。舐《な》めまわすように階下を眺め渡す遣手の眼《まな》差《ざ》しが気味悪くてワカンは目を逸らした。

番頭に呼ばれて出てきた飯盛り女がニザマの姫御前を階上へ導き、お召し物を乾かしてと声をかけている。遣手は踊り場の暗がりで、扇子で口元を隠したまますっと壁際に退いて手摺りに凭れ、階段を上っていく姫御前に場所を空けた。

無垢の原木を太く使った階段が踏面《ふみづら》にくらべ蹴上《けあげ》が高いものだったからだろう、踊り場を過ぎて更に上へと踏み込んだときに姫御前が段にちょっと蹴躓《けつまず》いた。その時、遣手は左の腰を手摺りに預けたまま手にしていた扇子をすっと差し出していた。さいわいよろめいて踏み戻したさきは踊り場、姫御前は「あれ」と小さく悲鳴を上げただけで大過無く、あとは手摺りにすがって暗い足許を確かめながら階段を上り続ける。通廊に登り切ると決まり悪そうに上でいちど振り向いて導かれるままに奥へと消えていった。

まるで姫御前の背中を煽《あお》ぐように差し出した、遣手の扇子の仕草がワカンには気に入らなかった。眼の前で娘が蹌踉《よろ》めいているというのに真面目に手を貸してやる気もないといった横柄な態度に見えたからだ。姫御前がこのうえ足を縺《もつ》れさせてしまっていたなら扇で受け止められるものでもなかろう。本気で救いの手を差し伸べる気などさらさらない、せいぜい落ちていく者の背中を煽いでくれるぐらいが、先方に期待できる情けの丈《たけ》というわけか。こんなとこに預けっちまって本当《ほんと》に大丈夫なのかねぇ。

一方で、姫御前の居所も定まり、つくづくほっとしたのか近衛の衛士長ゲンマ、赤髪の言うところの「叔父貴」の方は表情をやっと和らげ安堵の溜め息を吐いている。近衛たちは階下の続きの間へと導かれていった。

剛力衆は雨中の行軍にあたってニザマ方の分まで荷を引き受けていた。人一倍の荷をまだ背中に負ったままの彼らを階段裏へと番頭が手招く。カランが草履のままで土間から板敷きに上がろうとしたのをナオーがあわてて窘《たしな》めていた。一同は早く荷を下ろして楽になりたかったのでゴイとワカンを広間に残して急ぎ足で暗い廊下の奥へと導かれていった。

灯《あかり》の点《とも》らぬ廊下は横手に延び、番頭の後ろ姿に付きしたがって剛力衆は黙って摺り足に進んでいく。ずいぶん長い廊下で、いくらなんでも大きな屋敷だと一同が訝《いぶか》りはじめたところで突き当たりに戸が開き、見ればそこはもう屋外、晒《さら》し屋根だけを架して簀《す》の子《こ》を敷いた渡り廊下が横合いから吹きこむ雨に濡れている。もっとも雨は小止みになりつつあった。渡り廊下の先で土塀の横合いに穿《うが》った潜り戸を抜けると、邸第《ていだい》ならぬ土蔵がずらりと正面を並べ、うち一つが重たい外扉を既に開いていた。

漆喰総塗籠《しっくいそうぬりごめ》の土蔵は白壁に腰板を張り、屋根の上の風呂桶のようなものは防火用水、扉の脇に積まれた土嚢《どのう》は何かとカランが小声で問えば、港の出のナオーが「用心土」だと説明する。周囲が延焼に包まれていても、予《かね》て準備の粘土質の用心土を、土蔵の隙間という隙間に、目留めに塗り込めてしまえば蔵の中には火勢が及ばないのだという。こうも火事の心配をしているというのは昨今の政情不安から荒れた市中に放火が相次いでいるからだろう。

それならばこれは宝物蔵か何かと思えば、荷を負ったまま足を踏み入れた剛力衆の目前には、入り口を塞ぐように金輪のついた茶箱のような長持が積んであるばかりで、あとはがらりと空いた土間だけが拡がっている。一行は土蔵の奥まで進み込んで肩に食い込んだ背負子《しょいこ》の緒を解き、ようやく荷を下ろした。背中の凝《こ》りをほぐしながら荷に被せていた雨除けの油単《ゆたん》を剝がしていると番頭はもう渡り廊下を戻ってしまっている。

蔵屋敷の留守居の男が戸口から覗き込んで、横着にも入り口すぐに置かれて放ってあった長持を指して、これも奥へ押し込んでおいてくれと気安い口調で頼んだ。エノクとカランは荷運びの力仕事が本分であるからさして考えもなく長持にとりかかる、これが予想外に重かった。簞笥《たんす》一棹ぐらいなら一人で担ぎ上げる剛力衆である、ところが錠の掛かったこの長持を持ち上げるのにナオーも手を貸して三人がかり、なるほど横に金輪が設《しつら》えてある訳だ。二つの長持を奥まで引きずっていくのに三人全員で二往復が必要だった。

「なんだこりゃ」ナオーが存外の重さに不平を口にしている。

「中身は金物だな」カランが低く呟く。

降って湧いた思いもかけぬ重労働に汗を拭く剛力衆、その土間の足許に差す光が不意に暗くなっていった。土蔵の扉が重たい軋みをあげて閉まりつつある。やがてずしんと枠を揺るがせて扉が閉め切られ、あたりは闇に閉ざされる。

雨風に吹かれて扉が動いたものと初めは思った。だがそこに居るはずの留守居の男がなかなか扉を開けない。火を掲げていたのはその男だったのだから、扉が閉まるところは見ていたはず、なにをもたもたしているのか……

「おい、どうした」暗闇に手をついてナオーが戸口のあると思しき方向へ寄っていった。扉を手探りしながら、外の者を呼ぼうとしていたナオーが突然に呪詛《じゅそ》の言葉を放った。

「なんだってんだ、間抜けめ」

「ナオー、どうした」

「野郎、錠を下ろしやがった」

娼館の裏木戸の脇では相変わらず雨宿りにエゴンがしゃがみ込んで暗い空を見上げていた。腕の中の少年は体を丸めてすうすうと寝息を立てている。黒犬はいつの間にかエゴンに倣《なら》って積まれた割れ瓦の上に座り込んでいた。

やにわに木戸が音を立てて開き、裾を端折《はしよ》った襷掛《たすきが》けの飯盛り娘が塵取《ちりと》りを持って中から出てきた。止みはじめの空を見上げて、塵取りの中の割れた瓶子《とつくり》を傍らの屑入れに落とし込もうと蓋に手をかける。そしてぎょっと目を見張っていた。屑入れの後ろにしゃがみ込んでいたエゴンに気がついたのだ。

「なんだ、物乞いさん、今夜はもう出ねぇよ、とっとと帰んな」

そう言って割れ欠けを屑入れに落とし込んだ。そして手に持った塵取りを振り煽ぎ、裏木戸の通用口の上で広くなった土塀の屋根の棟木から、カラスを追い払った。

「物乞いさん」同様に屑入れの残飯を漁《あさ》りに来ていたものだと思ったのだろう。飯盛りは戸口からエゴンの顔を覗き込むが、ちょうど目深《まぶか》に引き下げていた蠟引きの頭巾のところが顔の手前を隠していた。間近でエゴンの左半面を目の当たりにすれば悲鳴の一つも上げていたかも知れない。エゴンはへらへらと口を緩めた。

「子連れかい、雨ん中ご苦労なこったね」勢いよく蓋を閉めると、鼻を摘《つま》んで顔を顰《しか》め、また悪態を吐く。

「それで同情が買えるとでも思ってんのか、つき合わされる餓鬼の方が可愛そうだ」

そして屑入れをぴしゃりと指さすと声音も厳しく言った。

「漁んないでよ、どうせ陸《ろく》なものは入ってねぇかんね」と吐き捨てて引っ込んでいく。木戸を叩きつけるように閉めて閂《かんぬき》を落とした。ご丁寧に錠をおろした音まで聞こえてくる。

エゴンは仕方なくにやにや笑いを浮かべたままで、傍らの犬を見やった。黒犬は黙ってエゴンを見上げていた。初めて会ったときの剣幕はどこへやら、この犬はその後はずっとこうして始終静かに口を閉じている。

しばらく犬とエゴンは目を見交わしていたが、やがて犬はまた瓦の上に丸くなった。犬は悪い目をしない。悪い目をして悪態を吐くのは人間様だけだ。行儀が悪いのは人間様だけ。


「叔父貴、それは話が違うんじゃないですか」

娼館の迎えの広間奥の続きの間では濡れそぼった外套を炉にあぶって、近衛が暖をとり濡れた体を乾かしていた。衛士長ゲンマに取りなしを頼んでいるのは赤髪のツォユである。娼館の番頭はここで手間賃を耳を揃えて支払い、後腐れなく剛力衆を解放するという約束を反故《ほご》にしようと、近衛を相手に詮議《せんぎ》を始めていたのである。

この非常時の港で南方行きの船の手配に予想外に手間と金がかかり、当座の入用《いりめ》の準備がつかないと怪しげな理屈を言っている。ゲンマは姫御前を安全に船に乗せるのが至上の命令であり、そのための無理と聞けば強くも出られない。だが赤髪は、それでは筋が通らないと上役のゲンマと手引きの番頭にくってかかっている。

「待てといって、港のどこで待っていろと言うんです。剛力衆は下には伝手《つて》もない、身を隠す手だてもないでしょう」

番頭はそうは言っても無い袖は振れない、ぐるりを見渡しては、この娼館もご覧の通り、この上余所者を匿《かくま》う余裕も無ければ、場所もないの一点張り。

ゲンマはここまでの道行きの無事を恃《たの》んできた剛力衆と、姫御前のここからの安全を託さねばならない娼館の板挟みになって苦り切っている。

一方のゴイはまだ吹き抜けの広間の上がり框《かまち》に片膝をつき、文句を言うでもなく黙り込んでいた。大袈裟な舞台化粧の遣手は上に引っ込んでしまっている。奥に荷物を運び込んでいった剛力はまだ帰ってこない。奥の方でばたばたと人の行き交う気配がある。ゴイとワカンは周りに目を配って、次の間の遣り取りに耳を澄ませていた。

聞こえてくるのは食ってかかる赤髪の言葉ばかりであるが、それは他の連中が人の耳目《じもく》を憚《はばか》る主張を繰り広げているからだろう。後ろ暗い申し出に、声まで暗く引きぎみになっているのだ。もっとも、赤髪の反駁だけ聞こえれば連中が何を言いだしているのかはだいたい想像がついた。

雨に濡れて疲れ切った体だが、ゴイのこめかみに新たに汗が滲んで皺をつたってこぼれていく。港町の廓は折からの雨も相俟《あいま》って水気《すいき》が強く、灯に火を焚いていれば湿気が籠もって閉口だった。ことによったら這《ほ》う這《ほ》うの体で、空手で逃げ帰っちまうのが本筋かもしれない。だがそうするにしても若い者が……まだ戻ってこない。

「何やってんだか、あいつら、遅《おせ》えな」ワカンも汗を拭いながらゴイの顔を窺っている。剛力の手間に謝意なり、労《ねぎら》いなりを表する心ばせは廓筋には期待できそうもないと見てげんなりしていた。

ぎっと軋んだ階段に目を上げると番頭に導かれて遣手が扇子で口を隠してしずしずと下りてくるところだった。番頭の話に駄目押しに来たのか。ゴイはまだ出方を決めかねていた。

裏から中庭を横切って、鍵束をじゃらじゃらいわせながら飯盛りが走り戻ってきた。塵取りを提げてばたばたと小走りになっていたが階段の下で、下りてくる遣手を目に留めるとあわてて摺り足の小股になった。遣手は手摺りから半身を乗りだし、首を竦めている飯盛りに、扇子の陰から作り声で小言を口にした。

「なんですか、ばたばたと行儀の悪いこと……いつまでもがさつで」

「済みません」

「裏木戸を……叩きつけて」

「あの、済みませんでした。物乞いが……しつこかったもんですから――」

物乞い？　ゴイが顔をあげると、次の間から出てきていた赤髪が、叱責されている飯盛りの後ろ姿に声をかける。

「姐《ねえ》さんよ、それは剛力衆の連れじゃないのかね。物乞いじゃないでしょうよ」

「いえ……でも、小汚いなりで」

「そりゃそうだ、夜目を忍んで汚く扮装してきたからね。目の潰れた大男でしょう？」

「そうだったか……大きな……ねぇ？　しゃがんでいたしさ、顔までは……」

「犬を連れてたかね」とゴイ。

「連れてたかどうか……」歯切れの悪い返答に、ゴイが遣手に向き直って請け合った。

「裏木戸に待たせといたのはわっしらん衆の鳥飼で間違いありませんよ。途中で連れが粗相《そそう》をしやがってね、それで中に入れないで待たせておいたような訳で……」

その時、剃り上げて痕跡だけを残した遣手の眉根が一瞬ゆがんだ。飯盛りはあらためて何度も低頭しては廊下を逃げ去っていった。遣手は扇子の陰でもぐもぐと番頭を呼び、何かを耳に告げている。番頭は飯盛りの後を追うように慌てて廊下の奥へ走り去っていった。

次の間の柱に寄りかかって遣手を待っていた赤髪が目を伏せて慇懃《いんぎん》に言葉を掛けた。

「ねぇ、御上《おかみ》、なんとかなりませんかね。たかだか六人、これで山ん中ずっと姫御前の荷を負ってくれてたんだ。山籠もりも長引いたし、ずっと世話になりっぱなしだったんでね、こっちは今になってそんな薄情は言い難いでしょう」

「そうは言いましてもね、事情は番頭に……お聞き及びでしょう」

遣手は手の扇子を畳んで懐手のままの右の小脇に挟み、手拭いを出して浮いた白粉《おしろい》を押さえるように額の汗を拭いた。

苦り切って言葉を濁す遣手の視線が泳ぐ。やがて音もなく番頭が戻ってくると、助けをもとめるように番頭に手拭いを振った。階段下の番頭の顔をちらちらと窺っている様子、番頭は目で何かを遣手に告げていたが、おっつけ階段の遣手のところまで上がっていって、不躾《ぶしつけ》にも一同の眼の前でまたぞろなにやら耳打ちをした。

遣手は手の中の手拭いを番頭に押しつけると溜め息を吐き、再び手に取った扇子を開いて顎の下を煽いだ。見上げる赤髪は食い下がる。

「ただの荷運びじゃないんですよ、追っ手に見つかれば彼らも身が危ないところでしょう」

「ええ、ええ」

遣手は赤髪の言葉を誠意に聞いているようだが、件《くだん》の作り声の受け応えにどうも実《じつ》がないように聞こえる。ゴイは厳しく目を光らせて遣手と番頭の顔を交互に見やっていた。

ワカンはどこか芝居がかった遣手の挙措《きょそ》が癪《しゃく》の種で、口元を押さえてむっつりと黙り込んでいる。立ち居振る舞いに見栄を飾った不自然があって居心地悪さが胸に蟠《わだかま》る。

「ここで約束を反故にして、不義理を働いたんじゃかえって後顧の憂いになりゃしませんかね。こっちとしても予《かね》ての取り決め通り払うものは払って、約束通りにさっぱりお山に帰ってもらった方が安心でしょう。がんらい口の重い連中で、剛力衆が指すの指さないのっていう話ならば、わたしゃそんなに心配でもないですが、こっちが不義理を働いちゃこいつらだってそうそう味方になってくれるばかりじゃない……」

そう言って赤髪は様子を窺うように面を伏せたままで遣手に目だけ上げてみせた。

「そうかしらねぇ、ゆくゆくのことまで言ったら、そうかしらねぇ」

「入用に足りないっていうんなら、持ち込みの品を少しばかり売り払っても良いんじゃないでしょうかね」

すると遣手の隣で階段から見おろしていた番頭の顔がにわかに険しくなった。

「出過ぎたことを言ったもんだね！　今や他に頼りのない姫御前の虎の子の身袋《しんだい》に手を付けようってのか？　近衛ふぜいが厚かましいにも程があろうよ！」

番頭は声を殺して言い放った。遣手も扇子の向こうでうんうんと頷いている。赤髪の僚友、狐顔の近衛がそれとなく赤髪の肩を引いて窘めているが、赤髪はなおも食い下がる。

「いや、御上、分を超えたことを言ってるとは思うが、姫御前ご自身はよしとなさるんじゃないかな」

「お前が言い出すことではない」

ぴしゃりと言って番頭は手の中の手拭いで階段の手摺りを叩《はた》いた。その剣幕にやや腰が引けた赤髪は、言いづらそうにしながらも、なお遣手を見上げて続けた。

「姫御前だってどうして仲良くしてもらってたんだしな」

「仲良くしてもらってただって？　この山賤《やまがつ》どもにかい？」

吐き捨てる遣手、お里の知れるその物言いに階級意識が透けて見えたが、これは赤髪だって他人のことは言えない。山に入るまでは彼だってそんな気分でいたのだ。ひとたび山を逃げ回ってみれば、その「山賤」が頼りになった、その身で思い知った信頼がなければ港の者の意識はこんなものだろう。

それでも遣手はしばらく例のごとく扇子の向こうで考え込むと、そばで耳打ちする番頭を手で窘めるようにして、いまだ下で座り込んだまま静かに黙っているゴイを見やって言った。

「館の持ち出しになっても仕方はあるまい、剛力の処遇は考える。今晩はこの館では引き取れまいから港の飯場に話してはからって貰おうか。手間賃はおって用意させ、そちらに届けよう」

払って当然のものを出し渋っておいてのこの物言い、義侠心に篤《あつ》いらしい赤髪は表情に不満をあらわにしていたが、言い分が通ったところは手の打ち所と考えてゴイとワカンの顔色を窺う。自分の取りなしでひとまず落とし所がついたかとやや手柄顔であった。片やワカンは両手を開いて呆れ顔、実のない廓筋の態度に侮蔑の表情を隠さない。

「ゴイ、それで良しとしてくれるか」

「もとよりわっしらは約束の分が違《たが》わなければ異存はない。もてなしが悪かろうとおあしに愛想のよしあしはありゃせんからな」

「まあ、そう言うな。今晩の宿は、その飯場に確保できるんでしょうね」

確認までに聞き糺《ただ》す赤髪に、すでに奥の間に退散にかかっていた遣手は、こちらの方を見もせずに黙って二度三度うなずいていた。畳んだ扇子を番頭に押しつけて手渡し、代わりに燭台を受け取るとあとは振り返りもせず暗がりの奥へと引っ込んでいく。番頭は階段の途中でしばらく一同を睥睨《へいげい》していた。文字通り睨みを利かせる積もりか険のある眼差しだった。やがて静かに目を伏せると番頭も奥の間に消えていった。ワカンは腹立ちを抑えて廓の者たちの不愉快な仕草を逐一記憶に留めていた。こいつら、当てになりゃしねぇやな、本当《ほんと》に頼りになんのかな……


蔵の扉が開くと、エノクら三人を迎えて頭を下げたのは先の留守居の男、倉庫番の留守居の当直は二人組で、それが入れ違ったところで閉まっている扉に勘違いをして錠をかけてしまった——言い訳はそんなところだった。ナオーは港流の悪態をぞろっと並べて、手前《てめえ》で頼んだ仕事が済まぬうちに持ち場を離れておいて、入れ違いに閉じこめちまったとはどういう料簡《りょうけん》だ、ふざけるなと憤っていた。カランは、まあ程なく出してもらえたことだからとナオーの憤りを宥《なだ》めると、二人はエノクの後を追ってゴイの待つ広間へと戻っていく。

すでに番頭の姿も遣手の姿もなく、彼らを待っていたのはゴイとワカンと近衛の一部だけ、薄暗い広間の階段下に所在なく集まって、上の欄干に凭れる無口な遊び女たちの視線をはね返していた。

「ゴイ爺、待たせたな。向こうの不手際でいちど蔵に閉じこめられちまって――」

「まあ、いい。今晩は港の人足の宿を都合してもらえた……この分じゃあ、宿も夜着があるか、板が張ってあるか、ことによったら厩《うまや》に押し込まれるか知らんが、雨露はしのげるこったろう」ゴイは不承ぶしょうといった様子で呟く。

「そいつはなんとも有り難えな」ナオーも皮肉に応えた。

「この道中、御苦労だったな。姫御前に代わって礼を言う。手間賃は割り引かせないから、何か不都合があったらこっちに申し出てくれ」せめてもの感謝を口にしたのは赤髪と連れの近衛の二、三人ばかりだった。ワカンは手を振って応えた。

「あんたらもここに居着く訳じゃねぇんだろう。連絡の取りようもねぇよ。というか俺たちが探して話《なし》が通るようじゃあ困るんじゃねぇの。まあ、気持ちだけもらっとくよ」

「姫御前も感謝していることと思う」

「それは頂上だな。まあ二度と会うこともあるめぇが、あの冬瓜の汁は拵《こしら》え方を聞いておきたかったな」

「まずは万々会うまいが、もし会えばその時にはまたご馳走《はしり》してやろう」

「なにか秘訣があるんだな」

「おいそれと人に渡さぬからこその秘訣だ」

都落ちの姫御前と落人《おちうど》の近衛に寄《よ》る辺《べ》はもうあるまい。この山地の剛力衆とも二度と行き逢わぬが当然のところ、だからワカンの別れの口上《こうじょう》は今生《こんじょう》をかぎりのものだったが、赤髪が軽口で応酬したのは湿っぽくなるのを嫌ったからか。あるいは、物言いに含みを残す赤髪には既に予感があったのかもしれない——これが終《つい》の別れにはなるまいとの予感が。

4　飯場、暗渠

飯場では予想に違《たが》わず山賤《やまがつ》への扱いはお世辞にも厚遇とは言いかねた。蔵町——港の倉庫街を外洋船の着く埠頭《ふとう》の方へ降りていけば、酒場も賭場も娼館もぽつぽつと数が少なくなり、港湾労働者の溜まりになっている飯場が雨に濡れた街路に薄明かりを照らしているばかりの界隈《かいわい》となる。飯場の生業《なりわい》は港の人足の人出し——つまり宿と給食を保証して労務者を集めておき、そこから港に着いた商船の荷の積み下ろしに頭数で人足を派遣して手間賃の上前《うわまえ》をはねるというのが業態《ぎょうたい》である。商船にしてみれば慣れぬ外地に人足を都合する面倒がなくて結構、人足の方としてみれば定常的に仕事にありつけ屋根と飯とを確保できるので重畳《ちょうじょう》、そして飯場は両者の仲立ちとなってごっそり手間賃をピン撥ね、それでありながら雨露がしのげ飯が食え日払いの手間賃も分配されるとあって、体力の他に売るものの無い労務者には感謝される立場と、それぞれ思惑の違いはあれど三方いずれにも良いことずくめ……ただしそれも仕事があればの話である。

誰も知る通り今どき海峡はどちらをむいても政情が大荒れで商船の往来が麻痺《まひ》して

しまっている。これは一ノ谷の横車がなくても勝手にそうなったことだろうが、かてて加えてここしばらくはクヴァングヮンの沖合いに南方の軍艦が居座っている。一ノ谷がアルデシュと結んで以来、海峡同盟市の南部諸州がすっかり大手を振って往来するようになった。私掠船《しりゃくせん》への牽制や難民の監督といえば聞こえはいいが、要するに一ノ谷が海峡の往来を公然と監視しているのだ。クヴァングヮンでは外洋船の往来はすっかり停滞し、蔵町の荷は目端の利いた仲買い人に買い叩かれて何処かに隠され値上がりを待つばかり、港町は物資も仕事も払底《ふってい》して、飯場にはもはや無為徒食《むいとしょく》となった荒くれが吹きだまり、こんな雨の夜には雑魚寝《ざこね》のたこ部屋で博打《ばくち》でもやっている他はない。

　飯場の方では船が着くまではまるっきりの持ち出しになるが、人足を揃えてあっての生業だからおいそれと条件を悪くして抱えている頭数《あたまかず》が減っては話にならない。いきおい博打の胴元にでも収まって、人足の小銭をかっ剝ぐのが当座の活計《たずき》となる。

　こうした訳で、なるほど飯場に集まった港湾労働者も立派に搾取される側なのはご同様だが、そういう者たちが立場の違う者たちに差別意識を剝き出しにするのも世の常となった理不尽で、紛れ込んできた山賎への視線は厳しく冷たかった。娼館から手配があったとはいえ、その上がりをどこまで取り上げるかが言ってみれば飯場の商売

であるから、剛力衆は否も応もなく火の点《とも》らぬ裏口の土間に通されて塩飯《しおめし》を供される
ばかりの境遇となった。
だがゴイは不平も言わず、むしろ出口に続いた土間に寝かされるのは好都合と見て
いた。彼が若いものに説いていたのは、事態はもっと差し迫っているということだっ
た。
「蔵の錠を落とされたと言ったな」
「ああ、間抜けな留守居《るすい》が入れ替わりに閉めちまったと……」
「ナオー、そんな戯《たわ》けを信じてるのか」ゴイが表情も硬く低い声で言う。
「信じるも何も……」
「奴ら、端《はな》っから出してくれる積もりはなかったんと違うか」
「どういうことだい」
「剛力に出す手間賃なんざ奴らにとっちゃ端金《はしたがね》、出し渋るいわれはねぇ。準備がなか
ったのは初めから払う気持ちなんかなかったっていうことだ」
「それじゃ……」
「いいか、赤髪の奴が義理を欠いたら剛力が指さんでもないと威しにかかったのはな
……」

「野郎、そんなこと言ってやがったのか」ナオーは憤ったが、すぐにゴイが遮《さえぎ》る。

「奴の本音じゃねぇ、赤髪はこっちに都合のいいように話を持っていった積もりで手柄顔だが、そんな理屈を手引きの奴らが端から考えてねぇと思うか？」

「ゴイ爺、何のことだよ」

「わっしら剛力に口を噤《つぐ》んでもらいたきゃ、払いを取り決め通りに手早く済ませる以外に、もう一つ手があるだろう」

「それじゃ……」ナオーが眉根を引き絞る。

ワカンがゴイの言葉を引き取って冷たく言った。

「若衆は蔵に閉じこめてくたばりゃそれまで、俺とゴイ爺は酒でも飲ませてその場で縊《くび》っちまえば話の洩《も》れる気遣いはねぇってことだな」

ゴイは頷かなかったが厳しい表情が肯《うけが》っている。エノクもカランも握り飯を運ぶ手が止まっていた。ナオーは啞然としている。

「汚《きつた》ねぇな」やがて吐き捨てるように言い放った。

土間の隅で足を投げ出し、犬と少年を腿の上に乗せて飯をぱくついていたエゴンに、ゴイはゆっくりと振り向いて言った。

「エゴン、その餓鬼《がき》、大事にしろ。そいつの小便のおかげで際《きわ》どいところを切り抜けたぞ」

「ゴイ爺、そりゃどうして——」首を傾げていたのは訊いたナオーばかりではない。

「餓鬼を拾《ひら》った功徳《くどく》がまわって野郎の粗相《そそう》が怪我《けが》の功名《こうみよう》、逃げ出す算段がついた。こっちは仮にも少しは格のある廓に小便臭い奴を連れ込んだら悶着になると思ってエゴンを裏木戸に置いてったまでだ。ところが連中、これをわっしらの便法《べんぽう》かなにかと思い違いしやがった」

「便法って」

「全員ひとつ括《くく》りに押さえちまおうと思ってたんだろうが、こっちが裏木戸に一人残してきたと知ったら途端に態度を変えやがった。ありゃあ赤髪の説得が利いたんじゃねぇ、わっしらが安全のためにな、いざっていう時に逃げ出して触れ回る役に一人を置いてったものと勘違いしたんだ」

「それじゃ連中、端から俺たちを……」ナオーの声が震えている。

「そうだな、その積もりだった。そのはずだ。やっちまう気だ。まだ終わってねぇぞ」

「終わってねぇって」

「手打ちの話じゃ、明日《あす》朝には廓から剛力の手間賃を届けに人が遣わされる手はずだ。さあ、これで手間賃が届くと思うか」

「届く訳ねぇな」ワカンが投げやりな口調で吐き捨てた。

「今晩中に逃げるぞ」

「それじゃ泣き寝入りか」

「命あっての物種、届かない手間賃を待ってくたばるんじゃ割に合わねえ。腹がくちくなったら休め。賭場が閉じて、この飯場が寝静まったらすぐに出る」

「何処に」

「知ったことか」

「畜生、最初っから塡《は》められてたのか」

「誰が」

「俺たちがだよ」

「ナオー、ぬしゃ若いな。わっしらだけならまだ増しな話だ。奴らはもっと汚ねぇぞ」

「ゴイ爺、それじゃあ、他に誰が……」

「おい」ワカンが憤るナオーを手で窘《たしな》める。黙っていろとの身振りにナオーが不満げに口を閉じるが、奥のエノクが暗がりに振り返っているのに気がついた。そちらから草履が土間の砂利をかむ音がして、男が二人近寄ってきている。剛力衆は警戒をあらわにしたが、見れば一人は顔見知りである。

「テジン――お前もここに押し籠められてたのか」

テジンと呼ばれた小柄な若者は散切《ざんぎ》り頭をかきながら土間に進み出てきた。剛力衆が港に残してきた連絡員の一人である。テジンはもともとはワカンと同じように総髪を結って長く垂らしていたが、それはどちらかというと北方ニザマの習俗を思わせるので港に潜伏するにあたって後ろ髪をそっくり切り落としていた。それがいい具合にと言うべきか、身なりに構わぬ荷方の人足風におさまっている。テジンはナオーとの挨拶に拳を突き合っていた。

「ずいぶん遅くなりましたね、棟梁《とうりょう》」

テジンはこの剛力衆一党では古なじみではなく、ニザマ方と交渉してこのほどの山行を取り持った経緯から、数月を同行することになった外様《とざま》の荷役《にやく》である。ゴイのことを頭《かしら》とか棟梁とか持ってまわった物言いで呼んでは一座にからかわれていた。

「山で迂回《うかい》しなきゃならなんだ。おかげで山籠もりが延びた」

「お前、廓で見かけねぇと思ったが……」ワカンが眉を顰めて訊く。

「俺もあっちじゃ一晩目で追い出されたような具合で……」テジンは頭を掻いた。

「それじゃ連絡には飯場から廓に出向いてたのか」

「番頭が日ごとに往復してくるんでさ」

「後ろの……奴は？」ワカンは声を潜めていた。

テジンの後ろにいた男がゴイの前にどかりと座り込んだ。上背《うわぜい》のある細身の優男《やさおとこ》だが、人足流に括《くく》り緒袴《おばかま》を端折《はしょ》って脚半を巻いている。馬丁《ばてい》風とも僧伽《そうぎゃ》の祭袍《さいほう》とも見える、貫頭《かんとう》に仕立てた目の粗い綾織り布を外套代わりに引っかけていたのは一見伊達《だて》を気取った様子に見えたが、これは後で違う事情があると判った。散切りはテジンと同様だが、こちらは急ごしらえではないだろう、額に垂れかかる巻き毛はいささか洒落ていた。やや薄い髪の色と、少しやつれた彫りの深い面立ちが出身を謳《うた》っていた――ずっと北の方の血統である。テジンが男の肩を叩いて紹介する。

「カロイてぇんです、こっちの飯場でちょっと世話になって……」

「世話してもらったっていうのはどうした料簡だ」

ゴイの目が光り、ワカンやエノクも緊張を露《あらわ》にした。この港に潜伏したテジンがどうして伝手を得たのか。この隠密行《おんみつこう》に世話人など求める余地はない、他人と交わるのは軽挙である。

「いや、それがね、こっちの事情は初めから心得てるんで」

「テジン、話したのか」ゴイが叱責するような口調で訊いた。

「話しゃしませんが、先刻ご承知でしたから。ニザマの近衛の居残り組で……」

「こちらが棟梁の伯父貴《おじき》」カロイと呼ばれた男はゴイに頭を下げた。

「伯父貴はやめろ、ぬしのような甥《おい》など知らん。棟梁もおかしかろう、ゴイでいい」

「カロイです」

「近衛の……っていうことは赤髪の仲間か」割って入ったのはワカンである。なるほど頭《かしら》を伯父貴呼ばわりはニザマの風習か、とワカンはひとり頷いていた。

「赤髪……?」

「ツォユといったか、こう赤髪の逆立った奴……」ワカンが身振りをして見せた。

「いえ、存じません。いま港には身分を隠して紛れ込んだ豪族の係累《けいるい》は多い、広いニザマの四方八方から集まっていますから……近衛といってもどなたに付いて来たのか、それによっては互いに縁もゆかりも……」

「ぬしは何処《どこ》の出だ」

「北の西方離宮、国境《くにざかい》の方です」

「そういう面《つら》だな、そっちの訛りだ」

「細かなことは言えませんが、ご勘弁下さい」

「居残り組ということは、ぬしも誰らかを逃がしたところということか」

「詳細はご勘弁下さい。こちらも御一同の大まかな事情は心得ておりますが、何処の何方様《どなた》の手引きをしたのか、それは互いに聞かぬが……」

「判るが、それならば何故……テジンに近づいた」

「私は北へ帰らねばなりません。ですが港で完全に伝手《つて》を失いました。もう数月と足止めをくっています……北回りには船は出ません。もう当分は出ないでしょう」

「それで都合の良い山の出の者を探していたのか」

「同道を許していただければお役に立ちます。山回りで戻る算段がたてば、私自身は三国境《さんごくさかい》の峠まで帰れればいい」

「一人でお山に向かうのは無理と見たのか」

「私は追われています。一人で山に向かえば人目に立つ。といって、道中に輜重《しちょう》を継いでいかなければ山は越えられないでしょう。一人では難しい、山の者の同道があれば……と」

「山賤に紛れればと踏んだ訳か」

「山に帰る見込みの一党をずっと探していました」

ゴイは考え込むように眉根を寄せて、首を傾げて訊いた。

「テジンを見て、どうして山賤と知った」

「不思議と廓筋《くるわすじ》の厚遇を得ている。番頭が書付けを手に行ったり来たりと機嫌伺いにでも立ち寄っているような様子で――その割には、ご本人は飯場に禁足になっているのか、娼館の出入りは断られている風がある。話しぶりにはお山の訛りはないが、これはどうも山伏の継飛脚《つぎびきゃく》の窓口かなにかと見ました。廓では彼を伝手に差し込みの連絡でも待っているものかと。ところが廓の番頭以外にはいっこうに人の出入りがない、気をつけて見ていると番頭との詮議の後には厠《かわや》が長い……相談の後にきっと腹を下す訳でもあるまいにどうしてなのか。厠でなにやら相談の後の始末をしているということだ――だが彼が飛脚問屋を請け負っているとして、厠に籠もってどうして伝令の手配になるのか、これを不思議に思っていたところ、見張っていた裏の掃き出しの小窓から鳥が飛んだ……」

ワカンやエノクが呆れ顔でテジンに詰め寄った。テジンの不注意を詰《なじ》っているのである。

「彼を責めるのは無体なこと、私はこの数月ずっと山の者が通りかかりはしないかと鵜の目鷹の目で待っていたのですから。どんなに気をつけていても私は見逃さなかったでしょう」

「カラスを見られたのか」

「お仲間に鳥《と》飼《がい》がいますね。鳩を飛ばす話は聞いていましたがカラスというのは……」

いまさら隠し立てをしても仕方がないと見たか、隅に座って緊張感もなく一座の話に耳を傾けているエゴンのことをゴイが指さした。

「あれが鳥飼だ。やつの言い分ではカラスは鳩とは段違いに使えるそうだ」

「そうなのですか」

「判っていると思うが、これは一番の秘密だ」

「心得ています。御一同の安全に係ること、同道を申し出る以上それはこの身に引きつけて秘密は守ります」

「『お役に立てる』と言ったな。ぬしに何が出来る」

「そこが取引です。私はここ数ヵ月ずっと港に潜伏していた。港の案内をしましょう」

「何を言ってるんだ、物見遊山じゃないぞ」ナオーがくってかかった。

「案内が無ければ港を出られまいと存じます」涼しい顔でカロイは言う。

「何のことだ」

「我々の一隊はそれで散り散りになった。御一行にもすぐに追っ手がかかります」

ゴイが一座を見回した。ワカンとエノクが顔を見合わせている。ナオーは土間に立ってやや青ざめていた。だが心底驚いている様子はない、それを見取ってカロイはゴイに尋ねた。

「すでに何か心当たりが」

「ある。わっしらを廓で絞めちまう算段だったと見とる」

「お気づきですか。港では――お偉いさんを逃がした後は、残党を売り飛ばしています」

「ぬしも売られたのか、だが誰に」

「判りません。娼館の遣手に売られたのか、我々が導いてきた離宮の高官に売られたのか、はたまた本国を落ちのびたときにすでにそうした約束だったのか」

カロイは落ち着いていた、声を潜めていたが、それでも声音の奥底に燃えるような憤りが、恨みがふつふつと沸いているようだった。しじゅう端然としていた、この優男の腹の底に静かな怒りが滾《たぎ》って止まないのが剛力衆にも感じられた。

「仲間も私一人を残して目抜き通りに吊るされました。逃げおおせたのは私一人」

「そいつはご愁傷様」

「お判りでしょう、このうえ私が港に客死《かくし》すれば、仲間の無念を晴らす者が絶える。命がけで人ひとりを南方に脱出させた、その決意と労苦に報いるに、返礼が身内に売られての晒《さら》し首——こんな非道が許されてなるものでしょうか。私は何としても無事に港を抜け出る積もりです。何としても生き延びて、そしていつの日か仲間を売った不逞《ふてい》の輩《やから》にこの面《つら》を突き付けてやる所存、それまでは断じて諦めない」

「復讐か」

「だが、誰に返報すべきかもいまだ知らない。今はただ石に齧《かじ》りついてでも永らえる。そのためには節を折り、恥辱に塗《まみ》れても、算段を尽くして逃げ切ってやる」

「そのためならば山賤とも同道しようということか」

「山の者に含むところなど無い。むしろ山の者が無体《むたい》に仲間を裏切らぬというならば、私はたとい山賤に交じっても、それで身を落としたとは考えない」

そうきっぱりと言い切って、同道を許されよと一同に深々と頭を下げた。肩にかけた綾織りが揺れ、彼が再び体を起こしたときに煽られた右脇が開いた。そしてワカンは見た。「一人では人目に立つ」とこの男は言っていた、その理由《わけ》が外套代わりの綾織りの下にあった。

カロイと名のるこの男は右の腕が、上腕からすっぱりと断ち失せていたのである。

さらなる同行者を加えた剛力衆は雨間《あまあい》を待たず寝静まる飯場をやがて後にした。雨足は弱まりつつあったが裏土間の軒をつたい落ちて路地の砂利をうつ雨垂れは頻《しき》り、人目を忍ぶ一行の出立の気配を隠していた。糠雨《ぬかあめ》そぼ降る曇天は重く、細く開けた裏土間の引き戸をすり抜けて出たさきの街路に灯はない。

エゴンの担いだ子供の足先が戸板を押しやって長押《なげし》が軋んだ時には、殿《しんがり》についていたワカンが警戒して飯場の板の間へ振り返って人気《ひとけ》を窺った。だがワカンが振り返るべきは飯場の内ではなかったのかもしれない。ワカンは一瞬の不穏を覚えたものの屋内に彼らの出発を見咎めた気配を認めなかった。じっさいその感覚に誤りはなかった。彼らを注視していたものは、飯場の外、同業や客桟《かくさん》が軒を連ねる向かいの雁木《がんぎ》屋根の暗がりに潜んでいた——いや公然と佇んでいたのである。

ワカンが建て付けの悪い飯場の裏木戸を、軋らせないように持ちあげ気味にして閉め切った時、暗闇の中の監視者はまるで身を潜める気などさらさらないかのごとく、物陰に身を寄せたり、ことさらに身《み》動《じろ》ぎを控えたりすることもなく、そのワカンの姿を黙って半眼に見つめていた。

剛力の誰かが何らかの理由でそちらに視線を遣りしげしげと闇に目を凝らしたなら

ば、雁木の下に人影が隠れもせずに突い立っていることに気づくのは難しくはなかっただろう。現に今も人影は眼の前を行き過ぎていく一行を、通りすがりの物売りの出発を見送るような何でもない様子で眺めている。ご丁寧にも、一人びとりの姿をその都度首を回して追いながら人数を数えていた。そして身を匿《かく》そうとする素振りなどかけらもないに拘わらず、ふだん注意力に自負を持っている剛力達の誰一人として、雁木下の暗がりに目を凝らすどころか、そちらに一瞥《いちべつ》を投げるだけのことすらしようとはしなかった。

監視者の前で、ひとり剛力がふと足をとめる。飯場に長逗留《とうりゅう》を決め込んでいたテジンであった。いささかの長居に及んだ仮寝の宿りによもや名残を惜しんだという訳ではなかったろう、むしろ飯場を出られたことを有り難がっているような清々した表情であったが、それでもともかくテジンは後にした飯場を最後に振り返っていたのだ。

そしてテジンが前に向き直ったかどうかという際どい行き合わせで、雁木下の人影は路地に飄々《ひょうひょう》と姿を現していた。その姿をみたならば、どうやって気配を殺していたのかと不可思議を覚えるほどの、人品卑しからぬ上背のある丈夫である。風体《ふうてい》は昨今の港を歩くには不都合なニザマ様の長作務衣《ながさむえ》、だが総髪を無造作に後に結って垂らしたさまは僧形《そうぎょう》には見えない。

いまだし暗い空に烏鶫《うたいつぐみ》が遠く鳴き交わし、その邪魔に入ったのか烏《からす》の破れ鐘声がどこかから聞こえてきた。人影は大儀そうに顎を上げて天を仰ぎ、雨雲の向こうにわずかに曙光の兆しを認めた。

そして異様なことにも、襷《たすき》か手拭いか一匹《いっき》の綿布を懐から引きずり出すと、はらりと展《ひろ》げて縦に折り、頭の周りに回してきつく自らの目隠しに縛り上げた。そして雁木屋根に何気なくも立てかけてあった一丈もの長物を手にした。この剣呑な得物は灯一つない暗がりのなかとはいえ、まるで垂木《たるき》か竿竹でも立て掛けてあるかのように、無造作に雁木に凭せて放り出してあったのである。いかなる酔狂か、目隠しの人影は天に支《つか》えそうな長槍を担いで、静かに路地の奥へと消えていく。

剛力の行く手は運河の上《かみ》へ、人影の足は低地に入り組んでいく路地を指していた。

ややあって明け方も間近、ほとんど雨は上がっていたが港町は靄につつまれ、東の海上には朝焼けになりそうな気配が広がっていた。山籠もりの間は天幕に膝を抱えていた近衛たちも、廊下沿いに延びた土間から続きの奉公人の詰め所に雑魚寝ではあったが久しぶりに体を伸ばして安き寝《い》を貪っている。板敷きに蓆《むしろ》を敷いたばかりの粗末な寝床だが、山中を逃げ惑い、雨中の行軍に疲れた体、近衛の一同の眠りは深かった。

しかしその中で度々体を起こす者の影があった。ツォユである。

廓では店《たな》を開けてはいないものの、不寝番の夜回りの習慣は絶えなかったと見える。時報に拍子木《ひょうしぎ》を打つことこそないが、灯檠《とうけい》に油を足しながら階上を摺り足に歩く気配が半刻ごとに窺われる。その度、ツォユははっと目を覚まし、表戸と裏木戸の場所を無意識に確かめていた。彼の隣では僚友のルゥスゥ——狐顔の近衛が、手枕に鼾《いびき》をかいていた。ツォユに付きっきりだった部下のタイシチも柱に凭れて舟を漕いでいる。気を張っていたのはツォユ一人だった。

明け方になって番頭か奉公の掛廻りだろうか、ツォユが気をつけていた裏木戸を開けて廓に入り込んできた者があった。

一人ではない、錠をおろしながら小声でなにか囁き合っている。やがて奉公人と思《おぼ》しき足音は中庭を過ぎ、広間を回り、廊下の奥へ忍び足で歩み去っていった。土間に降り立ったツォユは、暗闇の中に溶けていく番頭の後ろ姿を認めた。後ろ手に手を組んでいるが荷物はない。外回りから帰って来たにしては手ぶらが不審だ。空手《からて》に鍵束をぶら下げた番頭は廊下の角に消えた。

何処からか樟脳《しょうのう》のような香りが漂ってきた。廓に着いたときに出迎えの間の吹き抜

けに燻《くすぶ》っていた紫煙の匂いとは違った。近衛が通されていた詰め所の前の土間から
は、後に残った一人の姿は見えなかったが、二階の床廻しの男だったのか、広間から
階上へ静かに上っていく。階段が静かに軋む。
ツォユは詰め所の上がり框《がまち》に腰掛けて、その足音を聞いていた。ちんと微かに金属
音がした。足音を数えていたツォユの眉が歪む。気にしていたのは裏木戸の鍵のこと
だ。鍵束は番頭が提げていたはずだ。他にも鍵があったのだろうか。
外が明るくなりはじめるまでまだしばらくある。ツォユは垢染《あかじ》みた軍服を闇の中で
静かに脱ぎ、ぼろぼろの外套だけを肩に引っかけた。長靴を土間に立てかけてあった
簀の子の後ろに押し込んで、雑嚢から取りだしてきた草鞋《わらじ》を着けた。そして縁台の柱
に凭れて腕組みのまま、目を閉じた。不寝番の夜回りはもうあるまい、灯檠の火がつ
きる前に夜が明ける。次に土間に足を踏み入れるのは……おそらく竈《へっつい》の火熾《ひおこ》しに来
る飯盛り。そしてこの飯盛りは裏木戸の鍵を持つ一人だ。
やはり明け方には朝焼けが広がった。雨催《あまもよ》いは続くだろう。
港町から運河をしばらく遡上すると、平地を蛇行する河川本流との合流地点には低
い丘があり、そのふもとに寺院があった。河岸の土手に囲まれるように街道筋から孤

立した「中洲」にひっそりと隠れた寺院であったが、今は暴徒が通り過ぎた後か、境内は荒れ果てていた。おそらくニザマか羈縻《きび》州都護府と繋がりが深かったのか、焼き討ちの対象となって僧衆も宗徒も逃げ去った廃寺と化していた。街道へと繋がる側では橋が落ち、総門は焼け、本堂の正面扉が引き開けられて傾いてぶら下がっているのが堤からも見おろせた。近づいてみるまでもない、いまや人の立ち寄る意味もない荒れ寺となり、往時と変わりないのは裏手に広がる墓地の列石のみ、ただしその墓石もいまや雑草に埋もれている。本殿の堂塔も裏手の経堂も、そして付設された平屋の僧坊も、蹂躙《じゅうりん》と略奪の痕がありありと窺われるばかりで、火の気はいまだ燻って残っているにせよ人気《ひとけ》の方は遠目にも認められなかった。

僧院を見おろす堤にしゃがみ込んで遠く朝焼けを眺めていた男は、水の引いた開渠《かいきょ》に目を移した。港町を縦横に横切っていく掘り割りは荷運びのための運河、潮の干満に合わせて水位が変わるのは当然だが、ここまで水が引くということがあるのだろうか。

襤褸《ぼろ》外套を被り頬被《ほっかむ》りをした男は、その水涸れた掘り割りの底を進んでくる二人連れを見つけた。二人は物乞いか、やはり薄汚れた布を被って開渠の隅を隠れるようにこちらに向かってくる。ふと二人連れの一方が足を止めた。そして二人連れの姿が消えた。しゃがみ込んだのか、開渠の壁面に身を寄せたのか、まるで誰もいなかったかのように消え失せた。

頬被りの男は堤を駆けくだり、開渠の壁が雁歯《がんし》に段をなして底に降りていくところまでゆっくりと歩いていった。こっちが先に見つけただけでも珍しい話だ、あの爺さんの目敏いことといったら本当に獣なみだからな――。階《きざはし》の上で男は周りを見回してから頬被りを取る。

やはり先方は陰からこっちを窺っていた。頬被りの下から見知った赤毛が覗いたところで、二人連れはおもむろに階の下に姿を現した。そして赤髪に声をかけてきた。

「あんただったのか」

ワカンは被っていた布を引き開けるようにして、背中の子供を隣のゴイに預けると段を上ってきた。赤髪は懐手をして懐中の巾着をじゃらりといわせながらワカンに尋ねる。

「鳥飼はどうした」

「エゴンは目立つからな。俺が担いできた」

「救護院は焼けてしまっているぞ」

ワカンは驚きもせず、ゴイに一瞥をくれ、ゴイは頷く。そしてワカンはツォユと擦れ違うと堤の上へ駆け上がっていった。ツォユは開渠の底におりたってゴイに挨拶をした。ゴイは雑嚢を担ぐみたいに黒い子供を肩に担いだまま壁際に凭れてしゃがみこんだ。ほどなく寺院の様子を堤の上から検《あらた》めてワカンが戻ってくる。

「どれが救護院だ」と赤髪に目を遣った。

「さあな。左の方に平屋が幾つか並んでいただろう」

「ゴイ爺、どれも焼けちまってた。屋根は落ちてねぇが破風まで真っ黒焦げだぜ」

「あのどれかが僧坊、またどれかが救護院だったんだろう」と赤髪。

「まぁ仕方ねぇな」ワカンはたいして気にもしていない風に応え、ついで赤髪に顎をしゃくった。「こんなところで何してんだ」

「剛力衆は昨夜の内に飯場から逃げたたな」

「もう騒ぎになってんのか?」

赤髪は答えない。もう手が回っているのか、しかしそれにしては早過ぎる。ワカンは赤髪の真意を探り、その目を覗き込むように訊きなおした。

「どうしてここに来ると判った」

「その小僧《こぞう》のことがあったからな。もともと救護院に届けると言っていたろう。大わらわで逃げ出そうっていうのに足手纏《あしでまと》いがあってはまずい、朝一番に山門にでも棄てに来るかと思ってな。剛力が拾った小僧を連れているのは俺ら近衛しか知らんことだ」

ワカンは赤髪の皮肉な笑顔に眉を顰《ひそ》めた。

「足手纏いには違いねぇが邪魔になって預けにきたって訳じゃない、連れて回っちゃ危なそうだからやっぱり置いてこうって話になっただけだ」

「何も責めちゃいない。邪魔になって棄てるだけのことなら場所を選ぶいわれもないからな」

「何が言いてぇんだ」

「何処でもその辺に棄てていけばいいと思うようなら初めから拾って山を降りたりはすまい。だからここで待っていれば、じきに誰かが連れてくると思ったまで」

「読みが当たってよかったな——それでどうしようってぇんだ。取っ捉まえに来たのか。居場所を探って指すのが役目か」

赤髪はひとりで待っていたらしい。どうやら追っ手の立場で彼らを待っていたのではないと、ワカンにはほぼ当たりがついていた。ここに来たことも廓に言い置いてのことではなさそうだ。ツォユはワカンの軽口をいなしてゴイに向き直った。

「ゴイ、あなた方は手間賃を貰っていないな」

ゴイは返答をせず、ただ黙って手を開いて見せた。

「明け方前に廓の番頭が戻ってきたが、合財袋《がっさい》はおろか巾着一つ持っちゃいない、まるっきりの空手《からて》だった。よもや手形で払ってもらう約束じゃあなかっただろう？」

「剛力が証文だの軍票だの貰ったところで使い途などありゃせん」

「銀か」

「まあそうだな」

「そいつを懐に押し込んで手ぶらでうろうろするのは……今の港では危なっかしい話だ。まして頃は朝まだき……」

「何刻《どき》ごろの話だ」ワカンが割って入る。

「夜明け前半刻といったところか」

「俺たちゃもうとっくに発ったあとだ。こっちは寝静まればすぐ出てった」

「それは良かったな。野郎は鏢客《ひょうかく》を連れていったはずだからな」

「鏢客？」

「俺は土間に息を殺してたんで姿を見てはいないが……番頭は二人連れで帰ってきた。そして連れは上に登っていったが……こいつがえらく上背のある奴だ」

「でかいのか」

「そのはずだ。お前らのところの鳥飼ぐらいはあるだろう」

「姿を見ちゃいねぇと言ったよな」

「広間の鉤の手に曲がった階段……あれは一段がずいぶんあっただろう？　あの階段を二段飛ばしでゆっくり登っていった。足音が七、八しかしなかった」

ワカンはその階段のことを思いだしていた。確かにあの階段は、無垢の原木をごろりと並べた大袈裟な階段で、一段の蹴上が女子供の足なら一跨ぎ、段をとばして登ったというならかなりの大男でなければならない。

「それで上の奉公人じゃないと判った……あとは床廻しも不寝番も小男ばかりだったはずだ。俺は港は初めてで廓の様子も知らんが、中原の宿《しゅく》の岡場所と同じに考えれば廓で子飼いの大男となればまずは寄寓《きぐう》の鏢客……」

「住み込みの用心棒ってことか……ゴイ爺、そんな奴いたか？」

「いたな。棕櫚の陰に」ゴイは静かに頷いた。

ワカンも思い出す。確かにやけに大きいのが一人いた。しかもそいつは……暗がりの中で頭巾まで被りやがって、姿ははっきり見せなかったが、剛力の面《つら》を検めに来ていた。次に見《まみ》えた時には向こうからは首実検済み、誰とも知らぬ奴にこっちはいきなり手を出されることになる……大柄な奴と分かっただけでもまだしも有り難い。

ワカンが訳知り顔で言う。

「港の花街だ、用心棒の一人や二人いたっておかしかぁねぇが、そいつと朝まだきに寝込みを襲おうたぁ穏やかじゃねぇな」

「俺も手間賃を清算に行ったところが相手がいなかったんですごすご戻ってきたものだとは思っていない」

「じゃあ何しに行ったもんだと思うんだ」

「それが判っているからこそ夜明けを待たずに出ていったんだろう？」

赤髪は不敵な笑みを見せて含みを持たせた。

「それで赤髪、あんたは何の用だ。大男の鏢客とやらに気をつけろと、それだけ言いにわざわざ抜け出して来たのか？　ご苦労なこった」

「ツォユと呼べよ。俺が来たのは価《あたい》の始末のためだ。ゴイ、剛力の手間賃は必ず払わせる」

「恥知らずに話を反故にしておいて今さら何を言ってんだ」ワカンが言い捨てる。赤髪はワカンの啖呵《たんか》には取り合わずゴイを見つめた。ゴイは黙って首を傾げ、赤髪を見上げていた。

「恥なら俺が知っている。恩を仇で返すのは姫御前の本意でもあるまい。何時《いつ》とまでは約束できないが——姫御前は中原南部省巡撫《じゅんぶ》閣下の御息女だ」

　ワカンが眉根を寄せる。そういう話は秘中の秘のはず、なぜここで口にしたのか。

「ことが落ち着いたら、いや落ち着かずとも、連絡が取れるように考えておけ。閣下は中常侍との繫がりが強くて割を食った、今の政変は雌伏《しふく》の時と忍んでおられる。だが本来は帝室から奉命されたお立場だ。いずれ必ず中原に戻る。その暁には価は必ず支払われるだろう」

「ずいぶん信用されたもんだな、そいつを言っちまっていいのかよ」

「かろうじて信に堪《た》えた者たちを然《しか》るべく遇せずば、恃《たの》みにする寄《よ》す処《か》も尽きる」

「大袈裟な話だな。勝手に信用を置かれても困らぁな、俺たち剛力は……約束は守るし義理は欠かねぇ。だがお仲間ってことじゃねぇんだぜ」

「約束と義理、それで上等だ。仲間であろうとなかろうと、玄人《くろうと》の仕事に間違いはない」

「ふぅん」ワカンはゴイの方に視線を遣る。ゴイは黙っていた。

「本来の価には足らぬが当座支払える分だけでも受け取ってくれ」

　そういってツォユは懐の巾着を取り出し、ゴイに放ってよこした。小さな袋の中で銀子《いんつう》がじゃらりと音を立てる。ゴイは中身は改めず、ツォユを見上げて訊いた。

「ぬしの持ち出しか」

「近衛は港で三々五々帰途を探らねばならない。路銀の割り当てがある」

「それをくれちまっていいのかよ」とワカン。

ツォユはしばらく黙っていたが、やがて踵を返して堤の上へ向かった。

「その小僧も……なんとか助けてやってくれ」

「ちょっと待てよ」

「話はこれだけだ」

去っていこうとするツォユの後ろ姿にワカンが声をかける。その言葉はツォユにはやや意外なものだった。

「あんた、今朝はお仕着《しき》せはどうしたんだ」

「ニザマの軍服でこの港をうろうろしていたら身が幾つあってももつまい」

「じゃあよ、ここまで……港入りするまでどうしてずっとお仕着せのままだったんだ」

「何を言っているんだ」

ツォユは堤の斜面の途中でワカンに向き直った。目を見開いていた。貴賓の警護にずっと就いていたのだ、近衛の準正装は当然のことと思っていた——だが……

「あんな襤褸《ぼろ》外套一枚で身許を隠しおおせるなんて思っちゃいめぇ、ちょいと捲《まく》られりゃ中には紐飾りのぶら下がったお仕着せだ、これこの通り、隠れて忍び込んできましたよと、かえって名告《なの》りを上げてるみてぇなもんで迂闊《うかつ》だぜ」

「手引きのものから指示があってのことだ」

「誰の指示だって？」

「港で南行きの差配、取り仕切りにあたっている高官からの指示だ」

「どんな指示なんだ？　一皮むけばニザマのものとよく判る格好で港まで降りてこいって言われたのかよ、お目出度《めでて》ぇな」

ツォユの中で何かがぐらついていた。言われてみれば確かにおかしい。そこまで不合理なこととは思っていなかったが……もともと要所で連絡員と落ち合うのに目印になるよう身分を知らせる装束を準備していたのだ、それは連絡員からの指示でもあった。そもそも選抜隊である近衛隊は精鋭扱い、その装束はなにかと道中の便宜になるものだ。しかし、ここはニザマではない――すでに敵地となりはてた密告者の犇《ひし》めく港。

身を隠す体裁こそ調えてきたものの、ワカンの当て擦りではないが「ちょいと捲られ」れば即座に馬脚を露わす体のいかにも危うい半端な扮装である――これは手落ちだった。だがそれが上からの指示だったのだ。

「目印になるってか、何の目印でぇ、ニザマ狩りを呼び寄せるための目印なのかよ」

愕然としているツォユにワカンが追い討ちをかけていた。

「おい赤髪、あんたが筋を通してぇってんなら俺も言ってやる。あんたら他人《ひと》の心配してる場合じゃないぜ。お姫《ひい》さんを廓に届けた段でお役御免だ」

「もとより南回りに同船できるとは思っていない。姫御前を託して港で解散するのは初めの方針だ」

「それが甘ぇってんだ。わざわざニザマ狩りの目に立ちかねねぇ風体のままで兵隊を呼び寄せりゃ、そいつらが護ってるお姫さんだって危ねぇ理屈だろ。だいたい南行きの船なんてここ数月と出てねぇんじゃねぇのか」

どういうことだとツォユの眉が歪んだ。

「こちとら飯場で港を抜け出す手引きを見つけた。あんたと同じお国の近衛かなんかだ。そいつの言うには連中も売られて切られてお仲間は目抜き通りに吊るされたそうだぜ」

「どこの誰だ、そいつは」

「細けぇことは知りゃしねぇ。北の国境《くにざかい》の方の出だって言ってる。そいつの話ではな、お偉いさんを廓に預けたら、あとはあっという間に追っ手がかかって一党みんな縊《くび》られちまったってこった。そして当のお偉いさんが無事に南行きに乗れたかどうか、それだって誰が確かめたんだって話」

「お前ら、そんな話を信じたのか」

「じゃああんたはどんな話を信じたんだ？　山のもんを謀《はか》って、いいように利用するのはお国の作法かしらねぇが……」

「そんな作法があるか」

「……まして仲間を売って平気の平左ってのはよっぽどのこったぜ」

「確かな話なのか」

「確かなのは北回りだろうと南回りだろうと船は出てねぇ、港にゃ売られて逃げ惑っているお国の残党が燻ってるってこった。ここまで言ってわからねぇなら、はっきり言ってやる。廓でお姫さんを迎えた連中に用があったのは、お姫さんのお荷物ばかりじゃねぇのかい」

「姫御前も売ろうっていうのか」

「知らねぇよ、てめぇで確かめろ」

「その残党っていうのに会わせろ」

ゴイはいいだろうというように頷いて、ついて来いと手招いた。ツォユは眥《まなじり》を決してゴイの後につく。朝焼けの空を一度見上げると、頬被りを結いつけて自分の赤毛を隠した。

「ゴイ爺、どうする」

クヴァングヮンの地質は大陸の東に開けた沖積層が海食された海岸段丘で、この低地には今は市街を大きく迂回する本流が先史時代には自由に蛇行していた。運河の切り開かれた歴史は伝承のある限り古代にまで遡り、史上古くから通運はもっぱら市街を網の目のように這う運河を往来する船便に依っていたことが知られている。そのためあたかも路地のように細かな掘り割りが街に食い込んでおり、市中の隅々にまで水路がはりめぐらされていた。

この港町に陸路が整備されはじめたのは水路網に遅れること数世紀、西大陸西方との連絡や、北方ニザマとの交渉が盛んになって、馬車の往来があるようになってからの話だ。もともと毛細血管のように家々の裏まで入り込んでいた細い掘り割りが蓋をされて暗渠となり、それが今日の港の裏通りを形作る——文字通り、路地の溝板《どぶいた》通りが街を覆っているのだ。

港湾都市の水運を安定させていたのは、この運河網の各所に設《しつら》えられた、もうひとつの工夫であった。すなわち閘門《こうもん》である。感潮河川《かんちょう》――つまり潮の満ち干に合わせて水位が上下する港湾部運河は、そのままでは時に水運に必要十分な水量を確保しえない。朔望潮《さくぼうちょう》の干潮《ひしお》には運河が涸《か》れて荷が届かないというような話になっては、船便頼りの都市流通が滞ってしまう。

そこでずっと上の海岸段丘の始まるあたりから河口にいたるまで、運河に何段もの堰《せき》が設けられて水路を上下に仕切り、標高や干満の如何によらず一定の水位が運河の各所に保たれるように営繕されていた。そして、運河を横断するこの堰を船便が往来通過するための工夫が閘門である――堰の脇に細い水路を設け、上流と下流を水門で仕切っておく。河水を流し込み、あるいは流し出して水位を上げ下げ出来る「閘室《こうしつ》」を河岸に設えておくのである。上の水門を開ければ水位は上がり閘室に留め置かれた舟に上流への道を開く、下の水門を開ければ水位が下がり閘室は下流と繋がる。堰の上下を結ぶ舟の昇降機である。

こうしてクヴァングヴァンの水路網は、それぞれ水位標高の異なる水路が複雑に接続し合う運河の迷路のような様相を呈していた。各々の水路が上下を仕切られ、河水の増減を吸収して任意の水位を保って独立している。

ところで、運河の主要筋が右のような工夫で水位を一定に保っていた一方で、支流にあたる水路の末梢部では逆に常時脈動するように水量が増減を繰り返していた。河水脈動の要因はおおきく三つある。第一には本流河川の流入水量の変化である。もっとも本流河川は港湾部では水量の大半を運河に取られていたので、上《かみ》のどこかで洪水でもない限りその流量自体はいまさら大きな影響とはなりがたい。第二の要因は既に触れた潮汐である。河口近くならば潮の干満が大きな周期で上下を繰り返す。これは日々の繰り返し、月齢の繰り返しでほぼ予測のつく変動要因となる。そして第三の要因、しばしば水量にもっとも劇的な影響を与えるのが、閘渠《こうきょ》排水である。

閘門の水位昇降のための給排水は閘室上下の自然水位差を利用したものだ。したがって原理的には閘室の上下に水門が一つずつあればよいわけだが、実際の運用上はそう簡単にはいかない。上下水門の動作負担、可動部応力負担を軽減するため、あるいは閘室水流を安定させるため、はたまた給排水の時間短縮のため、上下水門とは別に閘渠と呼ばれる小水路を閘室の周囲に配置している閘門がほとんどだった。要するに給排水の出入り口を小分けにして分散し、主たる水門の負担を減らすのである。

これら閘渠は大抵は、運河本筋の上流、下流に閘門からやや離れて分岐、合流するわけだが、中には排水路が独立した水路をなして運河本筋とは別に続いていくことがある。とりわけ港湾整備の過程で市街地の暗渠となった水路が閘渠排水路に転用された場合などが典型である。

港町の住人の足の下で人知れず、河水の増減を吸収して脈動を繰り返している暗渠がある。閘渠排水はその都度膨大な水量をいっぺんに暗渠に排水する。閘室水位が低ければ逆に暗渠はすっかり涸れてしまう。間歇的に大水量が放流されては、ほどなくぴたりと水源が尽きるのだ。この脈動する閘渠排水が暗渠の中を定期的に洗い流すことになり、暗渠には付き物の汚泥の堆積や衛生害虫の繁殖を抑制する効果もあった。都市衛生にも一役買っていたのである。

暗渠に棲息するのはもっぱら「鼠《ねずみ》」ばかり……ただしこの鼠は齧《げっ》歯《し》類ではなかった。

無論、港湾部の暗渠のすべてが閘渠排水によって脈動していたわけではない。ところによっては汚水が滞留して悪臭を放っている界隈もあったし、ところによっては逆にろくろく溝浚《どぶさら》いもしないのに永年にわたり蝿蚊の煩《わずら》いが軽微な地区もある。いずれも既に蓋で塞がれた足の下のこと、どこが閘渠排水の通り道で、どこが淀んだ溜まり汚水のあるところと気にしている住民などいない。せいぜい条件が悪い界隈で「この辺りはどぶが臭いぞ」と眉を顰めるぐらいが関の山であった。港湾都市の住人は地下の水流のことなどおよそ関心の外に追いやっていた。

ところが……このクヴァングヮン港湾都市の裏路地を縦横に結ぶ暗渠の河水脈動周期と、その都度の放水位置、放水量を正確に把握している者たちがいた。彼らは所定の時間に所定の場所に放水が起こり、それが日月《にちげつ》の潮汐や上流の天候などと相俟《あいま》って、暗渠網にどういった影響を及ぼすかを正確に計算していた……いや計算していたのではない、単に経験によって知っていた。それが死活問題であった。それも当然である。彼ら――「鼠」は暗渠に棲んでいたのだ。

黒い子供を担いだワカンとゴイは赤髪をつれて、すっかり水の引けた掘り割りを一町ほど戻ると開渠の壁に穿《うが》たれた下水溝に滑り込んでいった。するとすぐ中に、ズボンの擦り切れた穴から突きだした膝を抱えて、じっとしゃがんで待っていた者がいる。少年だった。顔が真っ黒だったが、それはワカンの担いだ子供とは意味が違う。炭に汚れていた。

「遅かったね……ぎりぎり……もう帰ろうと思ってた」

「そりゃ困る。お前に帰られちゃ道が分からねぇ」ワカンが不平声で言い返した。

「だったらもっと早く戻ってよ……そいつなに？」赤髪の顔を覗き込んで訊いてい

る。

「こりゃ……俺たちの仲間みてぇなもんだ、カロイに会わせる」

少年は返事もせずに暗い横穴に踵を返した。捲ればいいものを丈の余ったズボンの裾を引き摺り、ほつれた糸で下水溝の床を掃いている。なぜか頭には、女物と見える両脇に垂れのついた毛編みの帽子を被っていた。この季節に毛の帽子かとツォユは初めは訝ったが、すぐに帽子の訳は知れた、彼自身が何度となく思い知った。この横穴の中で頭を何度となく天井に擦ったりぶつけたりすることになったのである。目立つ赤髪を隠すためだったが自分も頬被りをしていたのは幸いだった。

ツォユは、空気こそ暗闇に淀んでいるものの、暗渠の中がまるで掃き清められているみたいにさっぱりと片づいて、鼠や蝙蝠《こうもり》と擦れ違うどころか、泥濘や汚水溜まりすら見ないのにおいおい気がついた。塵芥や犬の糞の散らばる頭上の港の石畳よりも小綺麗なぐらいだ。ツォユはまだ、どうしてこの暗渠がこんなにも清潔なのか判っておらず、長年使われていなかったのだろうかというぐらいに考えていた。この暗渠が聞渠排水の放水路にあたっていたことは言うまでもあるまい。そのことの意味を深く弁《わきま》えているのは案内の少年だけである。

暗闇に火も点さずに案内の少年は先へと急ぐ。段々に足を速めている様子だった。

ワカンらも黙ってついていくが、やがて少年は腰を屈めたまま小走りになった。訳を訊く余裕もなく一行は必死でついていく。きついのは中腰で子供を担いでいるワカンである。

「おい……どうした……」

「ぐずぐずしてっから」

少年は短く言って、いよいよ足を速める。

「赤髪、遅れるな！」ワカンが殿《しんがり》についているツォユに怒鳴った。

「どうしたんだ」

闇に淀んだ空気が動いている。暗渠の蓋の細い隙間から漏れる光が宙を満たす埃を照らしている。その埃が向かい風に吹かれたようにじわりと手前に動いていた。正面から風が来ている。じわじわと風が強くなる。ツォユにはその意味が分からない、だが事情を察したワカンは蒼白になって急いでいた。水が来る！

暗渠を伝わってくる風がいつしかそよ風のように、やがて海風のように休まず吹きつけはじめた。遠い海鳴りのような音が響いてくる。ツォユの頬被りが風を孕《はら》んで外れ、首の後ろに吹きさらされた。先頭の少年はここまで辿ってきた下水溝の壁面に横道のように開いた、斜めに上に延びていく管に言葉もなく滑り込んだ。ゴイが後に続き、ワカンの担いでいた子供を引っぱり上げる。ワカンはツォユに、急げ、水が来ると叫んで、自分も大急ぎで頭から飛び込む。その時にはさすがにツォユにも暗闇に閉ざされた下水溝の行く手から、ごうごうと迫ってくる「海鳴り」が本当に水音であることが察せられていた。すでに風は疾風が吹きつけるほどの強さになっている。下水溝の全体が震えはじめていた。ただ水が流れてくるのではない、止まず吹きつけ続ける風は、迫りくる水が暗渠の容積を完全に満たして空気を押し出してきていることを意味する。

ツォユが斜行管に四つんばいになって飛び込んだとき、下水溝には早くも初めの流水が届き、見る間に水量を増していく。暗渠の底に初めはせせらぎが湧き、それが瞬く間に轟音を上げる濁流と化している。いまにも彼らが飛び込んだ斜行管まで水位は上がってきてしまうのではないか。その危惧は裏切られなかった。先頭の少年から、なにをぼんやり眺めてんだ、この斜め管は上まで水が充ちるぞと怒鳴り声がかかったのである。あとは文字通りに「這う這うの体」で剛力と近衛は傾斜した管渠をいざり登っていく。

ツォユが、急げ、急げと眼の前のワカンの尻を押す。もう斜行管の下ではごぼごぼと流水がわだかまって音を立てていた。ワカンは四つんばいになったのに加えて、子供の襟元を口に銜《くわ》えて自分の四つ足の間に引き摺っていたので、動きが不如意な上に返事も出来ない。必死で這っていく間に案内の少年のズボンの膝小僧に開いた大穴の理由《わけ》が痛いほど理解できた。

這い出た先はまだ下水溝の中、ただし天井はなく細い裏通り沿いに蓋をせずに放置された開渠だった。ツォユが斜行管から転がりでると、待っていた少年が路地の出口の人目を窺いながら管の出口を閉じるように鉄線を編んだ網を被せた。ほどなくその手元から下水溝を満々と充たした闇渠排水が溢れだしてきていた。

開渠の幅は少年が左右を飛びわたれるほどの幅、頭上で開渠を横切った桁《けた》は下水溝の壁が内側に倒れてくるのを支えるために押し込んだ山止めの丸太である。少年はその丸太に飛びつくと器用に上によじ登った。そして裏通りを折れたさらに細い路地へ足取りも軽く歩み去っていく。ワカンらもごぼごぼと水が湧き出している下水溝から這いずりでて、濡れた足を引き摺ってついていった。しばらく前にこの界隈に大火があったと見え、見上げれば路地の両側から燃え残りの煤《すす》けた壁が傾いてきて頭上で凭《もた》れあっている。足許にも炭となった柱や垂木、焼け焦げた日干し煉瓦が散らばっている。少年は路地の奥に崩れ落ちて引っかかっている外壁の成れの果てを、暖簾《のれん》でも潜るような仕草でかわし、残骸の隙間を縫って奥へ進んでいく。

そして路地を抜け、焼け落ちた梁をくぐって頭上が開けると、そこは商家の裏手にあたる狭い中庭《ペリスタイル》だった。ただし四方の商家は黒焦げた焼け跡で、壁も柱も失って傾いた屋根がいまにも中庭に落ち込んできそうな有り様、足許には上から崩れた煉瓦が散らばって、かつては整然と並べられていたのであろう陶製の水瓶がことごとく叩き割られて破片を散らばらせていた。

中庭の中央には水盤があったと見え、崩れ落ちた棟木や瓦に押しつぶされて庭の半ばに不格好な山になっていた。おそらくは瀟洒《しょうしゃ》な花卉《かき》園《えん》でも造ってあったのか、落下した石材や黒焦げの材木によって、庭の石膏像や葦簀《よしず》葺《ぶ》きの東屋がことごとく薙《な》ぎ倒され、塵芥《じんかい》と化している。贅《ぜい》を凝らした庭だったはずだ。それだけに焼け跡はうら侘《わ》びて蕭然《しょうぜん》としていた。

表通りから隔てられ、路地の奥に閉ざされたこの焼け跡はいつからこうして荒れ果てたままであったのか、かろうじて焼け残った屋根を仮寝の宿にするように、一群の浮浪児たちがこの危なげな廃虚に住みついていたのである。そして七、八人の年頃も様々な浮浪児たちに混じって中庭の瓦礫に腰掛けてゴイとワカンの帰りを待っていたのは剛力衆の待機組、そして彼らをここに案内したカロイであった。

「誰にも見られなかっただろな」

それぞれに薄汚いなりの焼け跡の浮浪児一党の中から声がかかった。そんな言葉を背中で受け止めながら、ワカンらを導いてきた少年は剛力衆の溜まりの前に立ち止まって、ゴイとワカンを矯《た》めつ眇《すが》めつ、瓦礫を足で転がして何か言いたげにしている。やがて決心したように手を開いて差しだした。ワカンはその意味に気がついて懐に手を突っ込むと、ついで空の両手を開いて苦笑いした。

「すまねぇな。俺たちゃ小銭の使いようのあるところの出じゃねぇ。持ち合わせがな」

「ちぇっ」聞こえるように舌打ちして、少年は自分の一党に合流していく。

「だめだ、てんでけちなんだ」

「あいつら一文もないんだろ」

「あの爺《じじ》ぃ、懐に銀もってる」

「本当《ほんと》かよ!」

鼠の頭《かしら》と思《おぼ》しいのは少女のような声をした体のやや小さな少年で、どうして彼が一党を率いているのか傍目《はため》からでは事情は判らない。他にもう少し年かさに見えるものもいた。彼より背の高いものもあったし、一人などは既に声変わりが済んでいる様子だ。それでも、わりに幼い少年ばかりがあつまった一党の中で、他ならぬこの線の細い少年が統率者をつとめているのは明らかで、彼の一挙手一投足を浮浪児たちの小さなものほど逃さず目で追っている。今しも、とりわけ小柄で童顔だが、眉毛が濃く意志の強そうな眼差しのこの少年は、車座になった浮浪児のただ中に立ちあがって、不届きにも駄賃をよこさなかった剛力衆を睨《ね》め付けている。仲間内で頼りにされて、否応なく虚勢を張っている節もあった。

他の浮浪児たちは戻ってきた少年──ファンと呼ばれていた──に躙《にじ》り寄って口々に訊いている。どの子も炭をわざわざ擦《なす》りつけたみたいに幼い顔を真っ黒に汚していた。白いのは汚れの無い白目と歯ばかりである。

「どうだった」

「焼けたっきり。見張りもいないしさ」

「橋は」

「架けなおす気のある奴なんかいないだろ」

「人足なら港に余ってんのにな」

「あの黒いの連れてったんじゃないの」

「医者なんていねぇだろ」

「救護院に棄てにいったんだろ」

「そのまま戻ってきたんだ」

「ありゃ、もう駄目だろ」

「駄目だよね」

頷きながら少年たちが密《ひそ》やかに言葉を交わしあう。今まで何人もの仲間の死を看取《みと》ってきた少年たちは、余所者の子供の病状をしごく冷淡に切り捨てていた。彼らの話を荒れた中庭の反対側の軒の下に分かれて座っていた剛力衆は聞くともなしに聞いている。

「上の班《バン》の奴らはもういないの?」

「見張る意味がないからだろ、いなくなったわけじゃない」

「救護院、余所者がもう住み着いてる」

「街道筋の幇《パン》が橋を押さえてるから出てけないんだろ」

「どうだっかねぇ」

「おい」鼠の頭が険のある声を飛ばした。「今の誰だ」

誰かふざけた声音《こわね》を出したものがいたはずだが、咎められて気まずかったのだろう、名告り出るものはおらず、年少の鼠たちが決まり悪げに顔を見合わせていた。

かたや剛力の車座ではワカンが、連れてきた赤髪をカロイに引き合わせていた。背負っていた黒い子供は再びエゴンの足許に下ろされて、瓦礫の間に横たえられていた。額に玉の汗が浮かび、唇は震えている。うわ言を口にしていた。熱は高くなかったが、昨晩から譫妄《せんもう》が始まったのだ。エゴンはそんな幼子に、まるで特別同情する様子もないようだったが、それでも胡坐《あぐら》のままで躙り寄って子供の頭を膝で支えている。どこで落としてしまったのか、革を綴った子供の靴が消え失せて裸足になっていた。

ツォユが剛力一同に尋ねる。

「あの……小僧共は……」

「あれは『鼠』です」カロイが応えて言った。「暗渠に棲んでいる」

引き合わせられたばかりのツォユは言うに及ばず、剛力衆もこの辺りの事情に通じてはいない。誰も説明を求めてカロイの顔を窺う。気にしていないのはエゴンぐらいで、彼は車座から離れて、焦げた石灯籠《いしどうろう》にもたれて、ぐるりを囲む焼けた屋根が中空に切り取った四角い曇り空を見上げて、宙に舞っている二羽のカラスを見ていた。

エゴンの膝には黒い子供が首を預けてうなされている。その傍らには依然一行と共にいた黒犬が丸まって寄り添っていた。中庭の反対側ではカロイに「鼠」と呼ばれた少年たちのうちのひときわ幼いのが一人、瓦礫の陰からエゴンの膝元の犬をちらちらと眺めていた。エゴンは手招いたが、その子は頭巾のついたポンチョを揺らして飛び退いた。そして怖気を震ったように慌てて一党の頭目の傍に逃げ去っていく。それでもまだ時折は犬のことを気にしているようだった。

エゴンのことが怖いのだ。だが犬を構いたくて隙を窺っている。

カロイは新たな訪問者、ニザマの近衛のツォユを前に同郷のものだと名告り、これまでの自分の来歴と、剛力に合流した経緯、そして彼が港を孤立無援で追い回されている間になんとか切り開いた恃《たの》みの綱がなんであったのかを説明しはじめていた。特に最後の点は剛力衆も気にしていたことである。カロイが港に確保した奥の手、それが鼠を利用することだったのであった。

「なにか駄賃に出来るものがあるのなら払っておいた方がいいでしょう。あの子らは実利にしかつきません」

「しかしこれは預かりもんだ」ゴイは懐の巾着をじゃらつかせて言った。

「いや、手を離れたものだ。ゴイ、それは剛力で分けてくれ」

「それであんたはどうする」ワカンはツォユの顔を窺う。

「どうも……路銀が足りれば無事に港を出られるという話でもないのだろう。ならばわずかな銀など抱えていても仕方がない――」

　ツォユは言葉を濁したがワカンには続きは判った。伝手か、助けか、要は頼りとできる人間の方が重要なのだ。含みを残したツォユにカロイが接《つ》ぎ穂《ほ》を引き取る。

「連中は……鼠は、こちらから引っ張り出せるものがあるうちは寝返ったりしません。しかし出し渋ったり、あるものを無いような顔をしたりすれば途端に手のひらを返しますよ」

　まさに価《あたい》を出し渋られて遁走のさなかにある剛力には他人事でもない話だ。ゴイはワカンに巾着を預けて言い値で駄賃を払ってこいと鼠のほうに押し遣った。

「奴らと同じことをするわけにはいかんからな。道理が通らん」

「巾着はまるごと持っていかぬがいい。鼠は懐を探ります。あれで掏摸《ちぼ》、こそ泥の玄《くろ》人《うと》ですから。巾着切りに道中稼ぎ、枕の下まで手を突っ込んできますから身に付けているだけでは安心ではない。せいぜい工夫してください」カロイが注進する。

「そうかい」ワカンは銀を小出しに握り込んで、分の小さいところを二つばかりを選りだした。その時ワカンは巾着の中に銀子とは別に変なものが入っているのを見つけた。桐油《とうゆ》紙《がみ》の小さな包みである。ワカンはそれとなく包みを懐に移し、巾着はゴイに放ってかえした。

そして先に案内を頼んだ少年のところにゆっくり歩いていった。

「おい坊主。駄賃の算段がついた。取りに来い」

案内をした少年ファンが一瞬表情を輝かせたが、すぐに不満そうな顰め顔をことさら装って、いやいやそうに立ちあがってきた。途中でぺっと唾をはいて意気がっている。ワカンは少年の手の上で銀を数えて見せた。

「彼らは盗みで暮らしているのか」ツォユが眉を顰めてカロイに訊いた。

「鼠は家も頼りもありません。身過ぎ世過ぎになりふり構ってはいられない。なりわいは班《バン》にもよるが……」

「なんだい、そのばんってのは」これはナオーである。

「根城にしている溝《どぶ》に縄張《しま》があって、徒党が互いにせめぎ合っているんですよ」

「与太者の組みたいなはなしだな」口の軽いナオーが一同を代弁する。

「じっさいやくざ者の幇《パン》とは繋がりのある班が多い。小さな頃から地回りの与太者になる修業をしているようなもので……」

「そんな餓鬼共があてになんのかよ」

「鼠は勢力のある班や、尻持《けつも》ちの幇のちんぴら連中に搾り取られて、いいようにされている。上にばれない実入りを供給できる間は進んで金づるを手放したりはしません」

「ずいぶん詳しいんだな」

「彼らを恃みに溝の中をずっと逃げ回っていましたからね」カロイが苦笑しながら言った。「ここの連中のなりわいは火事場漁りです」

「火事場泥棒か」

「焼け跡からお宝を掘りだすんですよ」

剛力達は少年らの真っ黒な顔を遠く眺めてなるほどと頷いている。

「これはこれで危ない仕事ですが、鼠のなりわいとしては穏当なほうです。この班は小さいものばかりで荒事が出来ないんですよ。その代わり逃げ道には詳しい。どこかで焼き討ちがあるのを手ぐすね引いて待っていて、鎮火するなり荒らしに入ります」

カロイは港町の鼠のことを簡単に説明した。親の暴力や奉公先の待遇に堪えかね、それといって救護院の窮屈さにも我慢が出来なかった虞《ぐ》犯《はん》少年たちが路上を棲み家として寄り集まるのは人気《じんき》の荒れた都市の無法の法、クヴァングヮンもその例に漏れない。ただしこの港湾都市では少年たちがねぐらにしたのが路上ではなく暗渠の中だったのだ。

複雑に都市の足許に這い拡がり、闇渠排水に脈動する港の暗渠のなかで、居住可能な区域や移動できる場所、時間を経験則から知り尽くし、文字通り鼠のように暗がりを往来する。

荒んだ社会の中でこうした浮浪少年たちの受け皿となるのは、ゆくゆくはどうしても裏社会の脱法組織、そして少年たちはならず者の組織――幇に取り込まれ、搾取の対象となり、また自らも搾取の走狗《そうく》となってゆく。

虐げられる者たちの唯一の恃《たの》みは仲間である。港の暗渠に棲みついた鼠たちの閉鎖的な同族意識と他者への厳しい疎《そ》意《い》は、そのまま大人たちの反社会集団の弊の似姿だった。カロイの説明を聞いた剛力達は我が身を振り返って、どこか同情を禁じえない。

「溝を逃げ回っていた私を助けてくれたのはこの鼠たち、それが涸れ果てていなかった人情に依るものなのか、それとも私を単なる好都合な秘密の金づると見ただけなのか、私の見立てでは後の方じゃないかと思いますが……ともかく、どこを潜り抜けてどう逃げる、その辺の機微《きび》に長《た》けた案内になるのは確かで、その一事については頼りになること保証できます」

「それじゃこの小僧どもの案内で……」

「ええ、なんとか追っ手を撒きおおせてきました。追っ手の方では暗渠を逃走路に選んでいることすら判っていないでしょう。そこが通り道に使えるということ自体を知らない」

「知っているのは……鼠だけ、か」

「そういうことです」

「それじゃ鼠の案内で港を抜け出すぐらいはわけなかったんじゃないのか」

「中心街を抜け出すだけならば。……その後がありません。鼠には班ごとの縄張《しま》がありますそうそう自由にどこにも行けるということにもならない」

「その……班ってのが対立してるのか」

「ここの連中は立場が弱くて、威勢のいい班の隙間を縫って居場所を見つけているような具合です」

「そりゃまさしく鼠みてぇだな」ナオーは真面目な顔で言っており、かえってエノクがそのことを笑った。

「今朝に出ていった救護院の方でも彼らの縄張を外れるはずです」

そう言えば横穴から出てこようとしなかったとゴイは思いだす。

「救護院の周りはもっと年上の連中の班が仕切っていて危ないのだといいます。救護院の炊き出しをもらいに出向くと、必ず帰りに小突かれて収穫を巻き上げられると言うんです」

「さっき見張りがどうとか言っていたが……」

「僧院が焼き討ちにあって、周りの縄張も動きがあったということでしょう。あの中洲は街道筋から孤立していますから、僧院が焼ければ人員を割く意味もない。勢力地図は流動的です。その都度危険区域が変わる……」

そして鼠たちがいかに港湾都市の地下を縦横に駆け回ろうとも、その足の及ぶ範囲にはおのずと限界がある。暗渠網は運河の切り開かれた海岸段丘から下の低地に限られ、旧河川本流が大きく取り巻く港街の外郭には延びていかない。鼠の棲息地域は低地港湾部からややあがった溝板《どぶいた》通りの足許に限られるのだ。

「港の外へは結局は舟で遡上するか、橋を渡って街道を辿らなければなりません。定期の渡しも途絶え、舟の手配をするにはよほど上の方に顔が利かなければ難しいでしょう。そして街道に上って行くにも、主だった橋の多くは落ちて、残る橋梁には縄張ごとに幇の見張りが立って、得手勝手に関所を気取って出入りに関銭《せきせん》をたかっている。地回りのやくざ者が自治に働いていると言えば聞こえはいいが、要は港の出入りを監視して都市を囲い込んでいるんです」

「一度足を踏み入れたらおいそれとは出られないのか」

「余所者の往来は必ず密告者の目にとまり、真綿で首を絞めるようにじわじわと包囲が狭まっていく。この街ではいまや、道をゆく誰もが人を指しては小銭を対価に得て恥としない風潮、隣人を売り渡したことを誇らしげに吹聴《ふいちょう》する風紀です」

「右も左も告げ口屋か……」

「あとは文字通り地下に潜るしかない。それにしても港を出て川向こうに落ちのびるには、もう一工夫がいるでしょう」

「一工夫とは？」

「金子を積めるか、強い伝手を持っているか」

「それが叶わなければ？」

「逃げ出すのに凝った算段が要る。監視に回っている連中を出し抜くだけの算段が」

「その算段がつくのかい」

カロイは首を振って黙り込む。

「それには監視者たちの動向が窺えなければ難しい。手引きを期待できずとも、少なくとも何らかの繋がりがあって自然に連絡が取れるならば……」

「鼠たちからは連絡はつかないのか」

「私を……いやあなた方もそうです、我々を追っているのは地場の幇ではない。むろんそちらとも繋がってはいるのでしょうが……鼠はその段の伝手にはならないでしょう」

「それで……俺たちが……」ワカンが剛力を見まわした。

「ええ、剛力衆が廓と連絡している間はそれが最後の糸になったかもしれない。ですが、もはや……」剛力は飯場から遁走してしまった。言葉を濁すカロイにツォユが割って入る。

「では今、廓と連絡できるのは……俺だけか」

カロイが真顔で頷く。ツォユを強い眼差しで射すくめた。

「廓の動向と、幇の連中の動き、それに偏りができれば手の薄いところを鼠が見つけます」

「俺に……隊を裏切れと……そう言うのか」

ツォユに強い険相が兆した。それを撥ねつけるようにカロイが立ちあがった。

「そうじゃない、赤髪」

「ツォユと呼べ。それはこいつらが勝手に言っている渾名だ」

「ではツォユ。あなたが裏切るのではない。あなた方は既に裏切られている。ここは密告者の街、裏切り者の巷《ちまた》、信じられるものは左右に誰もいない。あなた方が身を寄せたのが――あれが売国奴の館だ」

5　鼠と鈴

かつて附庸《ふよう》の地と遇していたクヴァンが俄《にわか》にニザマ官僚組織に仇《あだ》なす敵地に変じた、その敵堡《てきほう》のただ中で友軍の縁《よすが》となり、一途逃遁《とうとん》する同胞が羽を休める停留地となっていたはずの唯一の寄《よ》る辺《べ》が売国奴の館。

ツォユは努めて冷静を装うが、いまにも赤い髪が逆立ってざわつきそうだ。立ちあがってカロイと対峙し、眥《まなじり》を決して睨みつけるが、カロイの方も一歩と引かない。

「ちょっと考えさせてくれ」

ツォユは踵を返し、剛力から少し離れて瓦礫に座り込んで口元を押さえた。

俺が廓に戻って間者《かんじゃ》をつとめ、剛力とカロイとやらに内部の事情を注進に及ぶなら、これは紛《まご》う方なき裏切り者の所業……しかしもとより廓の方が、廓を頼りと剣呑な港に忍び込んでくる友軍や貴賓を敵に売りわたして平気でいるとすれば、それこそがまずは破廉恥《はれんち》きわまりない背信、これに抗したとして果たして「裏切り」と呼べるのか。筋を立てるべきはどこで、折ってはならぬ節はいずれか、そして護らねばならぬものは何か？

たったいま出会ったばかりのカロイの話をおいそれと信じて良いものか。だが彼の話には前後の事情に符合する部分が多い――あの廓がなにか腹に一物抱えているのは明らかなこと、そして現に剛力衆相手には既に約束を反故《ほご》にして切り捨てにかかっていた節がある。

果たして自分は、ひいては近衛一党はどう動くべきなのか。いや、それ以前に何らかの選択肢がそもそも残っているのか。

「俺は廓に戻ろう」ツォユが立ちあがる。

「戻ってどうする」ワカンは胡坐のままで訊いた。

「仮にその売国奴とやらが俺たち近衛の一党までを切り捨てようとしているというのが本当でも、ならばなおさら同輩にそのことを告げに行かねばならない」

「それで皆で尻に帆掛けて逃げだすのか」

「なにより姫御前のことがある。廓が信用出来ぬなら……姫御前を連れ出さなきゃならん」

「御苦労なこった」

ツォユは悪態に返事をせず、汚れた膝をはたいて頬《ほ》っ被《かむ》りを結び直し、ゴイに挨拶した。

「重ねて世話になったな」

「ぬしら、お姫《ひい》さん連れてどうする」

「まだ判らん。南回りの手配に確かな証《あかし》があればよし、さもなければ考える」

「いざとなったらわっしらの処まで連れてこれるか」

この借問には意表を衝かれた。ツォユは首《こうべ》を垂れて目を伏せたまま訊いた。

「義理は欠かんが仲間ではないと釘を刺されたはずだったな」

「まだ仕事が終わっとらん」ゴイは静かに言った。

ツォユは目を上げると剛力を見回した。ひとたび約束を反故にされ、おそらく命まで狙われてこうして遁走《とんそう》の身にあるというのに、この山賤《やまがつ》らにはまだ姫御前を導いていこうという気概があるのか。裏切られてもなお実《じつ》を尽くす筋があるというのか。

だが左右に信じられるものとてないツォユに、いま頼れるのは山賤らの言葉のみ。

「あなた方は溝《どぶ》から出てこれまい」

「廓の周辺は縄張《しま》の外ですね。ここの鼠はあの運河の際《きわ》までは出ていきたがらない。先だっても一人ここいらの班の鼠が紛れ込んだはいいが戻ってこないのだそうで」

「では、どうやって連絡を取る」ツォユの言葉にゴイが後ろを振り向いた。

「エゴン」

ゴイが擦《かす》れ声でよばわると、エゴンが子供の頭を膝から下ろし大儀そうに立ちあがった。ゴイは小さく指を立てて空をさす。エゴンが中庭のただ中に歩みいる。浮浪児たちがぎょっとしていた。大男が中庭の中心でいつもの猫背を反らすように伸ばして、左手を天に突き上げている。

「ちく、ちく」呟くように口にした言葉はニザマのものとも、クヴァンのものともつかず、はたまた山賤の俚言《りげん》にも聞こえない。

「なにやってんだ」

「半鐘泥棒《はんしょう》だ」鼠たちが嘲る。

それはやたらに背の高い木偶《でく》の坊《ぼう》をからかって言う言葉だ。そんな一人の軽口に鼠たちは声を合わせて笑っていた。ところがその笑い声が止まって、鼠たちがいずれもあんぐりと口を開けた。中庭に空から急降下してきた一羽のカラスが、一度宙に身を翻してからエゴンの左手にふわりと舞い降りたのだ。少年たちから思わず押し殺した歓声があがっていた。

「すげぇ」

「鳥遣いか」

どうやっているのか、あれは自分にも出来るだろうかと、少年たちのあいだで騒ぎになっている。そうする間にエゴンの背嚢を持ち寄ったエノクが干し肉の袋をエゴンに投げた。

「赤髪、一度頬っ被りを取れ。カラスが顔を覚える」

ワカンの注意にツォユは従った。エゴンから干し肉を受け取ると、それをカラスに差しだした。カラスはツォユの腕には留まらず、空中で肉を引ったくると、あっという間にエゴンの頭の上に戻った。遠巻きに見ていた鼠たちが、俺にもやらせてくれとエゴンのもとに、わっと集まっていく。カラスは急な喧騒を嫌って焼け屋根へと飛び去っていった。少年たちに溜め息が起こる。

「顔を覚えて、一度褒美《ほうび》の受け渡しをする。これでカラスが『宛て先』を憶える」

ワカンの説明にツォユは頷いた。これが連絡の準備になる儀式なのか。

「大まかな居場所が判れば、あとはカラスの方があんたを探す」

少年たちはまだ頭上を仰いで、屋根から降りてこようとはしないカラスを見つめる。エゴンの脇で、俺にもカラスを呼んでくれ、その「手甲」を貸してくれとまとわりついていた。エゴンの左手の韘《ゆがけ》がカラスを呼び寄せる秘密の道具かなにかではないかと見たのである。彼らはもう、さっきまで恐れていたエゴンの潰れた顔のことなど気にしなくなってしまったようだ。

中庭を出て行こうとするツォユの見送りにワカンが立った。後ろから鼠の頭《かしら》の声が飛ぶ。

「路地を出るところを見られんなよ。誰か案内してやれよ」

頭の指示を聞いて、三、四人がツォユの方へ駆け寄っていった。先に割のいい駄賃をせしめた仲間を見ていて、これは損をしないと踏んでいたのだろう。彼らは誰が路地から出て行く路程の案内をするか、役目を奪いあいながらツォユとワカンに駆け寄っていく。

一人でいい、と鼠の頭が押し殺した声で怒鳴っている。少年たちは掛け声を密かに掛け合っている。クヴァン特有の豁拳《じゃんけん》で順番を奪い合ったのだ。

「ずるいぞ、オーリン！」

勝負が決着したか、はたまた不正の結果か、オーリンと呼ばれた長髪の少年が不敵に笑って進み出てくる。毛糸の帽子を目深に被り、女児のように小作りな顔を炭で汚したオーリンは、ツォユの前に回って、ついてこいと小癪《こしゃく》に顎で指図をした。

「おい赤髪」剛力からすこし離れたところでワカンが呼び止める。

「なんだ、まだ用があるのか」

「これは何だ」

　ワカンは懐から油紙の包みを取り出した。開けば中には香水を入れておくような小瓶、弾性のある樹皮《キルク》で栓がされ、蜜蠟でさらに封がしてある。無論、ワカンには中身の想像はついていた。エノクの言っていた湯《タン》に味を添える秘薬であろう。

「秘訣の一《いち》だ。魚汁《いしる》だよ」案の定、ツォユが予想を肯《うけが》う。

「い、いしる?」

「烏賊腸《いかわた》と青背《あおせ》の塩漬けだ。腸《わた》が自分の身を融《と》かして汁になる。その一垂《た》らしで味にぐっと深みが出る」

「なんでこれを巾着に忍ばせた」

「また喰いたいと言っていただろう。それを足すのが秘訣だ。お前らにやる」

「これだけあれば、誰にでもああした具合に出来るというもんじゃねぇだろう」

「無論、手順と手間が肝要だ」

「じゃあ、これだけ貰っても仕方がねぇ。あんたが持ってろよ」

　そう言ってツォユの胸元に押し付けた。

「次の機会にもあんたが作れ」

　ツォユはワカンの顔をまじまじと見つめ返していたが、やがて目を伏せ、薄笑いを浮かべた。受け取った小瓶を懐にしまう赤髪——そして路地の方から招いている案内の少年の方へと彼は踵を返し、後ろ姿でワカンに呼びかけた。ワカンの名を呼んだのは初めてだった。

「ワカン──あのカロイという男、気を許すな」

「何故だ。どうした」

「北の西方離宮の方からだと言ったな」

「ゴイ爺は確かにそっちの訛りだって言ってたぜ」

「面立《おもだ》ちも訛りもあっちのものだ。山岳離宮の辺りは古くはアルデシュとの混血も多かった土地、ああした面《つら》の者だって、いて不思議はないが……だが訛りなど少し目端の利いた者ならいくらも装える」

「そこから疑ってんのか」

「あの男、片腕がないな」

「それがどうした」

「あれは港で切られたのか、それとも古傷か」

「さあ、知らねぇよ。もう痛がってる様子はねぇな」

「古傷ならば奴は信用ならん」

「どうしてだ、古傷じゃいけねぇのか」

「西方離宮の近衛となれば帝室直属直下の儀仗隊《ぎじょう》だ。立ち居振る舞いも儀仗兵の練兵を経ているようには見える」

「見りゃ判るのか。何が違うんだ」

「姿勢がいい。並の雑兵《ぞうひょう》ならああはいかない、憩《いこ》うときには背が丸まる。だがな……」

「何がおかしい」

「連中は礼式に堵列《とれつ》して剣を捧げる。また送迎では騎乗の上に旗持ちをする」

「それがどうした」

「左の隻腕《せきわん》では勤まらん」


ツォユが去っていったあと、剛力衆は焼け跡の一画の、かつては中庭につづく土間だったのであろう屋根の下に蓆を広げて休んでいた。昨晩はみなほとんど寝ていない。人足が寝静まってから飯場を抜け出すまでの間に、本当に鼾《いびき》をかいていたのは暢《のん》気《き》なエゴンぐらいのものである。あとの者は緊張にまんじりともしていなかったのだった。その疲れがここにきてどっと一同を襲っていた。

鼾といえば、土間の隅に横たえられた黒い子供が鼾をかきはじめていた。

一行の内ではエゴンひとりが中庭の方で、まだ少年らに取り囲まれていた。浮浪児たちは枷《かせ》が外れたように山賤の大男に対しての警戒心を解き、鳥飼《とがい》と黒犬に構って周りを取り巻いている。黒犬はしばらく浮浪児たちの玩具《おもちゃ》になっていたが、やがて辟易したのか尻尾を巻いて土間の方に逃げてきて、黒い子供の脇に丸くなった。

ずっと犬のことを気にしていた鼠の中でもとりわけ小さな一人が、まだ剛力衆にはいささか物怖《ものお》じを払拭《ふっしょく》できないまま、物陰に隠れながら少しずつ距離を詰め、犬のいるところを窺う。土間の入り口のところで顔だけ出して中を探っていた。しゃぶっていた木の棒を口から抜いて、おずおずと訊いた。

「犬に触っていい？」

「さあな、俺の犬じゃない」ナオーが冷たく返事をした。

「じゃあ誰の犬なの」

「さあな、あの小僧のだろ」

少年は不思議そうに、横たえられた黒い子供を眺めた。

「ダオ、なにしてんの？」

また別の鼠が剛力の溜まりに近づいてきた。このままいくと揃って鼠どものご訪問を受ける破目になりそうだ。寝ぼけ眼のナオーはうんざりして、寝返りを打って顔を背けた。

「あいつ、死ぬの？」

ダオと呼ばれた仔鼠がナオーに振り返って訊く。

ダオは自分の小指ほどの短い木の棒をまたしゃぶっていた。ナオーは卦体《けったい》なことやってやがると思ったものだが、ワカンならすぐに判ったはずだ、それは甘草《かんぞう》の根の切れ端だった。しゃぶると甘いのだ。

「ねぇ、あいつ、死ぬの？」

「さあな」ナオーは切り口上に断る。隣で横になったカランが頭をもたげて言ってやった。

「死なねぇよ。あれで大分よくなった。ちょっと前まではもっと悪かった」

「あいつ、なんで黒いの」

「お前も港のもんなら見たことぐらいあんだろう、ずっと南の奴らは大概《てえげえ》黒いもんだ」ナオーは背中を丸めたままで言葉だけ返す。本当にうんざりしていた。

「病気なの」

「さあな」

「なんで連れて歩いてんの」

「うるせぇな」

「ねぇなんで？」

「山で拾《ひら》ったんだ。死にかけのとこを助けちまった。一度助けたらもう見捨てちゃいけねぇんだ」

「へぇ……」少年は考え深そうにしばし黙り込んだが、また訊いた。「なんで？」

カランが笑いだした。ナオーが身を起こして苦々しげに言い捨てる。

「山のもんの掟だよ。なんでもへったくれもねぇんだよ。もう俺に構うな、俺は寝てぇんだ。犬に触りたきゃ勝手にしろ。気性が荒《あれ》ぇから咬まれても知らねぇぞ」

「嘘だぁ」三人に増えた鼠が小馬鹿にしたように、背を向けるナオーに言い返した。

ともかくもお墨付きを得たと思ったのか、ダオとやらを始め仔鼠たちがぞろぞろと土間に立ちいってきて、黒犬の周りにしゃがみ込んで構いはじめた。なかには黒い子供を小突いているものまでいる。

中庭の方ではエゴンが年かさの鼠連中に取り囲まれて、なにやら質問攻めに遭っている。ワカンは遠くにやにや眺めていたが、エノクが餓鬼は獣《けだもの》と同じでエゴンに懐《なつ》くと呟いたのを耳に留めて、鼠だけにか、と声を上げて笑った。すると鼠のねぐらにしている方の一隅で例の頭《かしら》が立ちあがって、誰が笑った、と見回した。

もう一人、鼠に取り巻かれていたのはカロイである。やけに打ち解けた風だった。この数月を溝《どぶ》の中を逃げ回ってきたというが、閉鎖的な気性だと自ら釘を刺していた鼠らとどうしてこうも打ち解けたのか、彼の周りにも幾人かの少年が群がっている。ワカンはカロイが何をしているのかが気になって、すこし離れたところからそれとなく窺っていた。

カロイは鼠たちになにやら頻りにせがまれていた。駄賃をけちるとまずいと忠告されたことを思いだしたワカンは、カロイがなにか小銭でもばらまいているのかと最初は考えたのだが様子が違う。金をばらまく者は軽蔑こそされても、あのように人を集めてはおけないものだ。それが金なら、貰うものを貰ったらじきに人は離れていく。カロイは鼠たちを利用する代価に、なにか金子以外のものも使っていると見えた。それが何か気になってワカンは中庭をぐるりと反対側から回っていった。

その途中で前を通ったときに鼠の頭が座ったまま手を伸ばしてワカンの袖を摑み「大声で笑うなよな」と文句をつけた。さっきの笑い声を咎めているのだ。修道院や禅寺でもあるまいに笑うなとはどういうことか、そう言い返そうとしてワカンは思いとどまった。理由が判ったからだ。彼らばかりではない、鼠もまた世を忍んで隠れているのだ。

その時ワカンの袖をぱっと放すと、鼠の頭が立ちあがった。後ろからもっと背の高い少年――声変わりを迎えている少年から、トゥアン、どうしたと擦れ声がかかる。トゥアンが頭の少年の名だろう。頭は中庭の反対側に鼠の特に小さな者たちに取り囲まれたカロイの方を厳しい目で見つめていた。そしてそちらの方に瓦礫を蹴り飛ばして歩いていった。ワカンはそれとなく頭の後を追った。

「おい」カロイのところに大股で近づいていったトゥアンが殊更《ことさら》に低く繕《つくろ》った声で難詰した。「なにやってんだ、笛はやめろ。判ってんのか」

「ああ……すまんな。うっかりしていた」

カロイの手の中には、瓦礫の中から拾った焦げかかった竹に穴を穿《うが》って拵《こしら》えた小さな笛がある。足許にはまだ抜き身の切り出しが転がっている。この場で笛を作っていたのだろう。ワカンは笛の音になど気がつかなかったが、そんな小さな物音まで鼠の頭は厳しく咎め立てしていたのか。ワカンにはずいぶんと過敏な反応のように思える。

「音の出るもんはやめろ。ちびどもが喜ぶからってやたらに子供騙しなもん作ってんなよ」

そう言い捨てるとトゥアンはぺっと唾を吐いて戻っていった。たった今まで目を輝かせてカロイの笛を見つめていた鼠の小さな者たちが、意気消沈してしゅんとなっていた。トゥアンに叱られるのが一番手痛いことなのだ。カロイは苦笑いしてワカンを見上げた。

「形無しだな。あんな餓鬼に言いたい放題に言われて」

「仕方あるまい。これは奴の方が正しい。私が迂闊《うかつ》だった」

「ずいぶん厳しく躾《しつ》けられているんだな。俺には笛の音なんか聞こえなかったが」

「ここは奴らの班の縄張ぎりぎりなんだ。地上《うえ》に出ている間は鼠は特に無力だからな。とくに余所の班や、上の連中に居所を悟られちゃまずい、息を潜めていなきゃならない。ちょっと奥まったところに落ち着いたんで私はうっかりしていた」

「それ、どうするの」まだカロイに纏《まと》わりついていた鼠が笛を指さす。

「お前にやろう。だがやたらなところで吹くなよ、トゥアンに怒られる」

笛を懐にしまった少年の周りに、他の鼠が羨ましがって集まっていった。ワカンは鼠たちを見送っているカロイを見おろしていた。なるほどこうして胡坐をかいていても背筋が真っ直ぐで弛《だ》れたところがない。

「器用なものだな、その片手で」

「私は利き手が左だったんだ」

「そりゃ不幸中の幸いだったな……どうしたんだ、いつやられたんだ、その右」

「しばらく前のことだ」

「へぇ……」微妙な物言いだとワカンは訝る。もう一押し、鎌をかけてみた。「片手の近衛っていうのはいるのかよ」

「ここにいる」

「それで旗は持てるのかい」

「旗？」カロイの目が細くワカンを見上げた。

「……だって近衛ってのは旗を持つんじゃないのかい」

「そんなの場合に依るだろう。もっとも私はもう近衛には戻れまい」

「やっぱ手が無いからかい」

「いや、もっと前に……諦めたことだ」

やはり判らない。ツォユに吹きこまれてのことだが怪しいと見れば確かに怪しい。だが嘘を言っているようにも見えない。昨夜、石に齧《かじ》り付いても仲間の返報をすると断じた時に目の奥に滾《たぎ》っていた憤りも、いま、近衛には戻れまいと慨嘆した時に遠くを仰ぎ見た哀感も、戯《たわぶ》れ言《ごと》や空音《そらね》に言ったとは思えない真に迫ったものがある。

だがいみじくもそのカロイが言ったように、ここは裏切り者の巷だ。物言いが真に迫っているというだけのことなら、ちょっとした役者にも実があるということになる。

ワカンが考え込んでいる間に、笛を取りあって去っていった鼠たちと入れ替わりに別の少年がカロイのもとを訪ねている。見ていると手の中の玩具をカロイに渡しているのだった。

「また取りっくらしたのか」

少年は眉を歪めて頷いた。少年が手渡したのは小さな馬の模型だった。枝の股になったところを利用して首から胸まで、そして胴の大部分が作られており、四つ脚も自然の木の枝を使ってあっただけだが、上手く探せばこんなにも馬の脚に似た枝というのが見つかるものかと驚くほどに良くできていた。蹄《ひづめ》に見立てた部分には樹皮が残してあって、芸が細かい。

ワカンの眼の前でカロイは模型をひっくり返すと、脚を留めていた籤《ひご》を切り出しの先で抜き、腹に刳《く》った穴の中から前脚を抜き取った。外してみると脚は胴の中に納められていた見えない部分に梃子《てこ》の力点が延び、籤で留められたところを支点に動くようになっているのだった。取り合いをしている間に切れてしまった、胴内で前後の脚の力点を結んでいた紐を抜き取り、カロイはひかがみと左手と、それから口を使って新たに紐を縛り直し、器用に細工を復元した。

「ここを襷掛けに交差するのが工夫だ、憶えりゃ自分でなおせる」籤を押し込みながらカロイは顔を上げずに鼠に指導をくれている。模型を持ち寄った鼠はしゃがみこんだ膝に置いた手のあいだに顎をはさんで、息を止めるようにカロイの手元を見つめていた。ほどなく模型の馬は再び四つ脚で立った。カロイが尻尾のところを下に押しやる。

「おおっ」

思わず声を上げたのはワカンである。尻尾を押し下げられた馬は胴を立てて棹立《さおだ》ちに立ちあがった。すると前脚がぶらりと垂れ下がるどころか、高く持ち上がって宙を掻いた。繋いだ紐に遊びがあるので、持ち上げた脚が遊動するのだ。しかも前後の脚の連結が胴内で交叉するので、左右が独立して動いているように見える。

鼠の方は黙って目を輝かせ、両手を出していた。受け取った模型を抱いて走り去った。

「驚《おでれ》えたな、生きてるみたいに動いたぜ」と嘆息するワカンに、カロイはにやりと笑う。「あれもあんたの手作りか」

「これがあるからな。駄賃が少しばかり不足しても奴ら文句は言わん」

「へぇ、たいした手品だな」

そう言うと、その瞬間だけカロイの表情が強ばったように見えた。

ツォユを案内した鼠、オーリンは、駄賃は魅力でも蔵町の下に近づくのにずいぶん抵抗があるようだった。「余所の班《バン》の縄張《しま》」に重ならぬ暗渠網の隙間を縫って、運河をずいぶん遡ったところに、ツォユは放り出されそうになった。オーリンがそこから先に足を運ぶのを渋るのだが、それは面倒がっているのでも、駄賃を吊り上げようとしているのでもなかった。本当に怖がっているのだ。

鼠は鼻の根に皺を寄せて「ここまで、ここまででいいよな」と声を震わせる。オーリンが隙間から暗渠に漏れでてくる光を見上げて、今なら人目はあっても陽が高いから大丈夫だと言っていた。密告者の犇めく街で、何より怖いのは人目ではないか、ツォユはそう言ってみたが、鼠は首を振る。

「花街は夜の方が怖いんだよう、人気《ひとけ》が無くなってからの方が」

「あの変な噂話を怖がっているのか」

「噂じゃないんだよう、ほんとに見た奴がいるんだ、ヒュイだって……」

闇夜や化け物を恐れるような世間知らずでもあるまいにとツォユは訝しむ。

なんとか宥め賺《すか》して蔵町の近くまでは案内を取りつけたが、廓の待つ界隈にはどうしても寄りつかず、最終盤の行路はここをこう曲がってと、口で説明するだけで済まそうとする。けっきょく暗渠の出口にすら近づこうともせずにオーリンは取って返してしまった。別れ際に気になることを言っていた。この辺りはほんとうに危ない界隈であるから、とりわけ雨の夜は出歩くな、出歩いて鈴の音が聞こえたら引き返せ、と言うのだ。何の迷信か知らないが、ツォユにはどうしてか、この忠告が気に掛かった。もとより港に気の許せる界隈など無いも同然であるが、雨の闇夜に鈴の音を恐れよというのがすこし浮世離れした世迷い事のように聞こえたのである。

だが思い返すに、唇を震わせるオーリンの表情は真剣そのものだった。

廓を出てくるときには剛力に預かり物を返すために飯場に向かうと言い置いてあった。帰りの時間の約束まではしていなかったから、路地の下水溝から這い出たツォユは裏木戸が中から開くのを、昨夜のエゴンのように屑入れの傍に隠れてしばらく待っていなければならなかった。奉公人の出入りに合わせて中にいれてもらった時には、飯場まで降りて行ってはみたもののすでに剛力が発った後で空振りに終わったというツォユの言い訳を、廓の連中は特に疑っている様子もなかった。剛力が深夜に遁走に及んでいたことを、朝まで寝ていた近衛が知らずにいても話に不自然なところはないからである。

ツォユの帰りを待ちかねていた部下のタイシチが気を利かせて、櫃《ひつ》の残りで飯盛り女に握り飯を作ってもらってあった。朝飯に遅れて戻ってきたツォユは、すでに饐《す》えはじめていた握り飯にかぶりつきながら、廓の中のことを窺った。今のところ近衛を追いだすとか、姫御前の持ち込みの荷を余所に移すとかいった怪しげな動きはなかったものの奉公人の出入りは激しい。近衛一党には特段の説明はなかったが、逃げ出した剛力の足取りを追って始末するのに、なにかと手配が必要になって大わらわなのだろうとツォユは当たりをつけた。

放っておかれているのを良いことに、ツォユはさり気ない様子を繕って、廓の中を窺って回った。姫御前は二階に遣手がなにくれとなく応接してもてなされている。近衛は相変わらず土間の続きの詰め所に燻《くすぶ》っている。そして昼にかけて奉公人はやはりこそこそしながらも盛んに出入りをして、出迎えの広間には人を残さず、番頭までが東奔西走していた。

ツォユは衛士長ゲンマをはじめ近衛一党に、彼らもまた程なく廓を放逐され、落ち着く場所を見つける暇もなく追っ手がかかるかもしれないという話を、どの時を選んで話したものか、まだ様子をみて決めかねていた。

昼過ぎにちょっとした騒ぎがあった。厨《くりや》に怒鳴り込んでいった番頭が、飯盛りの手を引いて戻ってきて廊下の奥へと引き立てていった。しばらく奥の間から厳しい叱責の声がして、言い合いが続いていたと思ったら、やがて飯盛り女は目を赤くして両手で鼻と頬を押さえて足音も高く戻ってくる。そして厨の奥に駆け込んでいった。

その時ルゥスゥが中庭の奥にある厠の方から、厨の傍を通って戻ってきた。

「どうしたツォユ、姐《ねえ》さん、泣いてたぞ」

「なんか奥で叱られていたな」

「どんなへまをしたんだ、鼻血だしてたぞ。目の回りにも痣《あざ》をつくって……」

「番頭にぶん殴られたのかい、遣手の御上《おかみ》が泣いてるところを宥めていたようだが」

「叔父貴、何か言われていましたか」ツォユは詰め所の入り口で土間に足をたらして座っていたゲンマに訊いたが、はて、と首を振っている。ツォユのところからは悶着の細かなところは聞こえなかったが、悲鳴のような女声が「だってそんな大事なことだとは」と叫んでいたのを聞いたように思った。文言として聞こえたのはその台詞ぐらいで、あとは物を倒して人が地に伏した音が遠く響いていたのが察せられたばかりだ。

飯盛り女が、この廓が平常に店を開けているときにも、ただ御三《おさん》、中居《なかい》に針仕事ばかりを引き受けて、客を取らない立場であったかどうかは判らない。だが廓で折檻《せっかん》に女の顔を殴りとばすというのはちょっと尋常ではないように思えた。場末の岡場所ならばともかく、この廓は高級官吏の引き立てがあった、港に一、二の格の遊里、建て前だけでも売り物に傷をつけるのは上手くない。

ツォユは飯盛りが明け方に裏木戸を開けて自分を通してくれたのを咎められたものかと考えた。それが第一感だったのだが、しかしそれにしては後が続かない。ツォユの勝手な外出を咎め立てしようというなら、おって番頭か下の者か誰かが彼のところに来て、何処に行って何をしてきた、と細かい足取りを確かめられるのが自然な筋だ。それでは自分を通したのが問題の科《とが》というわけではないのか。

奉公人達は午後からもますます狼狽《ろうばい》を露《あらわ》にして右往左往しており、番頭の怒鳴り声が奥の間に飛び、奉公人の返事も悲鳴のようだ。一方遣手は奥に引っ込んで姿を現さない。思えば陽が昇ってから姿を一度も見ていなかった。ともかく廓の中では既に近衛一党はまったく眼中に無いようで、詰め所と中庭をうろうろして無聊《ぶりょう》を託《かこ》っているのをただ放置されたままでいる。ただし当然というべきか、二度と裏木戸を通してもらえそうな節はなかった。ツォユは飯盛りが鍵束を取り上げられていることに気づいていた。さもなければ彼女は土間を往来するときに、きっと鍵をじゃらつかせていたはずなのだ。

陽が傾いて、飯盛りが顔を背けて痣を隠しながら晩飯の櫃を届けにきた時、詰め所に車座になった近衛一党に土間の方から声が掛かった。

遣手が上がり框に腰をかけ、番頭が指図すると掛廻しの小男が一膳を追加で持ち寄った。膳の上には肉団子のようなものを山盛りにした大皿があり、膳が蓆の上に置かれると一座にどよめきが起こって車座がぐっと縮まった。

「昨夜は遅かったから陸《ろく》にもてなしも出来ませんでね」

遣手は一言残して去っていく。これまで山野に乾飯《かれいい》、干し肉を齧って過ごしてきた近衛たちは、饐えた飯に冷えた汁をかけて啜りこむだけでも文句はなかったが、ここに来ての椀飯《おおばん》振る舞いに一同思わず生唾を飲み込む。ものは猪肉《ぼたん》の軟骨だそうで、どこの軟骨かは知らないがなるほど肉の塊の芯に確かに特別な歯ごたえがある。柔らかく煮あげたものにとろみのある甘辛の餡《あん》がかかり、手を伸ばして匙にとれば椀に持ってくるまでに、この餡が糸を引いて蓆に垂れていった。猪肉の下にのぞいたのはすでに蕩《とろ》けかけた青葱と濃茶に染まった煮玉子で、これを奪い合って一座は騒然となる。

流石《さすが》に久しぶりにありついた手のかかった肉の塊は旨かったがツォユは飯を掻き込みながらも愁眉を開かず思いをめぐらす。港で持て成しの馳走に猪肉《ししにく》とは、海産物が全く揚がっていないと見るのが本当のところだろう。やはり船の出入りが止まっているのだ。

もう一往復した飯盛りが上がり框に置いていった盆を番頭が車座の方にぐっと押しだした。縁が欠けたものばかりだが賄《まかな》い用のぐい吞みが人数分伏せてあって、おやと訝しんだ一同の前にどしんと置かれたのが酒瓶《さけがめ》である。

「まあ、やっておくんなさい」脂下《やにさ》がった番頭は薄笑いを残して詰め所を後にした。その背中には一党の歓声が聞こえていたろう。だがツォユは薄笑いの番頭の目に、油断のならぬ底光りを見て、しばらくぶりの酒に諸手を挙げて喜ぶ気にはなれなかった。ぐい吞みの盆が一座を回っている間に、ツォユはゲンマの袖を引いて小声で告げた。

「叔父貴、あまり過ごさぬように、出来れば控えるように言ってやって下さい」

「どうした、水を差すようなことを」

「この後が心配です」

やがて大皿が舐めたように空になり、櫃のうちは米粒ひとつまで拭いとられて、一座の腹もくちくなる。ツォユの苦言に水を差されて、杯を空けてもどこか恐縮した風の残った近衛一党であったが、それでも瓶はすぐに空になってしまった。結局、呑まないでいたのはツォユと、万事にツォユの真似をするように彼に従う腹心の部下のタイシチ、そしてもともと下戸のルゥスゥの三人だけだった。

いきおい一党は久しぶりの酒にすっかり羽目《はめ》を外し、それをまるで陰から見ていたかのように再び現れた番頭が替えの瓶を携えている。一座の左党《さとう》の目が輝いたが、ゲンマが窘《たしな》めて番頭に声をかけた。

「いやもう十分戴いた。大番頭、ぼたんは殊《こと》の外《ほか》うまかったぞ」

「それは御重畳」

「どうした風の吹き回しだ、頓《とみ》に持て成しが良くなって」

「へぇ、御体の温まったところで、一つお願い申し上げたい面倒がありましてね」

幾人かが杯を取らなかったのでまだ盆の上には二つ三つとぐい呑みが伏せてある。ちらりとそれに目を遣って番頭は酒瓶を押し出した。瓶の中では麹《こうじ》が沈んでとろりと濁った酒が揺れ、浮かべた縦割り瓢箪《ひょうたん》の杓子がからりと鳴った。

番頭の説明はちょっと聞くと筋の通ったものと思われた。

昨夜、埠頭近くの飯場に引き受けてもらった剛力が夜中に出奔《しゅっぽん》してしまったというのである。ここでツォユは「そうそう、そう聞いた」と、話を合わせて惚《とぼ》けておいた。続けて番頭の曰く——

ところが山賤連中が逃げだす際に、その夜に博打《ばくち》の胴元に納まっていた人足頭《にんそくがしら》の枕探しを決め込んだとかで、ちょっとした額をちょろまかしての夜逃げに及んでいる。しかしまだそう遠くにまでは行けるはずがない。いま港では地場の与太者が関所を気取って、要所の橋を押さえてあるので余所者の出入りは難しい。そこで山賤どもはまだ港のいずこかにそろって息を潜めているはずなのだ。

もともと廓から頼んで預かってもらった客ということで、これがこちらの不始末ということになる。捉《つか》まえて突き出すにせよ、内々に片づけるにせよ、ともかく山賤の始末はこちらで済ませ、場合によっては廓の持ち出しで飯場方には損金を補塡しなければいけなくなるかも知れない。そこでまずは廓から伝手を頼んで港中に回状を廻し、追っ手を組織しようというのだが、夜回りにどうしても手が足りない。

荒事をお願いしようというのではないけれども、単に包囲線を狭めていく都合に、近衛一党にも出張ってもらって、運河本筋からこっち三条ばかりの夜回りをお引き受け下されまいか、と言うのである。

要は近衛御一党には夜回り追い回しの間、廓近くの一区画を受け持ってもらって、そちらに山賤が紛れ込んでこなかったということを確認してもらえればいいだけの話で、よしんば近衛方の方で連中を見つけてしまっても、その場合は始末はこっちの伝手で何とかするので、お手出しの必要はない。ただ官僚出入りのこの廓の格式、性質からして、十分な得物の準備はないものだから、武装については近衛御一同の持ち寄りのものを帯びていって頂きたい、と。大要、こうしたことを、阿諛追従《あゆついしよう》が透けて見えるような実のこもらぬ媚《こ》び諂《へつら》いのにやけ顔で訴える。

ツォユは、さあ、来たぞと身構えたが表面上は平静を装って、渋々ながらこの面倒を引き受けたゲンマの肩を持った。不平顔の同輩には「お前ら代《だい》のお酒《くし》はもう空にしてしまったろう」と役割通りの小言をいって窘める。

だが、話が通って安心した風の番頭が廊下の奥に去ると、ツォユはゲンマと、一番の僚友とを引き寄せて、ほとんど青ざめて見えるまでの真顔に眉を顰めていた。

「叔父貴、ルゥスゥ、番頭の言い分は信用ならん。なにか謀《はか》っています」

暮れなずむ夕さりに港を洗った驟雨《にわかあめ》は夜半には小弛《おだや》み、濡れそぼった街路の足の下では集まった雨水がごうごうと音を立てて暗渠を流れていく。星の一つも見えぬ曇天のもとニザマの近衛一党は、灯の点らぬ蔵町の裏通りを三組に分かれて、虚しくもいるはずのない山賤の影を追っていた。

姫御前の警護が本分であるからと言って、全隊の動員は固辞してルゥスゥ他数人を廓に残してきたのだったが、残りの人員は番頭の口車に乗せられ体よく駆り出されたかたちだ。剛力衆と隠密裏に接触していることを知られるわけにはいかないツォユとしても、指定された街区に剛力がいるはずがないと是非を糺すわけにはいかない。この夜回りはもとより口実、廓の底意は姫御前と近衛本隊を引き離すことにあると見たが、いまはまだ向こうの出方を見ながら諾々と要請に従うより手がなかった。

本来なら居残りに回るのが筋の衛士長、叔父のゲンマが夜回りに参加するのに固執したのはツォユである。これでゲンマは甥に何か相談があるものと察して後をルゥスゥに託して廓の奉公人の扮装に草鞋《わらじ》の緒を締めた。

廓からは見回りの現場まで案内が付き、近衛方に回ってもらいたい通り筋の入り口を、ここそこ、と実地で指示された。その都度、近衛一党は隊を割ってばらけ、いまやゲンマと共にいるのはツォユの他には青二才のタイシチばかりとなった。

「大哥《あにき》、さっきルゥスゥに言っていたこと……」

タイシチは路地に入り込み案内の目が遠ざかったのを振り返って確かめてから、ツォユに声を潜めて話しかけた。ゲンマも耳をそばだてる。

　タイシチはツォユの古くからの部下である。ツォユは紛争の多かったニザマ南部省の国境警備にかつて就いており、タイシチはその頃からツォユの配下にあった。義俠心に富み部下への配慮の篤《あつ》かったツォユに、タイシチはもとより心酔しており、常々この上官のことを大哥と呼んで憚らなかった。後にツォユは門地を同じくするゲンマからの引きがあって近衛隊に取り立てられたのだったが、タイシチは大柄で人品も悪くなかったので、その時にツォユの口利きで近衛隊に合流したのだった。それからは前線流の無頼《ぶらい》を気取った口は控えて、せいぜい近衛なりの鹿爪《しかつめ》らしい挙措、口ぶりを覚えたばかりのところである。ところがこのほどの都落ちの間に山暮らしが国境の山中での往時の間柄を思い出させたのか、件《くだん》の芝居がかった大哥が復活していた。

「じゃあ連中が港を出ていけていないのは事実なんですね」

「俺がこの目で確かめてきたことだ。クヴァン河本流と運河の太いところが三筋、それが仕切りになって港を囲い込んでる。尻尾を巻いて逃げ出した剛力が行き場に詰まって港に留め置かれているのは本当だ。だが廓の言うように枕を探って飯場から遁走したなんて話は嘘の皮、剛力が身を隠したとされる界隈もいい加減に言っているだけだ」

「じゃあ朝に出向いてきたのは飯場じゃなくて……」

「ああ、連中が飯場をあとにしていることは朝を待つまでもなく気がついていた。剛力衆は、手間賃が支払われるどころか早晩廓から追っ手がかかることを察して、一足先に逃げ出していた。あいつらは手引きを得てとっくに埠頭近くの飯場や蔵屋敷の界隈からは抜け出ている。港の地下に潜ってこっちの連絡を待っている」

「ツォユ、連絡を待っているっていうのは何のことだ」

「叔父貴、剛力衆は我々が廓から姫御前を連れださなければならなくなると見て、手引きを申し出ているのです」

「それを容れようというのか。お前……どうしてそこまで連中を信じられる」

「少なくとも剛力の言っていることには誤魔化しはありません。かたや廓筋の説明にはいちいち偽りがある」

ゲンマはツォユが山賤とやけに弁えもなく昵懇《じっこん》にしていたことに気がついていたが、本来は隊の誰よりも慎重で疑い深く、また自分の本分を忘れない男だ。ツォユの眼力には一定の信頼があった。翻ってこの甥の判断を疑うだけの材料はない。だが、この度の都落ちはもともと、首府中常侍《ちゅうじょうじ》の中でも相当な高官の直接の差配になるものである。

「そんな……まさか、尚書令閣下《しょうしょれい》のお墨付きだぞ」

「尚書令ご自身が逃竄《とうざん》の身、こんな僻地の廓筋の動向まで果たしてお目が届いているものか……いずれにせよ南回りの外洋船の手配には実態はなく、預かった賓客も、同行の随身も、むろん案内《あない》仕《つかまつ》った荷役衆までまとめて、ニザマ排斥に沸いているクヴアンの暴徒に、あるいは国外の仇敵の元に売り渡している——廓はすでにそうした売国奴の館と化しているという証言がある」

「そんな話が……」

「だが遺憾ながらどうもこの告発が事実と見える——叔父貴、覚悟を決めて下さい。姫御前を連れ出さなければならない」

「しかし何処に」

「判りません、当てはない。それでもまずは廓から出奔《しゅっぽん》せねば」

「姫御前を連れてか、それは骨だぞ」

「ええ、廓から出るだけでも一算段が要る。廓は外に対して戸を閉ざして閂《かんぬき》を支《か》っているばかりではない、鎹《かすがい》に錠をおろしてあるのは内から外へ逃げだす者を留めるためだ」

「もとより遊里では女郎の足抜けが一番の不祥事、門を内に向けて閉ざすのも不思議

「ですがお判りでしょう、今や店《たな》を仕舞っている廓に足抜けの気遣いも何もない。あの過分な錠前の意味は、預かった賓客を監禁しているまでのことだ」

「監禁……」

「姫御前ほどの身分の賓客が他にもいるならば——東南部諸省の高官やその係累《けいるい》をあの廓に留め置いたとすれば、出入りにことさら厳しくなるのは当然のところ、無遠慮な言い方になりますが姫御前らの身柄は廓には破格の質駒《しちごま》です。同じ売り飛ばすにしても暴徒に下げ渡すのではなく、同盟市敵対諸州にまで良い買い手をもとめることが出来る、その値は高い」

「どういうことです」

困惑顔のタイシチに応えたのは、すでに血も出んばかりに唇を嚙み、握りしめた拳を白く震わせているゲンマの方だった。

「判らんか。ニザマはいまや中原に真っ二つ。そして廓が引き取っていたのは一国一州を代価に購《あがな》うに足る人質《むかわり》となりかねない重鎮の縁者ばかりだ。もし仇なす側に引き渡す手蔓《てづる》があるなら——これは国の売り買いをするにも等しい裏取引が働いているということになる」

「それが……売国奴の館の仕事……あの廓がそんな……」

「だとすれば娼館の外見も畢竟《ひっきょう》装いに過ぎまい」ゲンマは苦しそうな声で吐き出す。唇が不自然に震えていた。

「じゃあ大哥、もとより、もっと上が絡んだ……」

「無論だ、小チ《シャオ》。疑うというなら尚書令閣下すら……」

「ツォユ、言葉が過ぎるぞ」ゲンマは手で顔を覆い、瞼を押しながら頭を振った。

「叔父貴、いずれにせよ既に姫御前も我々も売国奴の手の中、それならば誰あろうと確かに信じえずばまず疑うのみ。いま我々に至上の命令はなんでしょう」

「姫御前の御身だ」

「そうです、なんとか廓からお連れしなければなりません」

「しかしどうやって？」

「今回の夜回りの要請に従ったのは体よく一党そろって他出《たしゅつ》する先例になると見たまで。姫御前と引き離されないようにルゥスゥを残しましたが、我々が廓の門を往来する口実を先方が与えてくれたようなものだ。これに限らず度々追い回しに駆り出されることがあるなら、その機会に姫御前を逃遁《とうとん》させることもできるでしょう」

「ではこれが出奔の下見という訳か」

「他に廓の門が開いて、我々を通す機会はまずあるまいかと」

「ならばひとまず今夜の夜回りが済めば、隊の者には方針を周知しよう。次の機会がいつになるにせよ、それが出奔の時だ」

ひとたび腹を決めればゲンマの決断も速かったが、これは既に甘かった。廓方は二度目の夜回りを近衛一党に頼むことなど想定してなどいなかったのである。酒饌《しゅせん》の持て成しも夜回りの要請も、その実今晩が最初で最後——


港の花街の裏路地は狭く暗かった。もともと水路が切れ込んで出来ていった道筋は無秩序に折れ曲がっては分岐して、軒の連なる路地奥の闇へと迷宮のように拡がっていく。彼らの見知った中原の城市では街路は条里制——東西、南北に直交して、街を碁盤目に仕切っていくのが常である。故国の道とはまったく違った理法に従って延びていく裏路地は、彼らが知っていた道理がまったく通じない異世界へと招き寄せるように闇の中に不条理に続いていく。

重たい曇天が全ての光を吸収してしまったかのように天を塞ぎ、いまだ雨垂れの滴る濡れた石畳に提灯の灯は散乱して、行く先が霧の中に包まれたように湿った暗がりの中に溶け込んでしまっていた。

案内の説明によれば彼らがこの路地を半町、二百歩もゆけば、いずれ運河沿いの馬車通りにつきあたるはず、ところが曲がりくねった路地は先行きの展望がいつまでも開けず、いくら進んでもただただ不条理の闇に呑み込まれていくばかりのように思われる。おそらくあと百歩、あるいは五十歩も足を踏みだせば、裏路地に三々五々別れてきた一隊が馬車通りに合流する運びになる理屈であるのに、まるで裏路地の迷宮が彼らの再会を拒んでいるかのように行く手を閉ざしている。

足の下に深く暗渠を埋めた筋では石畳の窪みに雨水が溜まっていた。路地が途切れたかと見れば溝板通りが折れて先に続いていく。この溝板通りは縦一列に並ばねばならないほどの狭さである。こわごわ足を踏み入れてみると、足下は下水溝を横切る山止め丸太に縦に板を渡してあるだけのいい加減な普請で、一歩ごとに渡り板ががたついて向こうが跳ね上がる。そして渡り板の下を、誰かが戯れに流しているかのように、大量の排水が泡立っていたかと見れば、ほどなくぴたりと濁流が止まる。まったく尋常の通りとも思えない。

馬車通りへと抜け出たときには、まさしく迷宮を抜け出てきたかのように思わず安堵の溜め息が一同からもれた。ツォユは馬車通りに提灯を掲げて合流すべき同僚の姿を探す。タイシチも辺りを窺って落ち着かなげにしている。何処かにいる仲間を大声で呼ばわるわけにもいかない。

だが馬車通りの闇に、同輩が点《とも》しているはずの提灯はどこにも見られなかった。ずいぶん長い間、闇の中を彷徨《さまよ》っていたように思えたが、これでも彼らが辿った路地は行程が短い方だったのだろうか。本来なら彼らが先に馬車通りに出るはずがなかった。見渡しの良い馬車通りに長く灯を点しているのを嫌って、ゲンマは提灯を後ろ手に、路地の奥に隠した。そして再び路地に数歩下がってやがて出てくるはずの別動の組を暗がりに待つ。

物音といえば、ときおり暗渠の底を流れ下っていく濁流の唸りが響くばかり。まるで時を刻むように流れては止まる闇渠排水の脈動を、いったい何度数えただろうか。

ゲンマは壁に背をついて肩で息をしている。

これはいくら何でも遅過ぎるとツォユらがしびれを切らし、別隊の辿ったはずの他の裏路地に踏み込んでいくまで、彼らは既に半刻あまりを闇に息を殺していた。彼らがもう待ってはいられないと判断したのは、遠く聞こえてきた迷宮の奥の水音に、押し殺した人の悲鳴が混じっていたように思ったからだった。

タイシチが躍り込んでいった裏路地は外から見れば馬車通りに軒を連ねる店《たな》の間に

辛うじて空いたわずかな隙間、そこがやはり溝板で開渠を封じたばかりの細道となっている。横木の上に渡された板は分厚いものだったが、踏み込んでみれば太鼓を打ったように板が撓《たわ》んでは跳ね、鈍い音が重なり響く。この音が、家々の裏手に延びていく石積みの壁に囲まれた間隙の暗闇に谺《こだま》を返し、幾人のものとも知れぬ跫《あしおと》となって闇を充たした。向こうから近づいてくるかに聞こえるあしおとが気がつけば自分のもの、迷路のような路地に闇を急ぐ者らの足取りが、人を惑わせる魍魎《もうりよう》の誘い水となって四方八方から音を返してくるようだ。足許の板の下をまた風呂桶をひっくり返したように大量の排水が逆巻き泡立って流れていった。そしてツォユは微かに金属音を聞いたように思った。

曲がりくねって闇に延びる溝板が丁の字に繋がる石畳の路地に分かれ、その先に人《ひと》気《け》のどよめきが遠く聞こえ、赤く燃える松明《たいまつ》の火が壁の際に反射しているのが見えた。近衛一党に松明の準備はなかった、これは廓筋の手の者か、はたまた港を徘徊するニザマ狩りの徒党か、知る術もなくタイシチは石畳の路地を横目に丁の字を通り過ぎ、先へ続いていく溝板通りの闇に紛れる。殿《しんがり》ではツォユが近づいてくる裸火《はだかび》の灯をみとめ、幾人かの足音を聞いたが、この路地の迷宮ではそれが近づいてくる音か、遠ざかる音かも判明でない。

急かすツォユの前では先頭のタイシチが鉤《かぎ》の手に折れた先の暗がりで何かに躓いたのか、小さな舌打ちの音、次いで踏鞴《たたら》を踏み、息を呑む気配があった。

「タイシチ、どうした」

ゲンマの提灯が角を曲がって先を照らし、首を出したツォユにも、路地に立ち止まるタイシチの股の間から溝板の上に倒れた男の体が見えた。襤褸《ぼろ》外套《がいとう》は人別に意味を成さなかった。しかし倒れ伏した腿の脇で納刀のまま握っている軍刀がニザマのものだった——これは近衛の一人。

「誰だ？」

「大哥……」

タイシチは声を震わせて振り返る。ゲンマが倒れている近衛に屈みこんだ。倒れた者は狭い路地に斜めに横たわり、渡し板と開渠の外枠との間に頭を突っ込んでいるように見えたが、ゲンマが震える手で上体を助け起こそうとした時にそうではないということが判った——首がない。

路地に開いた勝手口か何かだろうか、固く閉ざされた戸口の足許に入《い》り框《がまち》に昇る踏み石があり、その上に港の路地に非業《ひごう》の死を遂げた同輩ガウイの首が立っていた。断ち切った者がわざわざ据えていったのか、たまたま転がった先で立ったのか、踏み石の段に後頭部を預けるようにガゥイの首は虚空を見上げ、まだ見開いたままの目、だらしなく開いた口は、あたかも自分が死んでいることにまだ気がついていないかのように見えた。断たれた人体がきっとそうなるように、ガゥイの首からは血の気が失せ、肌の張りが失われて、路地の闇の中では作り物のごとくに見えた。だが虚ろに宙を睨んだ瞳に混濁が始まってはおらず、その眼差しはまだ何かを見つめているようだった。

ゲンマの手から滑り落ちたガゥイの上体は渡り板の上に音を立てて倒れ伏し、片腕が板からはみ出て、排水溝に垂れ下がる。折しも唸りをあげて流れてきた闇渠排水がその手先を押し流し、押しやられた肘が溝の側壁に支《つか》えて亡骸《むくろ》ががたがたと板の上で震えた。血溜まりは渡し板の上にわずかに拡がっているばかりで、この場で流された夥しい血を、轟音を立てて流れる排水が洗っていった。腸の散乱した魚屋の三和土《たたき》に手桶の水を叩きつけたかのように。

「いったい誰が……」タイシチの声はもう震えていなかった。

「小《シャオ》チ、ガゥイは誰と組んでいた？」

「マオリゥじゃなかったかと」

「リゥは何処だ」

「亡骸を捨て置くのか、ツォユ」

「叔父貴、今は仕方がない。後ろにも追っ手の気配がある」

「大哥、リゥはどうしたんでしょう」

「知らん。小チ、抜剣しろ。ガゥイの首を刎《は》ねた奴は近いぞ」

「まだ居ますか」

「亡骸の脇がまだ温《ぬく》い」

「やられたばかり？」

「ああ、先へ進め、リゥが心配だ」

タイシチはりんと刀身を鳴らして抜刀した。仲間の死に怒気を発しこそすれ、意気阻喪する向きではない。ツォユは立ち上がりしなにガゥイの目を閉じた。タイシチは振り返ってガゥイの首を見おろし、口の中で低くその名を呟いた。そして抜いた剣を案内にするように闇に突き出した。切っ先が煉瓦塀に擦って小さな火花が散る。タイシチは排水の水音の向こうに人の気配を探りながら路地の闇の中に足を進め始めた。

「大哥、リゥを呼んでは？」

「いかん。大声は出すな」

「畜生」どすの利いた押し殺した声でタイシチは呪詛《じゅそ》の言葉を並べる。

「これは……」ゲンマが呟いている。

ツォユはガゥイの亡骸に振り返った。首を一刀のもとに切り落とされたように見える。それだけの膂力《りよりよく》の持ち主も稀にはいるだろう。しかしガゥイも歴戦の兵《つわもの》、試し斬りの据物《すえもの》でもあるまいにおめおめと抜刀も果たせず首を刎ねられたのか。それにこの場所……タイシチは抜くなり、その切っ先を壁に支えさせていた。肘を横に張るだけで両の壁に触れるようなこの狭い裏路地で、どうやって頸部を断つだけの勢い、それだけの力を込めて剣が振るえたのだろうか?

裏路地が進んでいった奥でぶつりと途切れ、正面は壁で閉ざされた。渡り板の下の見えないところで壁に横坑《よこあな》が穿たれ足下の排水溝は先に続いていくらしく、板の下からごぼごぼとくぐもった水音が響いていた。突き当たったと見えた路地はそこで右側へと鋭角に折れ、まるで来た方向に引き返すように闇に延びて戻っていく。先に避けた丁字路の脇道と合流しそうな案配だ。そちらの路地の底は溝板ではなくしっかりした石畳で、すぐ下には排水溝が通っていない様子だった。

路地の連絡がまったく場当たりで先が読めない。人を惑わすためでないのなら何故こうも道理と脈絡を欠いた交叉と折れを繰り返すのか。自然に成長した街路でありながら、港町の裏路地の繋がりはいったい筋道を失ったものに感じられる。

この路地の闇に狂気が潜む。それは港湾都市が複雑化していく過程で皺寄《しわよ》せのように末梢部に残された街路連絡の不条理ばかりではない。都市に横溢《おういつ》した密告者たちの視線がからまって敵意の澱《おり》となり、濃い瘴気《しょうき》となって夜の底に沈澱している。それどころか、もっとはっきりした悪意、いや殺意がこの路地の闇に身を潜めている。

頭上では両側から迫る廃屋の間を中空の渡り廊下が繋ぎ、まるでぼろ家が互いに突《つ》っ支《か》いをして凭れ合っているかのようだ。こうして路地を辿っている間にも、その狭間が徐々に狭まり、やがては闇の中に綴《と》じ合わされてしまうのではないかとすら思える。

先で四つの路地が集まる所があった。直交する四つ辻ではなく裏路地は互いに歪《いびつ》に交叉するばかり。やや窪んだ叉部の石畳の上に黒々と油のように溜まっていた液体は、灯火を近づけてみれば雨水ではなく血だった。石畳の目地をつたって流れてきた大量の血液は、行く手の一本の狭い路地から下ってきたものと見えた。ゲンマが震える手で差しだした灯に照らされたのは、路地の奥に蹲《うずくま》るように倒れ伏した一人の男、あたかも路上に叩頭《こうとう》して謝罪しているかのごとくに、膝を突き、上体を伏して、尻を突き出していた。だが、両の手を地に突いていたのではない、マォリゥの左手は腿の脇に力なく垂れて血に塗《まみ》れた手のひらをさらしていた。

その血の量を見ればリゥが事切れていることは疑うまでもなかった。足許の血溜まりを避けるようにツォユは摺り足に路地の脇を進み出てリゥの上半身に屈みこむ。すでに想像していたように肩口から石畳に倒れ込んだ上体には首が付いていなかった。

そして右の腕も肘から断ち落とされ、剣の柄《つか》を握ったままで数歩離れたところで隅に転がっている。

後ろから提灯を掲げて路地を照らすゲンマの手がかたかたと不自然に震えていた。故国でもっと凄惨な戦の修羅場をくぐり抜けてきたはずの叔父が、部下の亡骸が無惨に損壊されているというぐらいで手を震わせるというのは、ツォユにはやや意外なことと思える。叔父の方を振り返る余裕もなく、震える灯がわずかに照らしている路地の先に目を凝らした彼には、腕の向こうに、暗がりの隅に転がった黒い塊があるのが見えた。リゥの首だろう。

異国の裏通りに戦友が敢えなく断頭され屠《ほふ》られたことへの憤懣に身を震わせながら、その首を検めようと闇に踏み出したツォユの足が止まった。まだ血が止まっていないのだろうか、マォリゥの首が足許でまだごぼりと不愉快な音を立てている。そして背後からは溝板の下を流れていく排水が、後にしてきた路地の突き当たりに泡立っている音が聞こえてきた。だがツォユが耳をそばだてていたのは、細い路地を陰鬱に震わせているこれらの水音に対してではなかった。転がったマォリゥの首のさらに先……闇の奥からもっと違う音が微かに聞こえてきたように思ったのだ。ちりん、と——

鈴の音だ、そう思った途端にツォユの背中が総毛立ち、目を見張った先の路地の奥から悪意が押し寄せてくるように思った。知らず識《し》らず、後ずさった。闇に目を凝らしたまま、押し戻されるように後ずさりしてくるツォユに、タイシチが声を潜めて呼びかけた。

「大哥、リゥは……」

後ろ手に掌で黙れと合図するツォユ、路地の奥に震える灯に照らされるものは何もない。少なくとも今のところは。だがやはり闇に潜む何者かが悪意を——殺意を携えて近づいてきている。そしてまたしても、闇の中に密かに伝わってくる音がある。路地の暗がりを充たした殺意の澱から上澄《うわず》みを濾《こ》しとったような、微かで涼やかで、しかし禍々《まがまが》しいその音。やはり鈴の音。

タイシチが後ずさってきたツォユの背中と擦れ違って、マォリゥの亡骸の方へと踏み出そうとしていた。その襟首をツォユが乱暴に握った、そして引き寄せる。

「ここはまずい！　小チ《シャオ》、退《ひ》くぞ」

「どうして――」

「いいから来い！」

ツォユがタイシチを強いて引き戻した。その後ろではゲンマの手から灯が滑り落ちていた。ゲンマは路地の壁に手を突いて喘《あえ》いでいる。まるで嘔吐しようとしているかの様子だった。足許で蠟燭の火が消え、辺りは闇に包まれる。

「叔父貴、どうした？」

リゥの亡骸に動揺して灯を取り落としたのではない。様子がおかしい。

「小チ、肩を貸せ！　叔父貴の様子が」

「どこだ、大哥！」

闇の中を手探りにツォユとタイシチは壁に凭れて息を吐《つ》いていたゲンマに肩を貸し、路地の合流地点に引きずっていく。後ろの闇の中から近づいてくる者の気配はない。だがゲンマを引きずりながら壁に肩をすり、石畳に足を取られて混《ひた》け歩んでいく二人に、背後から無言の圧力が押し寄せていた。既に路地に倒れ伏した朋輩の亡骸のことは頭になかった。ツォユの剣幕に押されて、タイシチにも危急の患《うれ》いが何であるか想像がついていた。いま心配すべきは――おのれの首だ。

あまり先行きを気遣わぬ素朴なタイシチの頭にも、もはや前後の事情は察せられていた。近衛一党が花街の裏路地に招き寄せられたのは、口実に過ぎぬ夜回り夜討ちに手を貸すためどころか、廓と姫御前から人員を隔てるためですらなかった、それはこの夜、この路地に、彼らを根刮《ねこそ》ぎ屠り去ってしまうことが目的だったのだ。

これほどまでに俄然悪意を剝き出しにしてくる廓筋の果決果断《かけつかだん》にはいかなる理由があったのか。あるいは今までも常々このように、寄る辺とてない身内の者を、救いの手を求めて辛くも辿り着いてきた同胞を、いとも容易《たやす》く売り払って闇に葬りさってきたというのだろうか。彼らが迷い込んできた花街の迷宮は首狩りの路地、ここが彼らの死地だった。

「大哥！」

「黙れっ！」

ツォユの声を殺した叫びにタイシチは悟った。この闇の中に首を狩るものが潜んでいる。背後に確かに近づきつつある。灯一つ点けず、足音も立てず、路地に潜む狩人の存在を知らせる唯一の気配、それは鈴の音だ。ツォユはタイシチの耳に低く鋭く囁いた。

「鈴——鈴の音に気を払え、それが近づいてきた徴《しるし》だ！」

既に足が萎《な》えてしまったゲンマを引きずりながら、ここまで辿ってきた路地を手探りに戻っていく。ゲンマは口を震わせ、言葉も満足に出てこない。

「大哥、叔父貴の様子が——」

「小《シャオ》チ、俺達は酒に口を付けなかった」

「毒か」

「判らん、だが震えが止まらない。他の奴らもこれでやられたのか」

路地の交叉部を過ぎ溝板の筋と鋭角に繋がるところまで戻ってきた。背後の闇に鈴の音はまだ聞こえない。だがいま左手に折れていく溝板通りの先に松明の灯がちらついていた。両側から迫る壁のあいだにまだらに影が浮かび上がり、静かなどよめきが伝わってくる。先の溝板の上に転がっているはずのガゥイの亡骸は闇に溶けて見えなかった。だが、確かにそちらからも追っ手が近づいている。

「大哥！　こっちは駄目だ」

「溝《どぶ》に潜る！」

ツォユはゲンマをタイシチに預けて足許に屈みこんだ。排水溝の上に渡されている板に手をかけて上げ蓋を持ちあげるように開いた。鈍い音を立てて長六尺の板が壁に倒れかかり、ぽっかりと地下に空洞があった。闇渠排水の脈動に洗われたこの場所の排水溝の底には塵一つ積もっていない。だがゲンマを引きずり下ろして暗渠に潜り込んだツォユとタイシチの鼻に、壁に染みついたような血と臓物の臭いが漂ってきた。

溝板通りをこちらに向かってくるどよめきが、はっきり聞こえる足音にまで高まっていた。板の上を渡ってくる騒々しい足音が路地に反響を返し、それが何人のものであるかすら判らない。だが呼び返す声は追っ手数人の接近を物語っている。暗い路地に野太鼓を乱打するように渡り板の上を跳ねる足音が響き渡り、その中に鈴の音を聞き取ろうとしていたツォユの耳を聾した。

「叔父貴を突き当たりの縦坑に押し込め！」

「下に落ちちまうぞ」

「落ちて構わん、お前も続け！」

「大哥、下は……」

「いいから飛びこめ！」

溝板を渡る足音が耳をなぶるように打ち鳴らされ、頭上の路地を近づいてくる松明はもう手の届きそうなところに揺れている。先に滑り入れたゲンマが下の暗渠本管に落ちて鈍い悲鳴を上げていた。タイシチも縦坑に足から滑りこんでいった。ツォユは排水溝から路地に頭だけ突き出す格好で、迫り来る松明を数えた。やはり灯だけで数本が揺れている。その時、まさに耳元に、ちりん、と鈴の音が聞こえた。

背が冷えた。ツォユは咄嗟に溝の中に首をすくめ、底に手をついて溝の中を慌てて這いずった。溝板を渡ってくる多勢の足音よりも、この小さな音がツォユの恐怖心を揺さぶっていた。蹲《うずくま》ったまま膝行《いざ》って、先のことも考えずに頭から縦坑に飛び込んでいった。さもなければ溝に頭ばかりを残していくことになりかねない。

縦坑を滑っていったツォユは、下で暗渠の暗闇の中に四つん這いになっていたタイシチの上に肩から落ちかかっていく。タイシチが呻きを上げた。何も見えない。

「大哥！」

「叔父貴は――」

「俺が支えてる」

「怪我はないか」

「わからない、俺は平気だ」

闇の中でタイシチはゲンマの肩を支えていた。ほとんど肩に担ぎ上げているような体勢だった。何も見えないなか、ツォユは手を伸ばしてタイシチの声のした方を探る。探りあてるとゲンマを挟んで自分も叔父に肩を貸した。

「このあとどうする、どっちに逃げるんだ」

「判らん」

「ここまで追ってくるか？」

「知るか」

蟻の巣穴のように複雑に交叉する港の暗渠が、どこにどう続くと知っている訳もない。首を刎ねられはしないかと怯えたあげく、窮余の一策に飛び込んできたこの暗渠の中だったが、この先の見込みなどツォユにはなかった。どちらに向かって進んでいくべきか。いや周囲を包む真の闇に沈んで、暗渠がどの方角に延びていくのかすら目では確かめられない。今いる場所だって知れたものではない。それを把握できるのはただ港の鼠のみ……

もっとも先の見込みなどあっても意味が無かった。彼らに暗渠を移動する自由などあろうはずもない。ツォユはすぐに思い出した。暗渠の中に風が吹きはじめていた。徐々に勢いを増していく風が。

やがて風は地鳴りのような轟きを伴い、暗渠の壁に震えが伝わってきた。

6　掟と弁え

運河沿いの闇に沈んだ花街の界隈にちらちらと松明が揺れ、雨上がりの辻々を端から勦討《そうとう》していく黒い人波は言葉もなく路地を辿り、やがて廓の裏通りに吹き寄せられるように灯が集まり始めた。

そこからやや離れ、焼き討ちと略奪に荒廃した隣接街区の一隅では、鼠たちが一夜の騒擾《そうじょう》に巻き込まれるのを嫌って地下に潜っていった。夜半にも拘わらず松明の火が運河から埠頭にかけての街路に遠く揺れていたのを見て、深更《しんこう》に及んで戻ってきた鼠の斥候が頭《かしら》のトゥアンに廓筋の動きを注進したのだった。トゥアンも事の次第を悟っていた。今までもこうしたことは幾度か経験していた。港が狩り場になったのだ。

山ならぬこの港では剛力達には勝手が違う、より安全な場所をもとめる知恵は鼠に恃《たの》むしかない。鼠たちが地下を目指したのに引きずられて剛力衆も焼け跡の中庭を後にすることになった。いざ余所者に踏み込まれれば逃げ場のないこの焼け跡を、騒ぎが収まるまでは離れておこうというのだ。残していくのはまだ焼け残りの軒に賢しげに留まっているカラスばかりであった。

港の少年たちのあとについて剛力達はすごすごと焼け跡を出て行く。この中庭には昼になれば戻ってこられるからと言われて、カラスを残していくエゴンが名残惜しそうに軒を見上げていた。方法がない訳ではないが、さすがに暗渠の中にカラスを連れていく訳にはいかない。だいいちエゴンには別につとめがあった。彼の背中では黒い少年が魘《うな》され身じろぎをしている。鼠の幾人かはエゴンの後ろに張り付いている黒犬にまだ構っていた。

中庭を出て行くときワカンがふと振り向くと、殿《しんがり》についていたカロイが焼け跡から何かを拾い上げている。見れば表面が焦げて炭化した木切れ……いや竹を拾っている。昼にあれだけトゥアンにやり込められたのに、まだ笛でも拵えようと考えているのかと、ワカンは呆れた。カロイはワカンの視線に気づいて、数本の焦竹《こげだけ》を懐に入れながら苦笑いを浮かべた。

鼠たちは昨夜カロイの引き合わせで剛力衆と合流した当初は彼らを胡散臭そうに眺め殊更に距離を保っていたものが、ここに来て態度が変わって、とくに小さな者たちが剛力になにくれとなくちょっかいを出し始めていた。

とりわけ仔鼠たちの関心が高かったのはやはりエゴンに対してだった。エゴンは鳥遣いと判るや途端に鼠に取り巻かれてしまったが、理由《わけ》はそればかりではない。エゴンがずっと子供を担ぎ、足許に犬がうろうろしている。単に剛力のあいだで良いように面倒を押しつけられているに過ぎないのだが、これが小さな者への面倒見の良い人間だとでも受け取られたのだろう。ひとたびそうした人物評が下されれば、彼の醜貌に怖気を震う者はもういなかった。鼠の一人などは、自分自身も酷い火傷痕があって顔の半面と肩に膠原質《こうげんしつ》が引きつれていたのだが、これを指さしてエゴンの傷痕と比べて邪気もなく破顔した。エゴンは鼠たちの操る独自の符牒に満ちた港の町言葉が判らず、相変わらずろくに喋れもしなかったが、面白いことに鼠たちとの意思疎通に煩《わずら》いはないようだった。

もう一匹、仔鼠の関心の的だったのは言うまでもなく黒犬である。この犬は感心なことに焼け跡の中庭でも暗渠の中でも、黙ってついてきてついぞ吠え声を立てることがなく、こうして連れ歩いていることに何らの障害もないのだった。初めて杣人の庄で出くわしたときの剣幕はすっかり影を潜めていた。

黒犬はエゴンとナオーらの間を始終静かに右往左往していたが、今になっていささか落ち着きがないのにはもっともな理由《わけ》があった。この日暮れからずっと黒い子供が譫言《うわごと》を言っているのである。衰弱し切っていた体は熱を取り戻し、あと少しで目を開きそうなところまできていた。意識を回復しかけている。なにか悪い夢でも見ているように引きつけを起こし、手を虚空に伸ばして探り、時に涙まで流していた。いったいどんな悪夢に苛まれているのか、いや、現し世《うつよ》でこの少年の身に降りかかっていたことこそ、思えば悪夢のような出来事だったのではないか。少年が意識を取り戻した暁には、彼のいた庄を襲った殺戮についてどう説明してやれば良いというのだろうか、今からナオーは複雑な思いでいた。

幾人かの鼠たちが常時数人、黒犬といっしょに彼の周りに集まってなにくれとなく手を出していた。口を湿してやったり、汗を拭いてやったりしている。一度など、話しかけたら返事をしたといって、ナオーのところに数人が目を輝かせて注進にきた。ナオーやワカンは鼠どものお節介が自分らのよい厄介払いになると決め込んで、そりゃあでかしたなどと褒めてやって、あとは礼も言わずに済ませていた。

鼠に導かれるままに諾々と忍び込んだ暗渠には灯火もなく、剛力衆は冷えた石壁に背中を預けて暗闇にしゃがみ込んでいた。折からの雨天で坑内は湿気に満ちていたが、その場所は闇渠排水の脈動の及ばぬところにあたったのか暗渠の底に埃が積もっていた。

闇の中で黙って朝を待つ剛力は誰も空腹を抱えていたが、非常食の備蓄は殆どなかった。これが山なら糧食を周囲に求めることも容易だが、この港湾都市に、まして溝《どぶ》の中の闇に包まれている現状にあっては、その算段もつかない。

一方で鼠たちは闇に目を光らせて、この暗闇の中をまだ右へ左へと動き回っていた。ワカンは年かさの一隊の声をしばらく聞かないことに気づいていた。

剛力は山よりもさらに厳しい港の地下の暮らしにほとほと呆れ、どうして鼠たちがこんな不毛の世界に暮らしていなければいけないのか、その訳も判らない。ただ冷えていく闇の中で、まるで朝が来れば事態が好転するとでも信じているかのように、膝を抱えて時間が過ぎていくのを待っていた。ワカンは尻が冷えるのを嫌って、壁に凭《もた》れて蹲踞《そんきょ》のまま腕組みに顎を埋めて寝息を立てていた。他のものがどんな姿勢でいるかは闇に包まれていて判らないが、石の上に身を横たえ深く寝入って体を冷やすぐらいなら浅い眠りにしびれた足をほぐしながら座り寝のまま一晩をやり過ごすぐらいの芸は皆に身に付いているだろう。実際、暗渠の底にべったりと胡坐をかいているのはエゴンぐらいのものだったが、これには止むにやまれぬ訳もある。エゴンは膝の上に子供と犬を抱えていたのだった。

明け方が近くなって、鼠の一人がエゴンを揺り起こしていた。溝板の隙間からわずかに漏れた光があたりにぼんやりと薄明かりを投げかけている。ワカンは薄目を開けて窺ったが、小さいのが一人、エゴンの薄い髪を引っ張っている。エゴンが寝ぼけ眼をようやくあげると、鼠がなにか饅頭のようなものを突き出していた。エゴンはそれが何か理解して目を輝かせたが、鼠は手を振ってなにやらエゴンに注意している。しばらく鼠とエゴンの間に要領を得ない遣り取りが交わされたが、やがてエゴンが理解したのは、これは自分にくれているのではなくて、黒い少年のために持ち寄ったものなのだということだった。エゴンが膝の少年の手に饅頭を包ませ、そのまま口元に運んでやる仕草を見せると、意図が理解されたと思ったのか、黙って満足そうにエゴンを離れ、仲間の輪の方に戻っていった。

「やったってまだ食えねぇだろうに……大人の方には無しか……」

呟いたワカンに含み笑いを返したのは、いつしか溝の向かいに屈んでいたカロイである。

「彼らなりの順番がある」

「順番？」

「鼠は必ず小さいものから配るんですよ」

「へぇ、そりゃ立派なもんだな、盗っ人の徒党にしちゃ。それにしてもあんなもの何処で手に入れてきたんだ。こっちにはまわしてもらえねぇもんかね」

「腹が減りましたか」

「港には山より飯の種が少ねぇとはまさか思ってなかったからな」

「昨夜のうちに鼠の年長組が帮《パン》の用聞きに出ていったようですね、駄賃を貰ってきたんです」

「なんだ、小遣い稼ぎに行ったってことか。その……地場のやくざもんの党に？」

「まぁ大概はちょっとした駆けまわり仕事ですね。告げ口が仕事みたいなもので」

「そいつはまずくねぇかい、そのやくざもんと廓がどっかで繫がっていたりしたら……」

「繫がっていると見るのが本来です。それなんですがね、ワカン、何か鼠に言いましたか」

「何かって何を？」

「トゥアンはあの歳で班を仕切っていますからね、ちょっと利に辛いところがあって、あなた方――山の者を匿い続けるのと、ことを帮に注進に及んだ場合と、どっちが得か考えていたはずです。私一人の時とは事情が違う、匿い続けるのは難しいでしょう、ちょっと人数が多過ぎますしね……まして長丁場になれば問題が出てくる、それでことが露見したら彼らの立場がまずいですから」

「じゃあやっぱり昨夜《ゆうべ》のうちに俺達のことを……」

「いや、それがそうじゃない。トゥアンがどう出るか、ちょっと注意して見ていたんですが、鼠の年長組にあなた方を指す積もりがさらさらないようなんですよ」

「そりゃどうして……って、むしろ頂上な話だが……なんで……？」

「彼らは仲間は大事にします、それが唯一の定めなんですが……余所のものなら謀《たばか》って指して売っ払っても痛痒《つうよう》を覚えまい、そんな人情家ではない」

「この暮らしぶりじゃ無《ね》ぇ袖も振れねぇわな。だが、そうとなりゃなおさら――」

「ええ、縁もゆかりもない者を仲間と見るほど甘くはない――はずなのですが……なのにどうも……」

「なんだ、剣呑な話ばっかりじゃねぇか」

「鼠が話していたんですが、山の掟ってなんのことです？」

「港の鼠に山の掟もへったくれもねぇだろう」

「ですがね、鼠の小さいのが山の掟がどうとか、トゥアンに言っていたんですよ。なにか山の者の方から吹きこみましたか」

「山の掟……？　ナオーが何か言ってたかな」

「あの若いのですか。何を言っていましたか」

「要するに、あの黒い小僧をどうして港くんだりまで連れてきたのかって話だ」

「焼き討ちにされた村から掘り出してきたそうですね、奇妙な話だが」

「それで一度命を助けちまったら、もう棄ててくわけにはいかねぇんだと……」

「それが山の掟ですか」

「おきてってほど大袈裟なもんじゃねぇが……要するに山じゃくたばるかどうかは手《て》前《めえ》の意気地《いきじ》の問題だからな、手前一人でかつかつ、いかさま他人の意気まで引き受けるわけにはいかねぇ。だから……まかり間違って人の命を助けようてぇなら、どっこい覚悟がいるぜ、とこういう話だ」

「なるほど……じゃあやはりそれだ」

「何がそれだ」

「……『一度助けたら見捨ててはいけない』……」

「それがどうした、むしろ理屈は他人《ひと》のことはほっとけって話だ」

「だがあなた方はあの子を放ってはおかなかった」

「そりゃ成り行きだ」

「だが鼠にはそこが大切なことだ」

「奴らになんの関係がある」

「トゥアンがあの焼け跡から離れたがらないのはね、あそこに戻ってくる約束の鼠が一人、まだ戻ってきていないからです。あの中庭ともう一箇所、花街の外れに古血《ふるぢ》の施療院の焼け跡があって、どちらかに帰ってくる約束になっていたというんです。それで日を変えて行ったり来たり……」

「その鼠が待ち合わせに遅れてんのか」

「まあ、そういうことです。しばらく前に花街に斥候に出たまま行方がしれない」

「そりゃ不憫なこって、もう戻らねぇんじゃねぇのか」

「花街から蔵町、埠頭までは、鼠は下と呼んでいて――」

「俺達にしてみりゃ港は一帯『下』だが、下には下があるもんだな」

「――溝に始終水が充ちたところが殆どで鼠には動きづらいんですよ。それでも彼らがこの辺りを当面動こうとはしないでいるのは、その仲間をまだ待っているんです」

「ふぅん」

「トゥアンも戻ってくる見込みが薄いのは分かっている。だが動けない。ここで見捨てないのが彼らの定めだ。トゥアンに人望があるのは彼がそうした……筋をずっと通しているからなんですよ」

再びワカンは、ふぅん、と鼻をならした。

「それが彼らの唯一大事にしている定め、ぎりぎりの誇りの拠り所なんだ。だから……トゥアンは山の者が……同じ掟に従っているなら……おいそれと指せない」

「そういうもんか」

「おそらくそういうことでしょう。小さなことですが、これであなた方を裏切っていい理由が失われた」

「そんな大袈裟な話かい」

「お前が裏切らないなら、俺も裏切らない。お前が見捨てないなら、俺も見捨てない。それが彼らに残った最後のたった一つの徳目なんだ、これを忽《ゆるが》せにすることだけは出来ない」

　みたび、ふぅんと考え込んで、ワカンはぽつりと言った。

「これは本当に風向《かぜ》が変わったんだな」

「かぜ？」

「ゴイ爺の口癖だ。山ではずっと追っ手の影に怯えてきゅうきゅうとしてた。港に降りてからも悪くなる一方のようだが……あの小僧を拾《ひら》った時に爺が文句を言わなかった」

　カロイはしゃがみ込んで、目を伏せて話しているワカンをまじまじと見た。

「ゴイ爺は鼻が利くからな、爺の言うことにゃ逆らえねぇ……ここしばらくまずい流れになってるって判ってたんだろう……それが小僧を拾って面倒をいっそう背負い込んだのにお小言無しときたもんだ、ちょいと案外だったが……たしかに小僧を拾って風向が変わった。ぎりぎりの線で、小僧を引き回しているのが幸いして際どいところを乗り切ってんな」

「そうなんですか」

「ゴイ爺はエゴンに、あの餓鬼を大事にしろって言ってたよ」

「私にはそうした迷信深いことは判りませんが。きっと何か言い当てていることがあるんでしょう」

ワカンにしてみれば、ゴイ爺の判断は迷信沙汰どころか立派に実利に就いた話で、人助けの功徳がまわったなどというのも迷信めかした謙遜に過ぎない、是々非々の損得勘定のなすところと思えたが、ことさらにカロイの言うことに反発はしなかった。言っても判るまい。

「しかし、その焼き討ちにされた村……どんな様子だったんですか」

とうぜん話題に出てくるべき、少年を拾ってきたそもそもの由来についての話であるが、さりげない様子を装ってもカロイが初めから関心を持っていたことは透けて見えていた。ワカンは心中に棘の刺さったように警戒を解かぬまま、杣人の庄の一件をカロイに伝えた。

現場を見てきたのはワカンとナオーとエゴンの三人だけだ。エノクとテジンもカロイの後から話を聞いていた。こちらも、もともと興味津々だったのだろう、時々話に割って入ってテジンが細かなことを訊いてきた。順序立てての話ではないから、港に潜伏してずっと蚊帳の外だったテジンがなにくれと質問したくなるのは判るが、ワカンとしてはどうも面倒くさくなっていけない。だが少年を拾ってきてから剛力の間では、いや増した物理的な労苦を分け合っている経緯がある、そうそう説明を省くわけにもいかない。

カロイはずっと黙って聞いていた。

テジンの質問攻めにワカンは苛立ちが募りはじめた。テジンが訊いてくるのは大抵、とるに足りない、それでいてちょっと答えにくい問いだった。いいかげん面倒になってきているワカンはそんな煩瑣な問いにいちいち戸惑った。たとえば木橇《きぞり》がどこへ行ったかなんてワカンは知らないし、どうでもいいことだ。木橇の跡を見つけたのは確かだがあとは知らない、おおかた丸太と一緒に燃やしてしまったんだろうと適当に答えた。だいたい一つの集落が丸焼きにされているという話なのに、木橇のことなんかワカンはもちろん、ナオーもエゴンも気にしてはいなかった。エゴンにいたっては集落の悲劇にすら目もくれず犬を追っかけていってしまったのだった。

「樵の身内まで庄ぐるみ丸焼き皆殺しの修羅場だぜ、あんな滅法に出くわして橇《そり》だろうが尻《しり》だろうが、どこへ行ったかなんざ誰が気にしてるもんか、知ったことかよ、つまらねぇとこに拘っててんじゃねぇ」

ワカンは啖呵を切ったがこれはつまらないことではなかったのかもしれない。この場では黙って聞いていたカロイが、しばらくあとで何かの折にワカンに再び訊いてきたのだ。木橇とはどういうものだったのか、と。

「どうして何奴《どいつ》もこいつも橇のことなんざ気にしてやがんだ。知りゃしねぇよ、だいたい現物は見ちゃいねぇ、跡があったばっかりだ」

「跡を見れば判ったんですか、どんな跡です」

「一跨《ひとまた》ぎぐれぇの幅の跡だよ、あれは丸太をのっけて庄に下ろす橇だ、頑丈なやつだぜ」

カロイはふむと懐手で考えていたが、それ以上の借問はなく引き下がった。

だがワカンの胸の中でははっきり警戒の火が点っていた。どんな橇だったかって？それは大事なことなのか？　だいたい、どうしてそんなことを訊いてきやがるんだ？

ワカンは水場から庄に下る筋に残された木橇の跡を記憶に辿る。そして自分が何か大事なことを見過ごしているという漠とした疑団《ぎだん》が胸中にわだかまった。

まだ夜の明け切らぬうちに溝の中はにわかに騒がしくなった。港町の不穏な動きを警戒して斥候に出ていた鼠が三々五々もどってきて、トゥアンが四方の事情を総合していた。正常に働いている時には港街は朝が早いものだが、鼠たちはそれにまして明け方から動くのが常だった。朝一番に人の動きを見極めて、それで今日の出方を決めるのだ。それが身の安全のためでもあるし、おもわぬ駄賃の種を目に留めることもある。昨晩のように夜間に街に動きがあった翌朝ともなれば尚更である。

剛力の面々もそれぞれ目を覚まし、凝った体を狭い暗渠の中にほぐす。このあと再びあの焼け跡に戻ることになるのか。それともこの溝の中を一日中這いずっていなければならないのか。ワカンは暗澹たる心持ちでいた。昨晩は一晩中蔵町に人追いの騒ぎがあったと伝わってきている。ならば彼らもおいそれとは日の当たるところにでていけまい。

追われる立場の彼らとしては否も応もない、溝の底を這い回って一日を過ごす覚悟を剛力が固めつつあったところに、トゥアンがもうひとりの大柄な年長組の鼠、チャクを伴って近づいてきた。二人はエゴンや犬には目もくれず、剛力の若衆をまとめているワカンのところへまっすぐやってくる。肩を回しながら首を曲げ伸ばししていたワカンがトゥアンを横目で眺めると、鼠の頭はしゃがみ込んで言った。

「昨日あんたらを訪ねてきた奴――」

「赤髪か」

「運河に浮かんでるってよ」

「なんだって？」

浮かんでいるなどと言うから土左衛門になって河水に亡骸をさらしているという話かと思えばそうではなかった。運河沿いを偵察してきた鼠は、昨日僧院近くで赤髪と合流した時に案内を務めた、毛編み帽の房を両耳に垂らした小柄な少年で、名はファンと言った。閘渠排水の集まる花街の溝《どぶ》から奔流に押し流された赤髪ら三人は、濯《すす》ぎ流される汚穢のように運河に吐き出されていた。それを見てきたファンの話では、息のあるのが二人、もう一人は文字通りに河水に浮いているという。息のあるのも怪我を負っているようで、崩れた橋桁の瓦礫の陰に水に浮かんだ奴を引きずっていったまま出てこれない様子だというのである。

赤髪は怪我人か死人かを引きずったまま半身を河水に浸して運河に身を隠している。

ワカンはゴイにその話を伝えて自分が様子見に出ると告げた。ゴイは簡単に諾うとナオーを呼んでワカンに付ける。立場をよくよく考えておさおさ姿を人目にさらすなと言うまでもない注意を与えたが、ワカンは苦笑いで応えた。

「ゴイ爺、どうもな、いちいち面倒を見ていくのが風向《かぜ》ってことみてぇなんだ」

「そうかもしらん。どのみち今のところ逃げ道の算段もつかんし好きにしろ」

ゴイは銀子の巾着を傾けると、やや法外な駄賃にニザマの刻印の入った銀を選り出してワカンに託す。ワカンはナオーを伴って、トゥアンに案内を一人貸してくれと談判に行った。ゴイからは指示されなかったが、エゴンも立ちあがって、黒い少年と犬を鼠の年少組に預けて二人の後を追った。

案内はやはりファンだった。この鼠の班《バン》では年少組の方だが、彼が蔵町から運河沿いの界隈の偵察や案内を任せられていたのには理由《わけ》があり、それはすなわち彼が著しく小柄で、同時にはしっこいということだった。

つまりファンは足が速いのに加えて、背が低いというのが大事な長所なのだ。それというのもファンの担当の界隈はいずれも市中に拡がった闇渠排水がのきなみ再合流する区画なのである。そのために闇渠排水の脈動周期が短く、そこここに難所があり、溝を抜けられる時間が厳しく限られている。

「あいつら廓に追われて溝にもぐったんだろうけど、班の連中でもむつかしい。無茶だよ」

「お前らでも難しいのか」

「花街の下は俺かトゥアンぐらいしか抜けられない。落ちたら終わりのとこもある」

必死でついて行くワカンとナオーにもなるほど話は解った。花街に近づくにつれ、暗渠を浚う排水の頻度は高まり、ここからここまで三十を数える間に駆け抜けねばならない、というようなぎりぎり一杯の速さ勘定が必要になってくる。身を屈めていては迅速に走り抜けることが出来ないのだ。ファンは闇渠排水が切れた一瞬を狙って暗渠本管に躍り込み、まさしく溝鼠《どぶねずみ》のように暗闇に走り去っていく。ワカンとナオーはこれが山ならいくらも健脚を誇れるだろうが、頭の支《つか》えた溝の中を、やや腰を屈めて素早く駆け抜けていくのは予想以上に骨だった。到底ファンについていけない。

さらに難儀だったのはただでさえ長身なうえに、万事に緩《ゆる》かな傾きのあるエゴンである。ほとんど四つん這いに手を突くような有り様で先行する三人に追いすがるが、頭髪の薄い頭を何度となく暗渠の天井に擂ってしまった。闇の中で頬をつたう汗と思っていたものが、隙間明かりのもれるところに出てきてみれば、切れた頭皮からつたった血だった。辛うじて追いついてきたエゴンがまるで途中で暴漢に殴られたかのように面《つら》の半ばを赤く染めているのを見て、ナオーは驚き、ワカンは呆れ、ファンは指をさして笑った。

しかし剛力三人にとっては笑いごとでは済まない。最後の難所ではあわやという羽目に陥った。そこもやはり排水の切れるわずかな隙に本管に飛び降り、走り抜けた先でまた斜行管に戻らなければいけない行程だった。ナオーがようやく飛び込んだ逃げ場の斜行管にほっと息を吐いたのが気の利かなさの一失で、続いて飛び込んできたワカンが管の入り口に紛糾し、その次に倒《こ》けつ転《まろ》びつ、ようよう追いついたエゴンが滑り込むだけの余地がない。

慌てているなかにも闇渠排水は水量を増し、瞬きする間に壁を揺るがして冷たい河水が暗渠を充たした。救いを求めて差し伸べたエゴンの手をワカンが引っぱり上げようとしたが、もうエゴンは頭まで水をかぶって暗渠の天井に押し上げられている。ワカンらのいる斜行管にまですでに水が溢れ出てきた。エゴンの体はまだ暗渠本管に宙吊りになったままである。

長い腕ばかりをワカンに引っ摑まれたままエゴンの姿は、泡立ち逆巻く奔流に沈んで見えなくなった。ごうごうと溝壁を震わせて流れていく怒濤の水流の下で、哀れエゴンは息をすることも叶わず河水に晒されている。だがワカンはその手を放すわけにもいかない。徐々に下へと引きずられてゆくワカンの腰をナオーが抱え、股を広げ膝を管の内壁に踏ん張って支える。ワカンの摑んでいるエゴンの手から見る間に力が抜けていく。いっそ放した方がいいのかと訝しんだところでファンが鋭く言った。

「放すなよ、もうすぐ水が切れる。放せばこの先浮かび上がるところはないかんね」

おそらく普通に指折れば数十を数えるといったところだったろうが、何十分の苦行とも思えた。しかしなるほど、ほどなく本管の唸りがおさまると水は引いていき、エゴンの体はあらためて重さを取り戻したように斜行管の真下に戻って力なくぶら下がった。ワカンはまだその手を摑んで放さなかったが、上で支えていたナオーの膝が耐えきれなくなって管の内壁を滑り、剛力三人は水の引ききっていない暗渠本管へと団子になって落っこちていく。本管に残った脛まで浸かるほどの河水に飛沫《しぶき》をあげて倒れ伏した。

ファンは斜行管から見おろして声を潜めて笑っていた。恨めしそうに見上げるナオー。ファンは本管に飛び降りると、溺れかけてぐったりしているエゴンの頰を叩き、息を確かめる。そしてワカンを見やって、その腕をぐっと掴んだ。檜皮《ひわだ》を剝いてみがきこんだ丸太のような、血管の浮き出たその下膊《かはく》を爪を立てて掴みながらしげしげと見つめていた。逆巻く濁流がものを押し流す力は恐ろしく強い。水の力をよく知っているファンは、それに人の腕力で抗するということが出来るなどとは思ってもいなかったのである。

「すげぇな、どう鍛えたんだよ」

「山育ちだ、荷を運んで崖を登ってりゃこんなもんだ」

「山で鍛えればこんなになるのかい」

「お前らもせめて木登りでもすればどうだ。溝《どぶ》に籠もってねぇで」

意地悪な当て擦りにも拘わらず、ファンは濡れ鼠で立ちあがるワカンをほとんど尊敬の眼差しで見ていた。

「次の水が来るぜ、急げよ」そう言って先に立って斜行管へ潜り込む。

エゴンはナオーに支えられて咳き込みながらなんとか這いずってきた。

ワカンを振り返るファンは、短軀に強靱な膂力《りょりょく》を秘めた剛力の佇まいにちょっと感心しているようだった。管を登りながらもワカンにあれこれと訊いていた。突然に懐かれて戸惑い顔のワカンは先を急ぎながらもせいぜい真面目に応える。

「山登ってりゃ、誰でもそうなれんのかよ」

「なんだ、お前も山に入りたいのか」

「俺みたいにちびでも、そんだけ腕が強けりゃ自慢になる」

「こんなの山のもんなら当たん前《めえ》だ。腕っ節だけでいいならエノクやカランは俺なんかの二人前あるぜ」

「あの熊みたいな奴か、じゃあ、あいつのがえらいのか」

「腕が太けりゃ偉《えれ》ぇってことにはならねぇ、山じゃ山なりの弁《わきま》えが要る」

「わけまえかい」

「分け前じゃねぇよ、弁えだ。要するに山の決まりを身に染みて覚えておくってこった」

「山の決まりかい」

「人のとり決めた法度《はっと》なら逆らいようもあるし、なんなら度外《どがい》に働いたってばれなきゃお咎めはねぇ。だが山の決まりに度外はねぇ」

「逆らっちゃいけない決まりがあるのかい」

「逆らいようがねぇってこった。手を放しゃものは下に落ちるし、水は低い方に流れてく」

「なんだそんなことかよ、当たり前じゃないか」

「その当たん前《めえ》が積み重なって逆らいようのねぇことの流れってぇもんが出来てくる——この時分昨夜《ゆんべ》から雨でも朝風が山をなめりゃあ雨を衝《つ》いて朝出《あさで》も出来る。だが雨止みが早くて日の出に晴れてたんなら話は逆だ、朝風が山を昇って狭霧《さぎり》が峰を包む。こうなりゃどんなに急ぎでも歩けねぇ、動いちゃいけねぇ——こういった理屈がうんとある」

「雨止みが早いと、かえって出ちゃいけないのかい、あべこべだな」

「こいつぁ例えばの話、この時分のこの上のお山の話だ。場所が違って、季節が違えば決まりはまた違ってくる。海なら海の決まり、港には港の決まりってもんがあんだろう」

へえ……とファンは真面目に頷いた。そして思いついたように言った。

「夜にさ、雨が降って、大潮の上がりが朝にあたってさ、十曜が中日なら、溝を通って蔵町には行けない——こういう話かい」

「なんだそりゃ、何の関係がある」

「上で雨が降るだろ、すると運河は遅れて水が増える。明け方には満ち潮とぶつかる。そこに持ってきて十曜の中日には船の行き来がないから水門は閉じっぱなしだ。

三つ重なると蔵町の溝はぜんぶ水で埋まって抜け道はなくなる」

まんざら馬鹿じゃねぇな、とワカンは苦笑いでナオーと顔を見合わせた。

「そりゃ港の決まりだな、まぁそういうこった。でもそりゃ水ひとつの話じゃねぇか、そればっかじゃねぇ、そうした決まりがたんとある。雨がどうのっていうことばつかじゃねぇぞ」

「そういう決まりをたんと覚えてなきゃいけないのか。そのわきまえで」

「決まりを弁えるってんだ」

めざす運河が近くなり、これまで頭の支えていた暗渠の天井が高くなった。かわりに足許は引ききらぬ水が溜まって足を阻む。ファンは引きずったズボンの裾が濡れるのも構わず、びしゃびしゃと水を跳ねさせては振り返り、さかんにワカンに話しかける。

「あんたはさ、ワカンはぜんぶ覚えてんのかい、その決まりをさ」

「ぜんぶもへったくれもねぇ、覚えきるもんじゃねぇよ。弁えがどんだけ深いかって話だ」

「ワカンが一番わきまえなのかい」ファンの物言いは拙くて意味をなさないが言っていることは解った。ワカンは苦笑しながら応えた。

「一番って言えばゴイ爺だよ。爺には逆らえない」

「あのおっさんかい。あいつが一番偉いの」

「偉《えれ》ぇかどうか知んねぇが弁えが深いのは爺だよ。まず決まりを違《たが》えない」

またファンは、へぇ……と考え深げに目を丸くしている。頑健な剛力衆の間であの歳旧《としふ》った小男がどうも威張っているようだった理由《わけ》が知れたのだ。決まりを深く弁えたものが一党を統率する――ファンはトゥアンの人望のことを考えていた。

後ろをついてきていたエゴンがしばし咳き込み、まだ水を吐いて手鼻をかんでいた。ファンが振り向くと固まっていた傷口が水に晒されたためにまた開いて、エゴンの額に血がつたっていた。ファンはぺっと唾を吐いて、仕方ねぇなあと呟きながら手招きしてエゴンの頭を下げさせた。そして毛編みの帽子を脱いで、さっと額の血を拭ってからエゴンの頭にその帽子をすっぽりと被せた。両脇に房の垂れた赤糸の小さな帽子はエゴンのような容貌魁偉な男にはとうてい似合いかねたが、引きつった醜貌を歪めてエゴンがはぁはぁと笑った。こんな薄闇の中でお目にかかるのはちょっと遠慮したいような壮絶な笑みであったが、ファンはエゴンの凄まじい表情の由来と種類をすでに弁えていたのか、にやりと軽く笑みを返して「とっておけよ」と小癪《こしやく》に見得をきった。

「なあ、ワカン、鳥遣いもわきまえかい」

再び、早足に溝を急ぎながら、ファンは訊く。

「エゴンのことか。ありゃ剛力のあいだじゃお味噌扱いだが、奴はまた特別な芸があるからな。鳥の決まりの弁えがあるかって話なら、なるほど確かに誰も奴にはかなわねぇな」

「あのおっさんは、もっとすごいのかい、そのわきまえが」

「鳥一つならエゴンが一番だが、ゴイ爺は天地、山水、人と獣《けだもの》の決まりまで弁えてるからな。例えばよ、ファン、雪山で鹿《けらな》の足跡を見つけたらどう追う？」

「そりゃあ、足跡を辿っていくしかないだろ」

「後ろから追っかけて四つ足に追いつくもんだと思うのか。お前、犬《せた》を追いかけて追いついたことあんのかよ」

「せたってなんだよ」

「お犬《いぬ》のこった」

「そんなの追いつくもんか、犬だろうと鹿だろうと。じゃあどうすればいいんだよ」

「まあ、こいつは爺からの受け売りだがな。鹿は風上から追ったんじゃ決して捕まらねぇ」

「じゃあ風下にまわるってことか」

「まずはそれが決まりだが、足跡を見つけるのは大概《てえげえ》はもう風上だ」

「なんで？」

「そんな足跡ってのは、端《はな》っからこっちの臭いを嗅ぎつけて逃げていった跡だから だ」

「じゃあもう追いつきっこないんじゃないか」

「追いつくもんか、そうでないか、雪を蹴った様子と歩幅を見れば先ず判る。歩幅が狭くて追えそうならしばらく辿ってみて、途中で糞をしている様子ならぐっと見込みがある」

「その時はとことん追っかけるのかい」

「追っかけちゃ駄目だ。横に逸れるんだ。行く先を見極めて大回りに横合いに、あわよくば風下に大きく回り込む、こいつを巻きをくれてやるってんだ」

「鹿の方が足が速いんだろ、どうだっかねぇ、大回りでおいつくもんか」

「ところが鹿の方にも用事ってもんがある。のんきに散歩に出てきたわけじゃあんめえ。雪ん中うろついてんのは食い物《もん》を探してんのさ。雪の上に出た木の芽を摘んでる」

「鹿が寄り道をするってことかよ」

「そうだ。鹿の足が止まる場所がある。飯の種が集まったところだな」

「じゃあ、そこへ……」

「怒鳴り込んでったって逃げられるだけだ、やつらも馬鹿じゃねぇ」

「馬鹿って、相手は鹿じゃないか」

「馬鹿をすんのは人間様だけさ。季節に雪ん中で新芽をふいてるどんな木立があるか、森の様子を見て何の木が生《は》えってるもんか、まずは遠目に判んなきゃいけねぇ。鹿の寄り道が長いか短いか、それで決まってくるからな。鹿が新芽に取りかかってる間に大回りに前にまわれればそのまま行き過ぎて、輪を狭めて渦を巻くように少しずつ横合いから迫っていく。秘訣はまだ見えない鹿の居場所を定めて迫っていくことだ」

「それでいざ見つけたらどうするんだ。弓を射《う》つのかい。ひゅっと」

「腕に覚えがあればな。爺は罠をかける。罠師だ」

「罠かい。上手いこと捕まんのかよ。素通りされちゃったら……」

「必ず鹿が立ち寄るところを見極めんのさ、そこに弁えがいる。それに罠は一つと決まったもんじゃねぇ」

「いっぱい持ってくのか」

「持ってきゃしねぇ、その場で拵えんのよ」

「その場で？　へぇ、そんなに上手くいくもんかね」

「上手くいかなきゃそれまでよ。だが一度いいところに罠を仕掛けりゃあ、またん時にかかるかもしれねぇだろ。三日か、四日か、早晩ひっかかるように上手いこと仕掛ける」

「そりゃのんびりだな、そんな待ってられるかよ」

「ファン、のんびりなのは手前《てめえ》の頭だ。罠の段取りがついたら、こっちものんびり待ってやしねぇ、次に行くまでよ」

「次の鹿を探すのか」

　ワカンはにやりと笑って応えた。

「あらためて探し回るより、とっとと行かなきゃならねぇとこがある。昨日《きのう》、一昨日《おととい》、一昨昨日《さきおととい》、先《せん》に罠を仕掛けたところに見回りにな」

　ファンは目を丸くしていた。そういう風にやるのか。

「三日前の罠、四日前の罠……なぁるほどね、今日ばっかの話じゃないもんな、罠だらけか、へぇ、そういうことか。鹿の方も大変だな……。間違えて見回りの人間がかかっちゃったりしないのかよ」

「だから弁えがいるってんだ。それにな、ここで何より肝心な弁えは、一頭なり、二頭なり、上手いこと取っ捕まえたら、見回りから外す罠をぜんぶ片づけていくことだ」

「なんでだよ、もったいないな。ほっとけばまたかかるかもしんないだろ」

「かかるかと待っているなら放っておくのも手だが、まずは獲ったもんを処理しなきゃいけねぇからな、こっちが忙しい。その間に放っておいた罠が働いちゃまずいのさ、重ねて無駄な殺生は鹿を減らす。獲らねぇでいい分は獲らねぇのが弁えだ」

「なるほどねえ、罠か。そりゃいいな。罠か。俺でも獲れるかな」

「それはお前の弁えの深さ、それに依る。まずしばらくは弁えのある奴についてまわっておこぼれをもらうまでだな。修業の間は耳のはじっこでも貰ってろってこった」

「そうかあ、鹿一頭なんて取っ捕まえたらすげぇなあ……腹いっぱい喰ってもしばらくもつよな」

しばらくどころか、ちゃんと保存すれば一冬の滋養になる、そう言おうと思ってワカンは、皮算用に目を輝かせているファンの顔を窺う。そして一頭が「しばらく」の分になるのは、初めから何人もの仲間と分けることを考えているからだと判った。

「なあ、山賊《やまだち》もわるくないな」

「ファン、俺たちゃ山賊《さんぞく》じゃねぇぞ」

「ええ、だって皆《みんな》そう言うだろ」

「やまだちってな、盗っ人のこった。虚仮《こけ》んされちゃかなわねぇ」

「じゃあなんて言うんだよ」

「知らねえよ、やまがつの、やましずのって言うのも下のもんの勝手だ。馬鹿にしやがるのも勝手だが、こっちゃ、お天道《てんと》に恥じることなんざありゃしねぇからな。港の鼠なんかよりなんぼか増しだろ」

山賊呼ばわりに憤慨して意地悪に言い返したものだが、ファンは悪びれもせずワカンの悪態を肯うのだった。

「ほんとだな！　だんぜん増しだぜ、やまがつかあ、わるくないな。俺はもっと惨めな暮らしをしてるもんかと思ってたよ、だって皆そんなに言ってるからよう」

「そんないい加減な皆が頼りんなるもんか。どだい惨めな暮らしは手前《てめえ》らの方だろ。手前ら、食い物は恵んでもらうか盗んでくるもんかと思ってんだろ。惨めってな、そういうのを言うんだ。俺たちゃ違うぜ、食い物はな、獲ってくるもんだ」

ワカンの啖呵に扱《こ》き下ろされながら、またしてもファンはかえって目を輝かせるのだった。厳しく決めつけてやったのに暖簾に腕押しで、閉口するどころか「ごもっとも」とすっかり脱帽の有り様である。もう今にも弟子入りしたいとでも言いかねない。

「もっともこの港の溝ん中じゃどうしようもねぇな。罠をかけようにもかかるのがお前ら鼠ぐらいのもんだ、これじゃしようがねぇ」

今にも鳴りそうな腹を押さえて愚痴を言うワカンの言葉にファンが声をたてて笑った。

「溝ん中じゃ、どっちに進んだもんかも判んねぇ。ここは鼠の方がわきまえだな」

ファン流に言ったワカンの言葉に面目を施したか、にやりと笑った鼠は先に見える明かりを指さした。

「ほら運河に出るとこまで来たぜ。俺は中で待ってるから」

「赤髪はどっちだ」

「出たとこのすぐ下《しも》に橋が崩れてる。動いてなきゃ、その瓦礫の陰に隠れてるはずだ。もう一本上《かみ》の方にある溝から吐き出されて流されたんだと思うぜ。あの溝は駄目なんだ。路地の水がぜんぶ集まるから、四《しい》、五《ごお》、六《ろく》で流されちまう。潜れば最後さ。馬鹿やったもんだな」

「昨夜は人狩りがあったろ。それから逃げてたんだろう、仕方ねぇ」

「それだって俺なら花街の路地の溝には潜らないな。怖いしさ、汚いしさ」

「汚い？」

「あそこの溝はよく血や臓物《わた》が混じってんだよ。手や首が流れてくることもあるって。路地に化け物《ばもん》がいて、首を残して食われちまうってんだ」

そんな話を信じているのかと、言いかけたワカンだったが、ファンの顔がいたって真面目だったので言い遂《おお》せなかった。

「ヒュイも食われちまったのかな……」

ヒュイというのが鼠たちが待ちかねているという帰らない仲間なのか。

「そいつは何だって花街なんかに潜ってたんだよ」

「……うん……この辺は出水《でみず》の脈がややこしいしな、縄張りの幇《パン》も知ったとこじゃないし……トゥアンもさんざん止めてたんだけど」

「頭の言うことに従っておく筋だったな」

「これは内緒なんだけど……ヒュイは路地の首狩りの手下を知ってたんだ」

「首狩りの手下？　あの雨の夜に路地の暗がりで首を狩ってるって話か。一ノ谷の魔女が港の裏通りで罠を張ってるってんじゃねぇのか」

「魔女？　そんな話知らないよ。そうじゃなくて黒頭巾の大男。そいつが路地から首を提げて出てきたのを見たって言うんだ」

「じゃあ……そいつが首狩りなのか」

「違うんだよ、そいつはさ、黒頭巾は……かたなも包丁も持ってない。ただ首だけ持って出てきたって。首狩りの後始末をしてたんじゃないかって言ってた。目抜きの晒し首……あんだろ？　首だけ持って帰りゃ足りるからな」

「首狩りにしろ、晒し首の手回しにしろ、ぞっとしねぇな。トゥアンじゃねぇが近づかねぇのが、まずは世渡りじゃねぇか？」

「ヒュイは首狩りが誰か確かめられれば、高く売れると思ってたんだ」

「売れる……って？」

「世話になってる……って言うより集《たか》られてるようなもんだけど……俺たちの尻持《けつも》ちの幇の手下《てか》の奴でさ、花街に近づきすぎて首を晒された奴がいるんだよ」

「縄張りがどうとかいう話か。バンとやらの間にも悶着あんだな」

「それで上の奴らがいきり立ってて……もし首狩りのこと、こっちの幇に指せれば……ちょっとでかい褒美になりそうだっていうんだよ」

「それでこの辺りをうろちょろしてたって訳か。結局首狩りは見つかんなかったのか」

「黒頭巾が食客になってる宿を見つけたって。でもそのひょろ長は用心棒してるどころか、ずっと宿に籠もりきりで怠けてやがる、一日《いちんち》じゅう虫を潰してぶらぶらしてんだってさ」

「怠けもんの見張りじゃ、こっちも暇で仕方ねぇわな」

「それでもやばい奴に近づき過ぎた。トゥアンが怒り過ぎたのもよくなかったんだ。ヒュイは天邪鬼《あまんじゃく》だから、かえって深入りしちゃった」

「しかしそこは頭に従うのが弁えだ。手前《てめえ》がくたばっちまっちゃ引き合わねぇぜ」

「でもヒュイは……この種《ねた》ひとつで班《バン》の皆に腹いっぱい温《あった》かいもんを食わせてやれるって……トゥアンが『戴きます』を言うときの面《つら》が見物だぜって言ってた」

「だからってな、帰《けえ》ってこれなくなっちゃ、仕方ねぇ」

「うるさいな！　まだ帰ってこないと決まった訳じゃないだろ！」

ファンの顔から幼《いとけな》い表情が一瞬消え、癇症《かんしょう》の獣《けだもの》みたいに歯を剝いていた。その剣幕にワカンはすこしたじろいだ。軽口に心無いことを言ってしまったと後悔した。

まだ待っている。まだ待っているのだ。

突然激したことを恥じ入るかのように頭を垂れるファンを見おろして、ワカンはちょっと言葉を失ったが、それいじょう拘泥せずに運河へ向かった。

「エゴン、お前は頭引っ込めてろ、それじゃ目立つぞ、帽子なんかかむりやがって」

エゴンは赤い毛糸の帽子が気に入っていたのか、返すまいかと頭を両手で押さえた。

「ナオー、こっち来て堤の上に人が出てこないか見張ってろ、いいな」

「ワカン、俺も降りるよ」

「じゃあファン、お前ここまで来て見張っててくれ、エゴンじゃ頼りになんねぇ」

「この時間じゃ花街はたいがいまだ眠ってるよ」

「いいから見張ってろ、ニザマ狩りのあった後だぜ、判りゃしねぇ」


朝日は両岸に高く立ちあがった堤に遮られ、運河の水面はまだ暗い。ファンの言葉通りに上《かみ》の方では度々横坑から激しい勢いで排水が噴き出されていた。そのため腰ほどの深さの河水は泡立ち騒いで止まず、浅い際のところを脛まで水に浸かり、堤に沿って進む二人の立てる水音を隠していた。

このほど落とされた橋は運河と同じだけの歴史を遡る古い普請で、四つばかりの船形の橋脚に石造りの低いアーチを架けたものだった。今は右岸から最初の橋桁として渡したアーチが一つ残るばかりで、あとは橋脚の下《しも》に無惨に崩れ去り、河水から突き出た瓦礫に流木が引っかかって塵芥の堰となっている。

最後に一つ残った右岸の迫持《せりもち》は橋畔《きょうはん》に積み重なった瓦礫に下流側が塞がれ、まるで暗い洞窟のように上流に向けて口を開けている。流れ込んだ土砂や流木がその手前に溜まり、水量の引いた今では洲《す》となっていた。ワカンとナオーは堤に背を擦るように進んでいったが、もとより堤の上に人気はなく、ただ間歇的に吐き出される闇渠排水だけが辺りを騒がせている。瓦礫の陰に人のいる気配はなかったが迫持の前の洲には人を引きずったものと見える、二条の踵の跡がまだ残っていた。

ナオーはその跡を見咎めて眉根を寄せる。少なくともひとり意識の無い者がいたのかと暗澹たる気持ちになったのだ。

その時、瓦礫の寄りかかった橋脚の陰で身じろぎをするものがあった。隠れようとしたのではない、むしろこちらの視界に身を乗り出そうとしている。壁際を進んでくる二つの人影が見知った山賤のものだと判り、迫持の下の暗がりで警戒していた近衛が身を起こしたのだった。声ではよばわることなく闇の中から手招きしている。タイシチだった。

ワカンとナオーは返事もなく、崩れた橋の下へと潜り込んでいった。

「災難だったな」

頭を低くして迫持を潜り、声を潜めて呼びかけたワカンの前で、湿った洲の砂地の上に崩れ落ちた石材に挟まれるようにしてゲンマとツォユが横たわっていた。タイシチは仰向けになった衛士長の傍に膝を突いて蹲《うずくま》り、その後ろでツォユが背を丸めて膝を抱えるように横臥していた。

タイシチがワカンの言葉に力なく頷いた。彼らは剛力がわざわざ運河まで探しにきたことを意外に思ったのか、それとも予め期待していたのか、驚いた様子もない代わりに礼の言葉も出ては来なかった。固く表情を強ばらせたままで特段の反応がなかった。全身が濡れそぼってタイシチは震えていた。

「くたばったのか」乾いた声でナオーが訊いた。

「いや……」擦れ声を上げたのは横たわっていたツォユである。だがこの赤髪は顔も上げられなかった。応えようとするツォユを諌《いさ》めて、タイシチが剛力を見上げて代わりに言った。

「大哥《あにき》は胸を打った。河に投げ出されるまでにさんざん溝の中を転がされたんだ。肋《あばら》をやられたかもしれない」

「あんたは」

「俺はついてた。頭を打って気が遠くなりかけたが、溝から吐き出されて水に突き落とされたのが気つけになった。ちょっと足をひねったが大事ない」

「そっちは？」ナオーはぴくりとも動かない衛士長の方を指さす。

「叔父貴は溺れちまった。水は吐かせたが、まだ気がつかない。もっともその前にも う朦朧としていたんだ。廓で毒を盛られて……手足が痺れて立てなかった」

「盛られたって……？　それで、そんな有り様で溝に潜ったのか」

「仕方がなかった。路地の前後を追っ手に塞がれたんだ」

「昨夜、花街から蔵町にかけて人追いがあったのは聞いてるぜ。他のお仲間とははぐれちまったのかよ」ワカンは努めて軽口に訊いたが、タイシチの顔は沈痛なものだった。

「ガゥイと……リゥは……殺《や》られた。路地で首を刎ねられた」

「なんだって？　どうしてそんな――」

「路地に……えらく剣呑な奴が待ちかまえてやがった」

「首を……？」

「他にもう一隊わかれて動いていたが……たぶん望み薄だ」タイシチは悲しみというよりは、憤りに震えた声で低く呻《うめ》いた。「所定の場所に約束通りに現れなかった。おそらくは路地で……」

ワカンは言葉に詰まった。廓筋が同郷の近衛のことなど平気で売り飛ばす奴らだということは判っていただろうに、と言ってやりたかったが——おそらく一晩に仲間をごっそり失った者たちをここで責めるのは仁《じん》に欠けるし、もとより言う詮《かい》もない。そもそも廓がこんなに早く近衛を追い出して狩りたてるなどとは、ワカンだって想像もしていないことだったのである。連中の判断がこんなにも非情だとは、そして獰悪につけても果断だとは思ってもいなかった。

「じゃあ、生き残りはあんたらだけか」

タイシチが言葉に詰まっていた。

その時、辛そうに息を吐きながらツォユが上体を起こそうとした。

「大哥、無理は——」

「姫御前が……ルゥスゥが……廓に残っている」ツォユは擦れ声を切れぎれに絞り出す。

「どういうことだ、居残り組がいたのか。あの狐か」

「ルゥスゥは酒を……毒を飲んでいない……なんとか廓に連絡を……」

「おい、無茶言うない、あんたらを回収に来ただけでちょいと危ねぇ橋を渡ってんだぜ」

「姫御前を……連れ出さなきゃ……ルゥスゥに……」

「通る無体《むてえ》と通らねぇ無理ってもんがあるぜ。花街の下には鼠だって出向きゃしねぇってぇ話だ、まして俺たちでなんとかなるもんじゃやねぇ」

「後生一生だ」

「駄目だ、あんたの来世のことなんざ質種《しちぐさ》に出されたって知ったことか。俺たちだって手前《てめえ》の身一つがまずは大事《でえじ》なんだ。だいたい赤髪、あんたが廓に戻れればこそ連絡の伝手もつこうって話だったんじゃねぇか、あんたをこっちに引き取っちまってどうやって連絡が出来る」

　呻き声を押し殺してツォユは身を起こし、脇腹を捩《よ》じって胡坐を崩した時に顔を歪めて息を止めた。やはり肋骨を痛めている、一息毎に苦しいのだ。

「ワカン……いちど褒美の……遣り取りをして……烏《からす》が顔を覚える……そうだな……？」

「カラスの宛て先のことか」

「それが必要な……儀式なんだな」

「ああ、そうだ。だからあんたに頬っかむりを取ってやってもらったんだろ。これは絶対必要な手続きなんだ。カラスは鳩とは違う、考えもなしに場所と場所を行ったり来たりするんじゃねぇ、人に就くんだよ。だから手続きの済んだあんたがあっちにいるんでなきゃ意味がねぇんだ」

「ワカン……あの鳥飼……その儀式をやってる……」辛そうにワカンを見上げる。

「何のことだ？」

ツォユは脇腹を押さえて、切れぎれの息のもと、それでも決然といった。

「姫御前と……その儀式をやってる……」


「エノク、エノク」

溝の底に外れて落ちた支《つっか》い丸太に腰掛けていた猪首の剛力は、やけに気安い鼠の声に渋面をつくって振り向いた。名告った覚えもないが、仲間内で呼び合うのを聞いていたのか、馴れなれしく呼びかけてくるのは年少組の鼠二人、ダオとジェンである。エノクは運河に近衛の様子を見に行ったワカンらのことが気にかかって落ち着かないでいた。

「なんだ」

エノクが野太い声で用件を問うと、鼠はびっくりしてわずかに怯えを顔に浮かべた。

「あのよう、はくがよう」

「なんだはくって」

「黒い奴のことだよう」

「勝手に渾名《あだな》をつけたんか」

「つけやしないよ、トゥアンがそう言ってたんだよ、俺たちは黒い奴はそう言うんだよ」

　そういうものかとエノクは思う。考えてみれば剛力なら、ちょっと黒い奴は「黒《へい》」、白い奴なら「白《ぱい》」と断りもなく言うものだ。髪が赤ければ「赤髪」、単純な話だ。それが港では「黒《はく》」ということになるのだろう。山を越えると訛りは大きく異なり、文字は同じでもクヴァングヴァンの港の俚言《りげん》はずっと南方のものに近かった。じっさい山の者の言葉とは所々で齟齬《そご》があって話の通じないこともあったのだ。

　危険を冒して出ていった仲間を心配していたエノクである、どうしても応ずる言葉にいらだちが籠もった。

「そのはくがどうした」

「起きたよ」

「なんだって？」

エノクとカランは慌てて仔鼠どもが黒《はく》をとり囲んでいるところにいざっていった。ぐるりと周りにしゃがみこんだ鼠の好奇の視線にさらされ、壁に凭れた黒い肌の少年は黒犬を胸にかき抱《いだ》き、その背中に鼻を埋めるようにして——泣いていた。

やはりこの小僧の犬だったのか。ひっしと抱きしめられてやや苦しそうに身じろぎしながら、千切れんばかりに先の白い尾を振っている黒犬を見て、エノクは得心が行った。

「こいつ、はなしがわかんないんだ」エノクに振り返った鼠の一人が黒《はく》を指さして言った。

「そんなわけあるか、この歳で。港の訛りが分からねぇばっかりだろ」

ところがエノクとカランが山賤の訛りで話しかけてもやはりろくに返事もない。一口に山言葉といっても剛力と杣人、狩人と山鍛冶、それぞれに符牒が違うので山の者同士でも話が通じないことはしばしばだ。だが黒《はく》は声をかけられていることぐらいは判っているだろうに返事もせず、ただ犬に顔を埋めて泣いているばかりだった。

「やっぱわかんないんだよ」

「杣の言葉じゃなきゃ駄目かな、おい、お前、ゴイ爺呼んでこい」

「あのおっさんかよ」

「ゴイ爺、ゴイ爺」やはり得手勝手に馴れなれしい呼びかけを手に入れて、仔鼠が剛力の頭を呼びに走った。

エノクもカランも、はたまた仔鼠たちも何くれとなく言葉をかけては見たのだが、少年はときおり涙にくれた目を上げはするものの、ただ黙って首を振るばかりで、口から出るのはもっぱら嗚咽ばかりだった。

「これ食うかな」鼠が足許におちていた饅頭を取り上げてカランに訊く。

「やめとけ。こいつを拾ってからまだ一度もまとまったもんは食ってねぇ。水を含んで戻すばっかりだ、たぶん胃の腑が閉じちまってる」

「そうなの」

「そこに飯を押し込むと腹の方がびっくりしてかえってくたばっちまう」

「そうなの」鼠の方も素直に聞いていた。極限まで腹を空かせることについては彼らも人後に落ちない、話はよく判っていたはずだ。

「じゃあ俺がもらってもいい？」とジェンが目を輝かせた。ずるいぞ、と隣のダオがくってかかる。

「俺の決めることか、お前らの頭に訊いたらどうだ」

二人は饅頭を手にトゥアンの方に走っていった。

「こいつ何で泣いてるの？」

「さあな、だしぬけに見も知らねぇところに連れてこられってて、わけ分かんねぇって心細くなってんじゃねぇのか。それとも……」

それとも少年は——黒《はく》は、身の上に起こっていることを理解していて、自分に……彼のいた庄に何が起こったのかを理解していて、そのために涙にくれているのだろうか。エノクとカランは杣の庄の様子をじかに見てはいなかったが、集落が焼き尽くされ、住人が皆殺しになっているという話がその通りならば、彼がその庄の唯一の生き残りだというのが本当ならば、少年が事情を理解しているとすれば幼い心にはそれは堪えがたい悲劇ではなかろうか。

「それとも、なんなの？」

「こいつはな、たぶん仲間も親兄弟もまとめて殺されたんだ。焼かれちまった……そいつを思い出して泣いてんのかも知んねぇな」

「黒《はく》、仲間も親も殺されたの？」

「子細は俺は知らん、見たのはワカンとナオー、あとエゴン……村ごと焼かれてたそうだ」

「へえ、よく生き残ったたな、こんなべそかきで」

カランはおや、と思った。エノクも、そう言った仔鼠のことを意外そうに見おろした。痛ましい巡り合わせをさほど憐れむ素振りもないのである。

「村が焼かれて皆殺しってのはジェンと一緒だな」

「ジェン？」

「饅頭取ってった奴」

「あのちびか」カランが振り返ると、むこうでトゥアンとチャクが仔鼠に囲まれている。黒《はく》が目を覚ましたと知らされたのだろう、こちらに視線をくれていた。ちゃっかりと饅頭をせしめたジェンとダオは喜色満面で口を膨らませ、もぐもぐやっている。ダオに到ってはいつもしゃぶっている甘草の根と半欠けの饅頭を両手に満面の笑み。

カランは親兄弟まで皆殺しというのが鼠たちの生い立ちには驚くほどのことではないのだと判って、内心に慄然としていた。同情的ではあっても、ことさらに憐憫を覚えるほどのことではないのも道理だ、それは彼らにとってはよ、く、あ、る、ことだったのだ。

「トゥアンも焼き討ちでおっ母が死んでる」

「そうなのか」

「トゥアンはきびだいの金持ちのうちに住んでたんだ」

「なんだ、あれは港の坊ちゃんか」

「違うよ、家のもんじゃなくて……奴隷？」

「使用人っていうんだよ」

「ともかくすごく虐《いじ》められてたんだって。でも毎日飯は食えたって。日に二度」

「でもきびだいがみんな逃げ出した時に、その家は逃げ遅れて焼かれちゃったんだって」

「焼かれてるおっ母を担いで逃げ出したんだけど、もう焦げちゃってたんだって」

「トゥアンは今でも背中がべろべろだよ。燃えてるおっ母を担いでたから」

「肩のここんとこにね、穴ぼこがあいてるんだ。指を突っ込むと骨に直《じか》に触れるんだよ」

なにやら壮絶な話なのに鼠たちはいたって平常のことのように言っている。

「お前ら仲間のことを余所もんに軽々しくいうんじゃねえぞ」

振り向けばトゥアンらがそこまで来ていた。

「トゥアン、だってこいつら売らないことにしたんでしょ」

トゥアンが口を滑らせた仔鼠をきっと睨んだ。仔鼠の方は首を竦《すく》めている。

「だからって仲間ってことじゃないんだ、そんなこともわかんないのかよ」

エノクは鼠の頭がワカンのような物言いをするのが可笑しかった。ワカンとカロイが今朝話していたことを横で聞いていたのだが、なるほどカロイの言っていたことは本当だ。鼠と剛力は言ってみれば方針に——原理原則に似通ったものを持っているのだろう。

「お前らもみんな親無しか。殺されたのも多いのか」

エノクの呟きに仔鼠は自慢話のように応えるのだった。

「親のいるのなんて一人もいないやな、なあ」

「いい加減にしろ」トゥアンが叱責するが仔鼠たちは誰も頷いて笑みすら浮かべている。

「親が生きてんのはチャクぐらいだよね」

トゥアンの横で上背のある年長組の鼠が、急に水を向けられてトゥアンと顔を見合わせている。すでに触れたとおりチャクは鼠の中では一番大柄で、おそらく歳も一番上、声がもう大人のように野太かったが、細い手足も胴もやはり少年のもので、おかっぱに髪を伸ばした丸い童顔に、赤い唇からでる声だけが不釣り合いに大人びていてどこか滑稽だった。だがチャクが溜め息交じりに言ったことは大人びているどころの話ではなかった。

「まあな、多分な。死んでればいいけど」

「死んでれば……って、お前」カランが呆れたように言う。

「死んだ方がいいんだよ、あんな奴。兄貴だってあいつが殺したようなもんだ」

そしてこの話は今まで何度もしてきたのだろう、吐き捨てるように簡単に言った。

「あいつは俺と兄貴を殴るんだ、火かき棒でさ。兄貴は脛の骨が二本とも折れて、血も止まらねえし、ちんぽこの脇に瘤みたいに毒が溜まっちまってた。そん時に、これじゃほんとに殺されると思って兄貴と二人で逃げてきたんだ」

「チャクはね、耳がかたっぽ無いんだよ。とれちゃったんだ」

エノクの耳元に囁いた仔鼠をトゥアンが睨んだ。仔鼠は身を竦めている。エノクはぎょっとして髪に隠れたチャクの横顔を見つめた。

「でも骨が斜めについちまって、兄貴はろくに走れなくなっちゃったからな。上の奴らに取っ捕まってなぶり殺しにされちゃったけど、兄貴はもともとは俺なんかより足が速かったんだ、あいつのせいで死んだようなもんだ。もう今ごろはあいつもくたばっちまってるだろうけど……どうしようもねえろくでなしだったたからな……あいつがもっと先にくたばっていてくれれば兄貴も死なずに済んだんだ」

なにか恨《うら》みごとを言っているというよりも、広く世の不公平を嘆くような恬淡《てんたん》としたもの言いだった。

「死んで惜しかったのは兄貴だけさ。あとはくたばった方が増しな奴ばっかりだ。俺に言わせりゃ親が死んで悲しいってんならついてた方だぜ、俺は死んで嬉しい奴しかいないや」

「馬鹿かよ、チャク、兄貴が死んで悲しいなら、それが親が死んで悲しいってのと同じだ」

トゥアンが小さな過ちを咎めるように言うと、チャクはぺっと唾を吐いてしゃがみ込む。

「まあ、いろいろあらあな。それでなに？　黒《はく》はそれで泣いてんの？」

チャクはそんなことで泣くことがあるのかといわんばかりの口ぶりだったが、エノクも二の句が継げない。ここにいるのはそんな目に遭ってきた少年ばかりなのだった。

仔鼠の一人が黒《はく》の膝元に躙《にじ》り寄って鹿革の靴を揃えて置いた。エノクは鼠と行動を共にするようになってから、いつしか黒《はく》が裸足になっていたことに今さらながら気がついた。

「なんだ、お前が取ってってたのか」

「だってよう、ずっと担がれてるんだから要らないかと思って……」

エノクは呆れ顔で仔鼠を見おろしたが、気まずそうな作り笑いの仔鼠に毒気を抜かれた。これこのとおり必要があるならちゃんと返したのであって、差し支えはないだろうという表情だ。

また一人がトゥアンの袖を引いている。

「トゥアン、エノクがね、黒《はく》には水を飲ませるって」

「だれだ、エノクって」

トゥアンの質問に仔鼠がエノクを指さした。仔鼠どもがすっかり剛力に懐いて馴れなれしくしているのに呆れて、鼠の頭は苦々しげな顔を隠さない。

「まだ飯は早いっていうんだよう」

「そうなのか、じゃあ誰か水を汲んできてやれ」

トゥアンの号令に闇を奔走する鼠たちとすれ違って、呼ばれてきたゴイが黒《はく》を囲んだ車座を割って入ってきた。

「言葉が通じんのか」

「ああ、ゴイ爺、港の訛りもぴんと来ていないみたいなんだが……」

ゴイは話の順序は山賤訛りと同じ、三国国境の山間部の方言を用いながら、それに杣人の符牒を混ぜて話しかけてみた。すると犬の背中に顔を埋めていた黒《はく》はゴイを涙に濡れた目で見上げ、そして改めて顔をくしゃっと歪めて嗚咽しながら言葉を絞り出した。

しゃくり上げて息を詰まらせながら、杣言葉でぽつぽつと返事を返している。

「ゴイ爺、黒《はく》はなんて言ってんの」

「うるさい、いま訊いとるところだ、邪魔をするな」

「ゴイ爺、ゴイ爺、なんだって？」

ゴイはお前達に「ゴイ爺」呼ばわりされる筋合いはないと寄り集まる仔鼠たちを押しやりながら、ようやく泣き声混じりに返事を始めた黒《はく》に辛抱強く繰り返し話しかけた。黒《はく》は咳き込みながら、ただひとり自分の言っていることを理解しているらしいゴイに向かって早口で何事か訊き返していた。今度はゴイの方が、待て待てと手を振って黒い少年を窘《たしな》める。エノクには彼が何を言っているか、その言葉はさっぱり判らなかった。エノクも山に入って長い。杣言葉なら少しは耳に入るだろうに話がまったく通じないのは不思議だった。

もっとも言葉は判らずとも少年が何を言っているのか、それを忖度《そんたく》することは容易だ。自分は今どこにいるのか、目の前にいる連中は誰なのか、村はいったいどうなったのか――使う言葉がどう違おうとも、彼が初めに訊くことは、そうした問いに他なるまい。

そしてある程度事情が見えてきて、次の問いがようやく頭に浮かぶようになる――どうしてあなた方は自分を助け出してくれたのか、どうして村は焼かれなければならなかったのか、そしてこれから自分はどうしたらいいのか、どこに行って、何をするべきなのか。そうした問いにはもう誰も答えることが出来ないだろう。

ゴイもまた杣言葉を十全に聞き覚えていた訳ではない。黒《はく》と意思を通じるのに杣言葉が手掛かりになるのは判ったが、それでも苦労があった。やがて黒《はく》はゴイに話が満足に伝わらないことに諦めを感じ始め、どこか勢い込んでいた口調に徐々に力がなくなっていく。そしてゴイが二言三言、丁寧に確かめるように言い聞かせたことにじっと考え込んでいたようだったが、ふたたび犬の首にしがみついて声を押し殺して泣き始めた。うるさく群がる仔鼠たちをいなして立ちあがったゴイは、エノクと、その隣に立っていた鼠の年長組、トゥアンとチャクに向かって言った。

「駄目だ、何を言ってるか判らん」

「はぁ、おっさん、長々と話し込んでたじゃないか」

「言葉が判らん、わっしらの知らん言葉だ。杣言葉も少ししか知らんようだ」

黒《はく》が勢い込んで答えた時に用いていた言葉は、山岳地から港までの様々な俚言にあらかた通じているゴイにも未知のものだったのだ。さかんにゴイに問いかけていたのだが、こちらは何を訊かれているのか大まかな想像がつくばかりで、言葉そのものはさっぱり判らない。ゴイは「おそらく肌の色からしても南大陸の言葉なんだろう」と諦め顔で付け加えた。

「だって杣人の村から連れてきたんだろ」チャクも呆れたように訊く。

「見れば判ろうが、こいつはそもそも杣人じゃありゃせん。余所もんだ」

「じゃあ余所者がたまたま杣人の村にいたっていうのかよ」

「事情が判らんが、簡単な杣言葉なら辛うじて通じるようだから、杣人との付き合いはあったんだろう」

エノクがゴイをまじまじと見つめて口を挟んだ。

「ワカンが言ってた、こいつと一緒に埋められていた小僧は何だったたんだ」

なんらかの「付き合い」もなしに、二人の少年が一緒に埋められるなどということもありえまい。

「判らん。だが一緒に土の下に埋められたもんがいたことは心得ているはずだ。何を訊いても要領を得んが、そのことは通じたんじゃなかろうか。奴がなにくれとなくこっちに訊こうとしていたこともそいつのことだろうし、こっちからも繰り返し言った。一緒に埋められていた奴が死んだってことは伝わったはずだ」

おそらく伝わったのだろう。いま黒い少年は鼠たちに囲まれて、狭い溝の中に声を呑み込んで、身も世もなく泣き頻っていた。

「なんだよ、一緒に埋められてた奴って」

不審顔でトゥアンが訊いた。ゴイの代わりにエノクが低い声で呟く。

「なんでも、もう一人の餓鬼と一緒に縁の下の納戸みたいなとこに埋められていたっていう話なんだ。焼かれた村から少し離れて、地面の下に埋められてたんだと」

「ほんとはもう一人いたのか。埋められてたってなんでだよ」

「それが判らん」

「死んだと勘違いされて埋められちゃったんかな」チャクが黒《はく》を見おろして軽口に言う。

「俺がこの目で見た訳じゃねぇからよく判らんが、埋葬されたっていうような話じゃなさそうだな。むしろ……ナオーが言うには、まるで冬越し用の漬け物にでもされてたみてぇな具合なんだ。なんせ壺やなんかと一緒に地下蔵に押し込められてたっていうんだから」

「へぇ、変なの。村が皆殺しで、餓鬼が二人生き埋めかよ？　なんだってそんな……」

「知らねぇよ。直に見てきた話じゃねぇ。ワカンかナオーが帰ったら訊いてみろ。こいつが息を吹っ返したら一番に訊いてみてぇところだったんだが、これじゃ何も判りやしねぇな」

「そんな分からないづくしで、どうしてこんなちびを掘り出してきたんだぁ？」

チャクもからかうように訊いたが、やはり話が奇妙で腑に落ちないでいる。

「さあな、それもどうしても気になるようならワカンにでも訊いてみろ。なんでも、そこの黒犬――そいつが黒《はく》を掘り出してくれとエゴンに頼んでたんだそうだ」

低い声で呟いたエノクに鼠たちが口々にくいさがった。

「ええ、ほんとう？」

「どうだっかねぇ」

「嘘だあ」

「犬がかよ。そんな話があるのかよ」

しかしなるほど泣きじゃくる黒《はく》にきつく抱きつかれたまま、文句も言わずに黙って尻尾を振っている犬は、いまも賢しげに黒く丸い目で一座のものの注視を見つめ返している。この犬が鳥遣いに黒《はく》を助けてと頼んだ……鼠たちにも、それはなんだかありそうな話であるように思われたのだった。

だれも言葉なく、もちろん犬も答を返しはしない。暗渠の暗がりに黒犬が尾を振る音だけがはたはたと幽《かそけ》く響く。鼠たちはじっと犬の濡れた目を見つめていた。

そうか、犬は同じだ。犬は裏切らない。裏切るのは——人間だけだ。

7　薬師の目覚め

一両日の廓のもてなしには不満はなかったが、すでにユシャッバは倦怠に喘《あえ》いでいた。山を逃げ回っていた時とは大違いだ。男所帯に山中を引き回されて、食事の貧しさといい、寝所や用便の不如意といい、苦労知らずの身には過ぎた辛酸であったが、こうして一室に軟禁されていると山行の辛さはいっかな脳裏を過《よぎ》らず、目新しい刺激の数々ばかりが好ましいものであったかに思いだされてくる。

本国でなら足など下女に洗わせていたユシャッバであるが、桶にぬるい湯を張ってもらってくるぶしの擦り傷を濯《すす》いで踵を自らもみほぐしている間、拇趾の付け根の肉刺《まめ》を潰さぬように気をつけている自分に気がついて苦笑した。まだ行軍の都合があると思っているみたいだと独りごちた。だがこれはただの杞憂とは言いがたい、むしろ予感めいたものだった。

あてがわれた廓の一室はこの遊廓でも指折りの上部屋にあたったのだろうが、自分が閨房に閉じこめられているということがどうにも不徳義に感じられてならないし、贅を凝らしてあるはずの調度がどこか薄っぺらで無粋に見えて仕方がない。白蝶貝を象眼した瓶《かめ》にあでやかな鹿の子百合が飾られているが、色合いが毒々しくて臭いがきつく、すでに末枯《うらが》れた花弁を眺めているとうんざりした。瓶の象眼は梅を象ったもので、どうして百合を活けて平気でいるのか気が知れない。百合は葉が瓶の縁に力なく垂れさがり、その表面にはうっすらと埃が積もっている。瓶も、押し板も、違い棚も、埃に指で字が書けるありさまで、せいぜい華美に見せても万事に行き届いていないのがすぐ見てとれる。いったいに廓の調度は、当然というべきか、夜の見映えを念頭に置いたもので、昼日中に見れば瀟洒《しょうしゃ》ならぬ野暮の極みと見えたのだった。

続きの間は空いていたが、厠《かわや》に続く廊下に並んだ閨房の列には誰が押しこめられているのか戸の向こうにいつも人の気配があり、夜半に通りかかった時には一度、開いた戸口越しに暗い室内に頽《くずお》れた女達を目にした。誰も着崩れをかき上げることもしないで、あるものは卓に伏せ、あるものは脇息に肘を預けて俯いている。気怠《けだる》げにユシャッパに一瞥を投げて得体のしれない紫煙を鼻から吹き、燻《くゆ》りの向こうから精気の失せた眼差しが、見ていないでさっさと行けと告げていた。彼女らは昼には閉じこもって姿を見なかった。廓は店を仕舞っているはずだったが、こんなところに意味もなく習慣が保たれているのか、遊女達が身じろぎを始めるのは灯が点ってから——遣手の御上も昼にはとんと姿を現さない。

爛《ただ》れきった空気にあてられて息が詰まるような気がする。気がつけば新鮮な空気を求めて、朝から窓際に張り付いているユシャッバであった。いまは中庭を見おろす窓際に凭れて、味気ない四角い庭園と、ぐるりの連棟の軒先が天に切り取った、やはり四角い曇天とを眺めていた。見おろした庭園を行き交う者はだれも小走りだった。しかしただ右往左往しているばかりでまともな仕事をしているように見えるのは飯盛り女ぐらいのものだ。

飯盛り女が庭園を掃いているところに黒外套に頭巾の大柄な男が立ちより、足許に膨らんだ麻の袋を落として去って行った。飯盛りは袋をひっくり返し、今しも掃いていた一画に中に入っていた枯れ葉を撒き散らしてしまってから溜め息を吐いて、また掃き仕事の続きにとりかかっていた。

何もない庭園を眺め入るのに飽きて窓辺を離れたユシャッバが座卓に伏せてぼんやりしていると、掃き集めた枯れ葉に火を点けたのだろうか、窓外に細く煙が上がっており、どこか懐かしい香を炷《た》いたような匂いが届いてきた。薄荷の香りだろうか。

随行の近衛達は下の奉公人の詰め所をあてがわれているようだ。しかし取り次ぎの飯盛り女は愛想こそ良いのだが、どこか話が通じない、願いが通らない。こちらからゲンマやツォユを呼ぼうとしても体よく断られてしまう。下に降りて良いかと訊けば、番頭に訊いてくるると出ていったきり戻ってこない。だいたい誰もやけに忙しなくしていて、屋内でも奉公人が右へ左へと始終うろつきまわっている。こちらも落ち着かなくて閉口した。

加えて大番頭か床廻しか知らないが、二階を取り仕切る男達が妙に威張っていて、預かりの遊女にも廓の下女にも、いちいち口さがなく扱いが悪い。一度などは飯盛りが頬を腫らしていたが、女に手を上げることすらあるのだ。土台、番頭ごときがどうしてそんなに威張っているのか、むしろ刀自《とじ》、女官が幅を利かせていた地方高官の邸宅に育ったユシャッバには合点が行かず、どうしても不当に思われる。

だいたいこの窓辺にしても、この廓の窓という窓は全て中庭の方にしか開いていない。たまさか外へと開いた明かり採りがあれば、そこにはきっと格子が閉《た》てられていた。廓を囲う塀は高く、出入りのあるたびに分厚い扉にごとりと閂《かんぬき》が支《か》われ錠が下ろされた。もはや隠れもないことだ、ユシャッバは、ここは女達の牢獄なのだと思った。こうしてこの窓から中庭を眺めてきた幾多の女達は、いずれもここに幽閉された囚人《めしゅうど》だったのだ——いや、ただ収監されているばかりならばまだしも幸いというべきだろう。いくら華美に飾り立てても、しょせん廓は女の奈落、居残っている者たちがああも懶惰《らんだ》に倦《う》みきった風情でいるのも当然だ。私だってこんなところにいつまでも燻っていたら倦み爛れてしまうだろう。

だから船はいつ出るのか、ゲンマにそれを訊きたかった。

だが姫御前の番に遣わされていると思しい飯盛りは、こちらの要求に取り合わないよう命じられているのか、良いのは愛想ばかりでことごとく姑息に往《い》なされあしらわれている。せめても下の様子だけでも伝えてもらえないかと困っていたところ、思わぬところに糸口があった。飯盛りの態度が若干軟化しはじめたのは、ユシャッパが声をかけてからである。

「どうしたの？　殴られたの？」

その時、飯盛りは頬を腫らしているばかりでなく、殴られた方の目から涙が止まっていないようだった。仮に叱責折檻しようともひとたび話が済めば、せめて気持ちが落ち着くまではそっとしておいてやればいいものを、泣き顔を晒したままこのうえ用を言いつけられているのが哀れに思われたのだ。

下げ物を取りにきた飯盛りに手拭いを渡してやると、しばらく顔を埋めて声を潜めて咽《むせ》び泣きに肩を震わせていた。

「こちらの奉公人は扱いがわるいのね」

飯盛りはしばしあって息を整えると下げ物を持ってさがっていった。引き止めてはまた叱られる科《とが》ともなりかねない、ユシャッバは溜め息を吐いて見送った。飯盛りは手拭いを小脇に挟んだまま去って行った。

手拭いを返しに来たのは今朝のことである。すぐに濯いで干してあったのだろう、朝の膳の隅にきれいに角をそろえて畳まれていた。それに気がついたユシャッバが顔を上げると、飯盛りは少し含羞《はにか》んだ様子を見せたが礼の言葉一つ口にするでもなかったのは、やはり上のものから話をするのを禁じられているのかもしれない。

飯盛りはそれからも足繁く部屋を訪れたが、さしたる用向きも無いのに一刻と置かず顔を出すのはおそらく自分が監視されているということなのだろう。ユシャッバは諦め顔で溜め息を吐く。それでもその都度の遣り取りに少しは実が込められるようになってきた。

ユシャッバは軟禁生活の不平を公然と口にし、宥める飯盛りに切に無聊を訴えれば、飯盛りの方は姫御前の鬱憤を贅沢であると諫めていった。飯盛りの立場に引き比べれば、なるほど今度は姫御前の方から同情を口にしなければならないのが向こうの身の上、いきおい浮き世の理不尽に翻弄される娘二人は互いに哀憫《あいびん》の言葉を交わし合うことになる。

物言いは率直になり、飯盛りの方も二言三言に身の上の嘆き、世過ぎの愚痴が混じるようになってきた。軽口すらが交わされるようになった。

飯盛りの不平はなるほど凡庸なものに過ぎなかった。

ニザマに政変があってから、ここクヴァングヮンの港には勢力図の大きな動顚《どうてん》があり、誰が誰を後ろ盾としたものか市井《しせい》の臣《しん》にも動揺は著しい。もともと親ニザマの官吏とつとに誼《よしみ》のあった廓がいち早く店《たな》を仕舞ったのは機を見るに敏あり、しかし動地の変転に際して廓の差配に遣わされた者たちは店の元の流儀など構いはしない。大番頭も奉公人もいずれもこの機に廓に入り込み、我が物顔でのさばっては人を顎で使って平気でいる。もとから廓に身を寄せていた遊女達の先行《さきゆ》きの心配など無きがごとくで、あらたに賓客を差し招いては右へ左へと動かしている。どうやら廓がかねて係《かかずら》いをもっていた誰らかの便宜に供されているのは確かだが、働き手としては一廓の空気が往時にも増して陰鬱かつ窮屈なものに変じているのが居心地悪くてならない。なるほど飯盛りの閉口も、ユシャッバの不満に似たところがあった。

むろん迂闊なことを口走ればすぐに打擲《ちょうちゃく》が飛ぶいまの廓で、飯盛りが賓客に上の子細をそのまま伝えることなどありはしないが、なんでもない愚痴が身の上の世話場の話に及べば……

勾引《かどわ》かされたものが略取者に懐《なつ》き、囚虜《しゅうりょ》と獄吏《ごくり》の間に紐帯《ちゅうたい》が生じることがあるように、それはごく当然の心理の傾きだったが、姫御前としてはこの牢獄に心情的な味方を得たのは良いがかえって不平を封じられたようなものだった。姫御前はまんまと廓の手に乗ったことになる。よもや話が通じる相手がいるというだけのことで、大抵の不満は我慢させられてしまうものだとは、そこに詭計があろうとは、ユシャッバには思いも及ばぬことだった。

飯盛りの方としても廓の手先として積極的に姫御前の懐柔を命じられていたというわけではなかったろう。裏の裏を行くような芝居はもとより期待されてはいなかった。ただ、彼女を姫御前の番につけた者の方に、巡り合わせに恵まれない娘をふたり鉢合わせておけば、話は自然とそう運ぶに違いないとの洞察があったまでのこと――飯盛りにことさら役を振るまでもなかった。

だが廓筋が見誤っていたこともあった。

ユシャッバの実父が広く差配にあたっていた南部州は隣接するのが事実上の属国、附庸国であるとはいえ、そこは曲がりなりにも境の地、巡撫《じゅんぶ》の任はまずは外患の監視にある。海峡南方諸州、例えば遠く対岸の一ノ谷で言えば植民市諸州総督府にも似た立場である。クヴァンの都護府も監督下にあった。さらに、内に向いては帝室の任命によって権有を得る直属の官吏であるという建て前に加えて、内政の実権者、宦官中常侍とも密な関係を保たなければならなかった。この事情があればこそ、今日のニザマ政変に確固たる立場を取りかねて、雌伏に甘んじ、一族危急存亡《ききゅうそんぼう》の秋《とき》に胤裔《いんえい》を逃竄《とうざん》の憂き目に遭わせるに到ったのだ。

しかしその一族がかかる国難に何らの支度もせずにいたわけもなかった。もとより内外の不穏に翻弄され、そのなかで困難な舵取りにながらく携わってきた履歴がある。当代の栄華に耽る余裕などなく、政局を失すまいかと左右に目配りするのが常態であった。その立場の困難さと覚悟の程とは一家のものにもおのずと共有されており、家督を継ぐ気遣いのない息女たちさえも蝶よ花よと育てられたばかりではない。わけても弟姫ユシャッバは身の振りを決めるのに、眼の前に去来するわずかな兆候を見逃すほどに暢気ではなかった。

ひとことで言えば彼女は太平楽なお姫さまであろうことかは、目耳に聡い質《たち》だったのである。浮き世の愚痴を耳に留めて、その片言隻句からユシャッバは不穏なものを嗅ぎ取っていた。

ニザマ筋を南に逃がす中継地となる仮寝の宿りと聞いていた。しかし廓の様子にはそれでは済まされぬ無理がある。どうやら江湖《こうこ》の混乱に乗じて港に忍び込んだ者たちが何かをたくらみ、隠然とことを運んで動かしている。ただ眷属《けんぞく》の利得のみに走り、蒼氓《そうぼう》の苦難を顧みない。この廓の役割は触れ込み通りのものではなさそうだ。だがそれを諮《はか》るべき近衛からは半ば公然と隔離されてしまった。

見おろす庭園には磁磚《タイル》が敷き詰められ、十字に走る水路には金雀児《えにしだ》が植わって縁取りをなしている。上から見おろしていても絵というよりは図を眺めているようで味気ない。均等に配置された石灯籠が中庭の四つの象限《しょうげん》に一つずつ並んでいる。中央の水盤の上には枇杷が葉影を投げ、水路を渡る小橋のたもとには吹き寄せられた何かの落ち葉が集まっている。

水と木陰が中庭の意匠の中心をなしているのは南方風のつくりで、これは商船の行き交う港の娼館が南方航路の賓客に気を利かせた異国情緒の佇まい、しかし水に困らぬ地方の出のユシャッバにはどこか殺風景に見えて緑洲《オアシス》を象徴的に再現した庭園の有り難さが判らない。

気怠げに窓外に目を遣っていたが、見るべきものとてなく、なにを見ていたという訳でもない。向かいの軒先に一羽の鳥が留まっていたのにもしばらく気がつかなかった。重たい曇天を見やって溜め息を吐いていたところ、視界の端にその黒い影が身じろぎをした。

ユシャッバは息を呑んだ。瓦屋根の軒に留まってお辞儀をするように頭を上げ下げしているカラスを、それと認めた時には心が躍った。あのこだ！　艶やかな雨覆いは曇天のもとでも碧羅《へきら》の山影が映るように照り輝き、ひとたび羽を広げると灰色の空を背景にくっきりと浮かび上がってひときわ大きく見えた。

カラスは向かいの棟から舞い上がるとこちらへ向かって羽ばたき、いちど軒の上の視界の外に去ってしまったが、ユシャッバがあわてて窓に躙《にじ》り寄って欄《おばしま》に凭れると、窓外の張り出しに伏せてあった鉢の上に音もなく舞い降りる。このように物怖じもせずに近寄ってくるのは「知り合い」だからだ。やはりあの時のカラスなのだ。エゴンのように厳密に個体を同定できる訳ではなかったが分かった。たしかにそれはエゴンがハァウと呼んだカラスだった。

カラスは何が気になったのか鉢の底の穴を覗き込んでいたが、しばらくして思い出したように顔をあげ、小首を傾げてユシャッバをしげしげと眺めた。ユシャッバはしぜんと余人の耳を憚って、小声で「ハァウ」と呼びかけて近寄ってみた。カラスからは特段の応答はなかったが間近に躙り寄っても逃げようとはしない。

「エゴンが来ているのね」

鳥飼《とがい》の正しい名前はすでに聞き知っていた。かれら剛力衆はお役御免になって廓を去り、港からもいずれ立ち去ってしまったものと思っていた。盗みを働いて飯場から逃げ出したという偽りの醜聞は耳に届いていなかったが、ユシャッバには、彼らとろくに挨拶もせずに別れてしまったことが名残惜しく思われていた。

目を輝かせるユシャッバの前でお辞儀をするように下を向いたカラスは、右足に括りつけられた篠竹の筒から楊枝のように細く巻いた紙片を引きずり出し、素焼きの鉢の上に置いて見せた。ユシャッバの胸が騒ぐ。通信なのだ。

「ちょっと待って、ちょっと」

声を潜めてユシャッバはカラスに動かないでと手で合図をする。カラスの方は用は済んだとばかりに飛び立たんとする仕草でいた。ユシャッバの震える指が紙片を展《ひろ》げる。

短い通信だった。筆ではなく木炭で、文字はニザマの表意文字《イデイオグラム》、だがゲンマやツォユの手ではない、金釘流の拙い文字である。はたしてそれはタイシチが焼け跡の炭を削って書き記したものだったのだが、そこまでは判らなかった。

文面は辿るまでもない、ユシャッバの心が興奮に躍る。紙片にはただ「廓から連れ出す。廓に悟られず続報を待て」という旨だけがあった。

ユシャッバは今にも飛び立とうしているカラスを手で窘《たしな》めつつ周りを窺うが、あいにく部屋に書面を認《したた》めるための道具は全くなかった。そう、この牢獄は親書の授受を許してはいないのだ。

壁の違い棚に急ぎ、百合の花を一輪引きちぎってきた。そして紙片の巻きを張り出し棚の板の上に押さえつけながら裏面を伸ばし、鹿の子百合の雄しべを摘むと毒々しい橙《だいだい》の花粉を小指の先にとって爪で刻印するように書きつけた——了《りよう》、とだけ。花粉が擦れないように丁寧に丸めてハァウの足の篠竹に差し込む。こうした細工に慣れているのかカラスは片足を不器用に持ちあげられ引っ張られても平気でいた。

カラスが舞い上がり飛び去って、重たい曇天に黒い点を打ったように小さくなっていったとき、それを目で追っていたユシャッバはまるで天が晴れたかのように思った。この四角く切り取られた灰色の空は、まだ見ぬその先にたしかに続いているのだ。

鼠たちは花街の外れ、施療院《せりょういん》の焼け跡に集まっていた。

施療院は主として瘡毒《そうどく》、すなわち土地の言葉に言う古血《ふるぢ》の感染症患者を隔離、治療する施設である。瘡毒は人の出入りが激しい港の花街にはどうしても蔓延しがちな病であり、感染経路が皮膚粘膜であるからいきおい遊女に罹患者が多く、放置すれば客筋に広まって、娼館を中心に相互感染が起こって爆発的に流行する。だから花街は出入りの薬師《くすし》を用意するのが普通で、遊女は定期的に検査を受けて初期兆候である下疳《げかん》、横痃《おうげん》の有無を確かめられる。感染が認められれば遊女は「鳥屋《とや》に就く」ことになる——つまり施療院に隔離され、水銀蒸気を始めとする怪しげな療法が講じられるのが常であった。

もともと花街の附属施設と言ってもよいが、運河沿いに遊廓の中心地から少し離れて置かれているのも故のないことではない。世には遊女の末に行き着くところと見なされている。このほどの政変にニザマに通じた施設は多く焼き討ちにあっていたが、施療院も例に漏れず、塀は毀《こぼ》たれ、家屋は焼け落ちていた。

鼠たちは花街に一歩近づいた施療院跡に立ち寄るのをもともとは嫌っていた。縄張《しま》から外れる上に、病者を集めた施設とあれば、その下を流れる暗渠を潜り抜けることが厭われても当然の話である。加えて花街には鈴の音を鳴らす人喰いが跋扈《ばっこ》しているとのもっぱらの噂で、小さなものはこれを心底怖がっている。それは魑魅魍魎《ちみもうりょう》か、はたまた海峡向こうの妖術師か、人心を惑わし意思を捉《とら》まえて操るという一ノ谷の魔女が港に出入りしているとの風聞もある。本来ならば頼まれても足を運びたくない場所だった。

だが鼠たちが危険を冒して度々ここを訪《おとな》っていたのは、既に触れたように行方をくらました仲間の一人が帰ってくる可能性のある場所が、件《くだん》の商家の中庭の焼け跡に加えてもうひとつ、この施療院跡だったからである。もっとも、いま鼠たちが剛力衆をともなって施療院跡に足を運んだのはヒュイを待つためではなかった。

時をわずかに遡り、運河に近衛残党を救出した剛力は二手に分かれていた。

ツォユの示唆でユシャッバに直接連絡がとれそうだということに気づいた彼らは、まずエゴンとタイシチを商家跡に遣った。無論、エゴンとカラスを合流させるためである。書面は焼け跡でタイシチが認《したた》め、ファンを説きつけて花街のぎりぎり近くまで足を延ばし、裏路地から早くも第一報のカラスが飛んだ。実は彼らは廓のほど近くからカラスを飛ばしていたのである。カラスが路地に戻れば後は尻に帆掛けて退散するまで。

かたやワカンとナオーは傷痍の身のツォユとゲンマを担いで、暗渠に鼠と合流したのである。ツォユを迎えたゴイはおそらく肋骨を痛めたツォユの胸部を晒木綿を巻いて圧迫固定した。ぎりぎりと締め上げられてツォユは呻きを上げるが、息を吐くのはいくぶん楽になった。濡れた赤髪が額に張りつき、眉間に皺を寄せて気丈を保っている。

問題は服毒して昏睡が続いているゲンマである。息はあるが譫言《うわごと》を言っている。ゴイは薬物の知識こそないが、手足の痺れから始まったというゲンマの症状を聞いて、痺れ薬ならまずは茸《くさびら》の毒ではないかと言う。酒に混ぜられていた節があるというのもひとつの傍証となる。ならば運河に放り出された時に水をしこたま飲んで、ある程度は吐き出せたのが幸いしたかも知れない。出来れば胃の内容物は吐かせてしまいたいが、催吐薬《さいとやく》の持ち合わせなどあるはずもない。

薬師を探す訳にも行くまい、だいいち今の港で満足に薬種が都合出来るものでもないだろう。一同が手を付けかねて詮議していたところ、鼠の一人が施療院跡に生薬《しょうやく》が残ってはいないかと言い出した。

次々と降りかかる面倒を嫌ったトゥアンが、施療院は丸焼けで売れそうなものはたいがい持ち出したあとだし、薬なんか見つかるものかと言う。まして瓦礫の下から掘り出した、何の薬とも判ぜられないものをどうして正しく投薬できるものか。だがいましも呻いている男を眼の前に一縷《いちる》の望みがあるなら、あたら手を拱《こまね》いているばかりではなく何かしら手を尽くしたいと考えるのも人情だ。

トゥアンは余計なことを言いやがってと施療院に言及した鼠をくさしながらも、どのみちヒュイが戻っていないか確かめなくてはならないしと付け加えて、施療院に赴くことを諾《うべな》ったのだった。剛力は襤褸《ぼろ》外套を担架代わりに、頭の支《つか》える狭い暗渠に苦慮しながらなんとか衛士長を施療院の焼け跡に運び込んだのだった。

施療院は文字通りの焼け跡で、隔離施設とはいっても見窄《みすぼ》らしい小屋掛けを並べたに過ぎない粗末なものだったのだろう、今や木造の棟々は灰燼《かいじん》と化して地に伏し、焼け跡に突き立っているものといえば焦げた燃え残りの柱ばかりだった。

母屋であったと思しき一山の瓦礫には、なるほど薬種を集めてあった痕跡もあり、割れた瓶《かめ》、壺、小瓶に、陶片やギヤマンの欠片《かけら》が散乱している。いずれも煤《すす》に燻《いぶ》され、中に何が入っていたかも定かではないし、そもそも内容物を保っているものとてない。ほら見ろよ、とトゥアンは呆れ顔で焼け跡を示して見せる。

なるほどどこここにはゲンマを下ろす戸板一枚あるでなし、わざわざ運んできたのも徒労かと思われた。ワカンが焼け跡を見渡す。

「こりゃ見込み薄だな」

「言ったろ、なんにも残ってやしない」トゥアンは冷たく言い放った。

四方が版築《はんちく》の塀で仕切られていたのはやはり隔離施設の痕跡であった。建て込んだ港の市街とはやはり様子が違って、やけに敷地が広く見えたのは既に建物が倒れ伏してしまっているからかもしれない。母屋の奥にはかつては薬師の居所だったのか、瓦屋根が炭の上に散らばった屋舎の跡が認められた。母屋とそちらの離れの間に手狭な裏庭でもあったと見えて、今は人の手の入る余地もなく雑草が生い茂っている。大きな石の水槽があったが、上に崩れた小屋掛けが真っ黒になって倒れかかっている。

この敷地には身を隠す物陰もろくにない。鼠が長居をしたがらぬのも道理だった。一部のものが欠片の散らばる母屋の焼け跡に踏み込んで、むなしく瓦礫をひっくり返していた。ゲンマを足許に横たえたままワカンは茫然と焼け跡を眺め、ツォユは膝を突いて喘いでは辛そうな顔を見せた。

ここに来るまでの騒ぎでうっかりしていたが、隣に黒犬と黒い少年、鼠たちの言う黒《はく》が立っているのに、ワカンは今さらながら気がついた。ちょっと前に目を覚ました、自分で水を飲んで、ゴイとは話も出来たとエノクに聞かされる。彼の呼び名はすでに黒《はく》ということで一同の合意が出来てしまっているようだ。

黒《はく》は犬とともにおずおずと鼠たちについていき、母屋の焼け跡を足で突いている。ちょっと前まで譫言を言って寝小便を垂れていたのに、思いのほかの回復ぶりである。まだ足許がふらついていたが、鼠に渡された革袋から自分で水を飲んでいた。ジエンといったか、仔鼠のひとりが犬と黒《はく》とに付き纏《まと》っている。よろけたところに手を貸したり世話を焼いているようだが、黒《はく》の方はまだぼんやりしていて返事もない。ジエンが、まだ飯はやれない、胃袋が塞がっているから、などと受け売りを懇々と説いていたのを聞くともなしに聞いていたが、はたして話が判ったかどうか表情からは窺い知れない。

その時、母屋の瓦礫の中からひとりの鼠が何かを掘り出していた。すわ薬種か、あるいは金目のものか。ところが鼠の声は気落ちをありありと表していた。すでにたび たび焼け跡漁りをした後である、ろくなものなど残ってはいないに決まっている。事実、掘り出したのは何の役にも立ちそうもない燃え残り、つまらぬものだったのだ。

「なんだこりゃ、独楽《こま》かな」

「でかすぎだろ」

「乞胸《ごうむね》のさ」

「見せてみろ、こりゃ大道芸《やし》にゃ重過ぎるよ、投げ上げられっこない」

「どうだっかねぇ」

トゥアンが眉根を寄せてふざけた声を上げた鼠をじろりと睨んだ。それに気がついた鼠は、はっとしてトゥアンの方を盗み見ると首を竦めた。トゥアンは苛立ちもあらわに母屋の塵埃へ歩み寄っていく。

「そいつはやめろって言ってるだろ」

トゥアンを見送っていたワカンがツォユの隣にしゃがみこんだ。

「なんなんだ、ありゃ」

「なにが」剛力の傍に残っていたチャクが訊く。

「どうだかねぇ、ってやつさ。流行ってんのか、お前らの間で」

「違うよ、どぅだっかねぇ、って言うんだよう」

チャクに縋《すが》り付いていた鼠の小さなのが口を挟んだ。抑揚が決まっているらしい。

「お前ら、どいつもしょっちゅう言ってるよな」

「みんな言うよう」

「その度にお前らの頭《かしら》に怒られてるじゃねぇか」

「あれは……」少し言い淀んで、チャクが応えた。「ヒュイの口癖だったんだ」

ワカンが振り返った。やや虚を衝かれていた。チャクの目に悲しげな表情が過《よぎ》る。

チャクは大人ぶった口調で簡単に説明した。行方知れずのヒュイは鼠の中では年かさの方で、トゥアンやチャクと並んでこの班《バン》のその都度の方針を定める立場にいた。

いわば三頭の合議制である。頭がトゥアンなのは衆目の一致するところだったが、参謀役に引っ込んでいるチャクとは異なり、ことあるごとにトゥアンと対立していたのがヒュイだったというのである。彼はトゥアンの決定にいつでも逆らい、なにくれとなく揚げ足を取ったり、不用意なところを論《あげつら》ったりと、頭にとっては目の上のたんこぶのような存在だった。

トゥアンが何か決めて鼠たちにお達しをだせば、きっとヒュイが混ぜっ返すようなことを言う。その時の出だしの決まり文句が件《くだん》の「どぅだっかねぇ」だというのだ。ヒュイの「どぅだっかねぇ」が出れば、途端に話が紛糾する。この名調子が鼠たちのあいだでは小さなものにまで波及し、あげく流行《はやり》の口上となって、ことあるごとに口の端《は》に上り、その都度トゥアンを苛立たせていた。このひと言で小さなものまでがトゥアンに逆らうきっかけを得たようなもので、これが出るたび流行の震源地、当のヒュイは喜んで手を叩く。トゥアンはいつでも苦々しく思っていたのだ、と。

「それじゃ、今でもトゥアンはそいつを聞くたびに鶏冠《とさか》に来ちまうってことか」

チャクは黙ってトゥアンの後ろ姿をみつめ、口を引き結んで応えなかった。代わりに傍の仔鼠がつぶやく。

「違うよ。聞くと寂しくなっちゃうから――」

「そうか」ワカンが声音も低く応えた。

いなくなってしまった仲間の口癖だけが、いまなお木霊《こだま》のように班のあいだに響いている。それを聞くたびにヒュイの不在が一入《ひとしお》埋めがたいものであるように思われるのだろう。


「ワカン、これ見てくれ」

焼け跡からナオーが慌てて大股で戻ってくる。

「どうした、泡を食って」

「これ、これなんだよ」

ナオーが持ち寄ったのは、先に鼠が母屋の瓦礫の下から掘り出した「独楽」とやらだった。売り払うに足る金目のものとも見えない赤錆に薄汚れた鋳鉄の円盤で、鼠が独楽と見たのも納得がいく、中心に太い心棒が通っていた。

ナオーが放った「独楽」を受け取ってワカンは驚いた。重いのだ。なるほどこれでは大道の乞胸には不向きに違いない、重過ぎて投げ上げるわけにいかない。心棒は円盤を貫通していたが、向こう側に出ていったさきで燃え落ちてしまっていた。たしかにこうして見ると独楽にしか見えない、だがこれは独楽ではない……

「これがどうした？」

「ワカン、覚えてねぇのかよ、これがあっただろ」ナオーが真顔で詰め寄る。

「何の話だよ」

「これとおんなじもんが、黒《はく》を掘り出した小屋にあっただろ！」

ワカンは愕然として手の中の「独楽」を見おろして記憶を探る。杣人の庄の小屋、掘り下げた土間……その片隅に確かにこうしたものが転がっていたような気がする。

「同じだろ、それ」

勢い込んだナオーがワカンに擦り寄った。ナオーの後からは、自分が掘り出したものがそんなに大事なものだったのか、出来れば返してもらいたいというように鼠が付き纏って離れないでいた。

「あった……あったかもしらん……だが……」

「ワカン、そりゃ何だ？」

「薬研車《やげんぐるま》ですね」

驚いて振り向いたワカンの後から、カロイが長身を折って覗き込んでいた。

「や、や、やげんぐるまだって？　そいつぁ……」

テジンがワカンの手の中の道具をしげしげと見つめて、へぇと驚いていた。

「生薬を粉に碾《ひ》くためのものですよ。相《あい》の『舟』があったでしょう？」

「ふね？」

「船形の……溝を切った鉄の皿みたいなものですよ」

鼠たちが戸惑っていた。あったか、いやなかった、と言い交わしていた。

「じゃあ、これは……」

「施療院なら当然あるでしょう。薬師が調合に用いるものですから」

「そうじゃねぇよ、あの……杣の庄の小屋……あれは……」ワカンが薬研車を見つめている。

「おい黒《はく》はどうした、小僧はどこだ？」ナオーが叫んで、一同は焼け跡を見回す。

「その独楽みてから、ふらふらっとあっちに行ったよ」

黒《はく》はジェンと一緒に、母屋と奥の屋舎の間に拡がる雑草を掻き分け、石の水槽を覗き込んでいた。ジェンが腐った水を見て、げぇと舌を出している。足許には黒犬がまとわりついていた。

ナオーは薬研車を掘り出した鼠に返して、雑草の生い茂った母屋の裏庭に足を踏み入れた。瓦礫に囲まれていまや見る影もないが、裏庭には水路が切ってあり、日干し煉瓦を並べて仕切られた数条の花壇があった。花壇……いや、それは菜園だったのか、雑草に埋もれて径《こみち》と花壇の区別もつかない有り様だったが、たしかに生い茂った禾本科《かほん》の草叢の下で、よく見る雑草、車前草《しゃぜんそう》や馬歯莧《ばしけん》が煉瓦に仕切られて径にあたるところに押しとどめられている。そして花壇と見える区画には藁が敷かれていた形跡があり、茂みの足許に隠れている座葉《ざよう》は一歩毎にことなり、どの植物種も小さな群落を成して順番に並んでいる。

港育ちのナオーは剛力の中ではとりわけ植物に暗かったが、それでも事情は知れた。これは菜園でも、花壇でもない、母屋で調合する生薬を育てていた薬草園の跡なのだ。生育環境に合わせて藁を敷いたところもあったろう、あるいは屋根を掛けた場所もあったかもしれない。いまはこうして焼け焦げた瓦礫に埋もれているが、かつては母屋の裏に港の気候で育つ限りの薬種が栽培されていたのだろう。

荒れ果てた薬草園の雑草の根元を、鹿革の靴で掻き分けるように進んでいく黒《はく》が、やがて一画に屈みこんだ。訝しんで覗き込むナオーの眼の前で、黒《はく》は茜《あかね》の一種を根ごと引き抜いた。迷いの無い仕草だった。ジェンが真似をして茜を引き抜くと、黒《はく》が鼠には通じない言葉でなにか注意している。指で根を測るような仕草でジェンになにかを告げている。ほどなくジェンは理解した。根を切らず、根茎が長く続いたものを引き抜けと言っているのだ。ジェンがまた茜に取りついて慎重に引っ張り始めた。

さらに薬草園の跡を掻き分けて探っている黒《はく》と、面白がってついて行くジェンを残して、ナオーはワカンらが佇むところに戻ってきた。

「ワカン、間違いねぇ」

「なにがだ」

「あの小僧だ。ありゃ薬師だ」

「あんな餓鬼がか？」

「さもなきゃ薬師の子供だ、心得がある」

「どうしてわかる」

「あの小僧……黒《はく》の野郎、やげんぐるまとやらを見て、それから割れ皿の欠片《かけら》を見て、ここが何だったもんかぴんと来やがったんだ。今は裏手にあった薬草畑で、なんか知んねぇが薬種を摘んでる」

「あんな真っ黒の薬師なんざ聞いたことねぇぞ」

「南大陸の薬師なら当たん前《めえ》に黒いだろうがよ」

「その南の薬師がなんで杣の集落に暮らしてたんだ、ありゃ薬師を置いとくほど立派な庄じゃねぇぞ、だいたい樵は病《いたずき》や怪我は手前《てめえ》で片づけるもんだ」

「ワカン、あの辺になんか草があったろう、毒の、白いやつ」

「お前に教えたニセウルイのことか」

「ありゃ、ここでも育つかな、そこの薬草の畑で」

「馬鹿いうな、ニセウルイは山でしか採れねぇ。岳樺《だけかんば》も切れたずっと上の方でだけだ」

「そういうのがいろいろあんじゃねぇのか、山でしか採れねぇような」

ワカンにもナオーの言いたいことが見えた。高山でしか得られない植物種など数多《あまた》あり、なかでも薬効が謳われるものが少なくはない。あの山岳地ならば、当薬竜胆《とうやくりんどう》、あるいは岩弁慶《いわべんけい》、そうした薬種が欲しければこの土地の高山に登っていかねばならないのは道理だ。だとすればあの小屋は……南方の薬師が生薬を求めて、樵の庄に間借りした薬種採取の基地、あるいは暫時保存の蔵だったのか。

ワカンの脳裏に薄荷の臭いが立ちこめた、干し草を吊るした小屋の様子が思い浮かぶ。土間に、あるいは地下蔵に並べられた瓶……そして薬研車。ナオーが示唆しているとおりだ、あれは生薬を採りにきた薬師の基地だった……

だが、それが子供を地下蔵に埋めることとどう繫がってくるのか？　ワカンの頭の中で一幅の絵巻が拡がり始めた。

あれは子供を亡き者にせんと埋め塞いだものではない。隠したのだ。庄を蹂躙した者から子を隠した。子を埋めたのは恐らく黒《はく》の親、肌の黒い南方の薬師、組み紐釦《ボタン》の付いた瀟洒な藍染めの詰め襟をまとって、黒《はく》と同様に鹿革の靴を履いている。小屋の造りは年を経た檜皮葺《ひわだぶ》きで数年の単位ではあそこまで古寂《ふるさび》ないだろうし、梯子の根元はしっかりと崖下に埋まっていた。永年使用してきたと思しい小屋の様子、庄から昇り降りできる梯子を常在架けてあったことからして、薬師は庄の馴染みだ。庄の者とは良好な関係を結んでいた。庄に住まっていたかどうかは分からないが、たびたび庄を訪れては互いに便宜を交わし合っていたはずだ。黒《はく》が杣言葉をあまり流暢に操らないという話からすれば、おそらく庄に常住していた訳ではないだろう。

　誰かが集落を襲いつつあった時、その南方の薬師は黒《はく》と……そしておそらくその時にたまたま一緒にいた黒《はく》の友達、樵の子供とを地下蔵に隠した。薬師は襲撃者の目指すところが集落皆殺しであるということに気づいていた。だから子らが決して見つからないように、間違っても泣き出したり、うかうかと声を出したりしないように、そして本当にほとぼりが冷めるまで地の底で命を永らえていられるように……どんな薬か知らないが、二人の童子を冬眠させたのだ。深く、深く眠り、十分長く息を潜めていられるように——鼓動も呼吸も緩やかにさせてしまうような特別な薬。それが彼らの口に詰め込まれていた花卉《かき》の意味だった。

　だがそれは一か八かの賭け、投じたのは劇薬だったのだろう。一方はこの冬眠から二度と目覚めることはなかった……彼らを襲っていた災厄はかくも分の悪い賭けに出なければならないほどに徹底した過酷な災いだったのだ。

そして二人を埋め遂《おお》せたあとで薬師は襲撃者の手に落ちた。庄の者は全滅、一人残らず焼かれた。生きながら火を掛けられた者も多かった。あとに残ったものはいない。乳飲み子すら、それを庇って背を丸めた母の体の下、劫火《こうか》に焼かれて殺された。埋められた子供のことを知っていたのは……生き残っていた庄の犬一匹、ただそれだけだった。

ワカンはナオーの目をまじまじと見た。ナオーの表情も硬かった。ナオーの方はどこまで考えたかは分からない。しかし彼もまた黒《はく》を襲っていた命運の意味をいくばくかは読み取っていたことだろう。

顔を炭で黒くした鼠たちが、いまさら何が出てくるとも知れない焼け跡漁りから三々五々戻ってきた。剛力達はゲンマを取り囲んで、その傍に跪いている黒《はく》を見つめていた。

黒《はく》が掘り出してきたのは茜には違いないが、むろんただの観賞花が例の薬草園に植えられていたわけもない。それは茜の中でも吐根《とこん》と呼ばれる品種で、薬効はその名に顕れているとおり催吐《さいと》である。吐かせるものの種類によっては危険な薬種であるが、ひとまず胃を空にして洗滌《せんでき》するのに薬力が用いられる。

黒《はく》は道具の揃わぬ薬研になど目もくれず、日干し煉瓦を二つ花壇から掘り出してきて、それで吐根の地下茎を挟んで重ねると、両膝の間でまるで煉瓦を研ぐように擦り合わせ始めた。たびたび煉瓦を持ちあげては様子を見て、やがて擂《す》り潰された吐根が練り物のように上の煉瓦にへばりつけば、それをこそげ取って繊維を除いて割れ皿に移した。

ゴイは黙って見ていた。ワカンは「それが効くのかよ」と呟いている。黒《はく》はゲンマに盛られたのが菌類の抽出物であろうかという話を聞いていた。その時、ゴイが茸《くさびら》という杣言葉を使っていたのを耳に留めていたのだ。そして茸《きのこ》に由来する痺れ薬を盛られたという見立てが正しければ、ひとまず必要な施術は胃洗滌であることまで知悉《ちしつ》していた。

黒《はく》は皿に取った吐根の練り物を片手に、自分にあてがわれた革袋の水を持ち寄った。ゲンマに飲ませる、ゲンマが嘔吐する、という様子を身振りで真似て見せた。ナオーの言うとおりだった。黒《はく》はこうしたことに通じていたのだ、しかも相当に高度な知識を含めて。いかさま思ってみれば、親の薬師の薫陶に他なるまい。

こうしてエノクとカランが腕を取り、ゲンマを跪いた形に支えて、テジンとナオーが舌に吐根を塗り付けては水を飲ませるということを再三くりかえした。そのたびゲンマは苦しそうに茶褐色の反吐《へど》を吐いた。消化器の働きが鈍っており、前夜の猪肉《ぼたん》が未消化のまま残っていたのだった。痺れ薬も大半は胃袋に留まっていたことになる。洗滌は好適な処置だった。

ゲンマは自分の反吐に倒れ込みそうになったが、あわてて剛力が支える。苦しそうに息を吐き、涎《よだれ》が胸もとまで糸のように垂れていった。カランがゲンマの耳に声をかける。

「唾は吐け、啜んねぇで、吐けよ」

ゲンマが吐いた茶褐色の反吐を見て、ワカンはツォユに振り返って訊いた。

「なに食ったんだ」

「猪肉の軟骨を煮たものだ」

「へぇ、こっちは空きっ腹で泣きそうになってんのに、大尽《だいじん》なこった。そいつぁちっと痛《いて》ぇ目にあっても仕方あんめぇな」

ゲンマを心配そうにいまだ見つめながら、ツォユは自力で嘔吐した叔父もこれでまずは安心かと胸を撫で下ろしてワカンの皮肉に応えた。

「薬が盛られたのは酒の方だ」

「酒までやったのか、そりゃ豪気だな」

「痺れの茸《くさびら》の毒は酒に溶ける」落ち着いて指摘したのはゴイである。

「ツォユ、あんたは呑まなかったのか」

ツォユは黙って頷いた。全員に徹底させるべきだった。誰も呑むべきではなかったのだ。唇を噛んでツォユは後悔《のちくや》しく地を見つめた。そのために朋輩を一夜にして多く失った。

「あんたの子分も呑まなかったのか」

「小チ《シャオ》は俺が呑まずば呑めまい」

「躾のいいこったな。あとは狐が呑んでねぇって言ったな」

「ルゥスゥは下戸だ。決して呑まん」

「そうか。ナオー、船乗りはみんな酒は呑むのか」

「呑むなぁ、みんな」ナオーは何の話だと訝しみながらも、ゲンマに水を差しだしたまま応えた。

「下戸でもか」

「下戸でも呑むな。いや上戸も下戸もありゃしねぇや」

「そうか……山のもんには酒《わっか》やらねぇのは普通にいるぜ」とゴイを指した。

「朝がえらいのはかなわんからな」ゴイは不機嫌そうに応える。

ツォユが顔を上げた。不審げな表情があった。

「ワカン、何が言いたい？」

「ニザマでは酒をやらねぇのは普通のことか」

「下戸なら呑むまい、また節度から呑まんことはある」

「呑まねぇ奴は呑まねぇってこったな」

「何の話だ」

「猪肉は軟骨を煮たと言ったな。餡をかけたやつか」

「おい、ワカン、食いそびれたのがそんなに恨めしいのかよ」

「ナオー、黙ってろ、そんな話じゃねぇ」

「では何が言いたいんだ、ワカン、はっきり言ってくれ」焦れたツォユが訊く。

「茸《きのこ》の痺れ薬が酒に溶けるってのは知らなかったが、別に溶けなくったって構やしねぇやな。餡かけの猪肉ならそっちに盛ったって差し支えはねぇよな」

一座のものがワカンの言っていることを理解し始めた。

「ナオーんとこみてぇに船乗りの一党なら酒に盛って一網打尽で都合がいいな。だが呑まねぇ奴は呑まねぇってぇなら、酒に盛るのはつまらなくねぇか。猪肉の方はあんたも狐も子分のチィも食ったんだろ。なぁ、あんたら近衛を一人残らずやっちまおうってぇなら、猪肉に盛るのが筋じゃあねぇかい」

「あの……外道どもの考えなど知ったことか！」

「おいツォユ、外道だからこそ、猪肉に盛るのが本当じゃねぇのかい」

はたして酒に盛った痺れ薬は奏功し、近衛はわずかに残党を残すばかり。だが確かにワカンの言うとおり薬を盛ったのが猪肉の方であったならば、ここに幾ばくか残党が残る気遣いすらなかっただろう。これは意味のある問いだろうか。もし意味があるとすればどんな意味があるというのか。

剛力一行はまだ足の萎えているゲンマを支えて、再び商家の焼け跡の方に戻った。施療院への遠征は徒労には終わらなかったが、ワカンの胸中には新たな疑惑が塊となって滞り、解けない問いが積み重なっていく。一つ事情が見えてくるたびに、それ以上の疑問が吹き寄せられてくる。

安全な中継地となるはずだった廓が売国奴の館と化し、近衛は売られ姫御前の命運も風前の灯火、だがそれだけのことならばこの腑に落ちぬ疑いは何に由来するのか。

焼け跡にはエゴンとタイシチが先に戻ってきており、そちらの案内に出ていたファンがエゴンに預けた帽子を取りかえそうとして争っていた。エゴンが立ちあがって帽子を高く掲げてみせれば、小柄なファンにはとうてい手が届かない。ファンはエゴンの膝を折ろうとしたり、腰によじ登ろうとしたりと苦労していたが、なんとか肩に縋り付いて帽子に手を伸ばしたところ、あろうことか、それを寸前にカラスが銜《くわ》えて持っていってしまった。

「お前ら、なにを遊んでるんだ」

ツォユに肩を貸して焼け跡に入ってきたワカンが呆れて言った。

「あれ、あいつ、目を覚ましたのかよ」

ファンが犬を傍らに連れたエノクの背中に黒《はく》を目敏く見つけてそちらに走り寄っていく。黒《はく》はやはり体力がもたず施療院からの帰りには足が止まった。へたり込んでいるのをエノクが担いできたのだ。だが今も意識ははっきりしていた。

エノクが黒《はく》を土間の跡に下ろしてやると、周りを取り囲んでいた鼠たちはファンに向かって自分の手柄を誇るように口々に言う。

「まだよろよろしてるけどよう」

「すごいんだよう」

「黒《はく》はねえ、薬師だって」

「なんだいそりゃ」

鼠たちがファンに言い募っていたのは、黒《はく》が昏睡しているニザマの近衛に施療院の裏庭でとれた薬種を調剤してやったという話で、そもそも経緯が予想外な上に一同がこぞって勝手な部分から話し始めるものだから、ファンは合点がいかず困っていた。

それでもようやく一件が呑み込めたところでは、二手に分かれた時には死んだようになっていたゲンマがいまや自分で胃の中の痺れ薬を吐き出すまでに到ったということだ。それが黒《はく》の手柄というなら仔鼠どもが興奮しているのも判らないではない。

「黒《はく》はねぇ、クヴァンの言葉は喋れないんだよ」

「樵の言葉も喋れないんだよ」

「南の薬師だって」

「へぇ、寝小便垂れの役立たずじゃあないってわけか、へぇ、でも話も通じないならどうしてそんなことが判るんだよ」

「エノクがそう言うからさあ」

「エノク？」

仔鼠はエノクを指さす。ワカンに比べても二の腕がさらに盛り上がった猪首の剛力を見て、ファンはワカンの言葉を思い出した。あいつか、と言い捨てると、さっとエノクに近づいて声をかける。

「エノク、腕見せてよ」

　例によっていきなりの呼び捨てに、エノクが戸惑いながらも肘を張って見せると、ファンは両手でその腕をねじ曲げるように力を込めた。なにやら目を輝かせているが、エノクとしては鼠がどうも簡単に気安い調子になって距離を詰めてくるので戸惑っていた。

「ワカンより腕っ節が強いらしいな」ファンの言葉にエノクはうるさそうに肘を振った。

「エノクはわきまえか？　腕っ節だけじゃ駄目なんだぜ」

　誰に何を吹きこまれたのか知らないが、大きなお世話だ。無口なエノクは格別の返答もなく、ただ面倒くさがって腕をぐいと押し下げると、必死で摑みかかっているファンの腰を払ってズボンの後を摑み、尻を持ちあげるように頭の上まで高だかと掲げてやった。ファンは、ひぇっと悲鳴を上げたが、まるで兎でも摘むみたいに片手で軽々と差し上げられて、その膂力に感服した。仔鼠たちがわっと集まって、今度は自分を持ちあげてくれとエノクに集《たか》っている。エノクは閉口だが、面倒なので左手で摑み上げて右手に差し上げたファンの上に次々積み重ねてやったが、お仕置きになるどころか誰も大喜びになるばかりで話にならない。

一方、鼠の年長組はゴイとワカンを前に憮然としていた。カロイとテジンも後に控えている。中庭に面する内壁にはゲンマがもたせかけられ、ツォユとタイシチの姿もあった。トゥアンはワカンを睨み、チャクは時ならぬ賑わいの焼け跡に往来する頭数を数えていた。

「ずいぶん大所帯になっちまったな、こんな話じゃなかったよな、もう面倒みきれないぜ」

トゥアンはカロイに向かって啖呵を切った。ワカンはごもっともと頷く。ワカンにしてみれば剛力衆をはじめ廓を追い出された近衛までが、ここに潜んでいることを黙っていてもらえるだけでひとまず重畳、このうえ大人数を匿い続けていられるという話ではないと端から判っていた。胡坐のままトゥアンに向かい、手をひろげて諦めたように応える。

「ああ、俺たちも長居を決め込む算段じゃねぇ。もう一人ひっぱり出さなきゃならねぇが、それで終いだ。これは今晩中に片を付ける。そうすれば俺たちは港では用無しだ。橋がどうだろうが、関所がどうだろうが、いまさらだぜ、水を潜ってでも山に戻る。それでいいな」

そう言ってワカンはツォユに水を向ける。ツォユが深く頷き、片手を突いて頭を下げた。

「もはや世話になるのを厭うてはいられまい。姫御前だけは救い出さなければならん。これに手を貸してもらいたい、あらためて伏してお願いする」

「もともとの仕事だ。最後まで済ますだけのこと」ゴイが短く言い放った。

「姫御前と叔父になり代わって礼事《いやごと》申し上げる。このうえは一命に懸けて報いてみせる。謝儀を示すのが何時《いつ》の、いかほどのとは約束できないがご理解賜りたい」

「まあ気にすんねぇ、大袈裟だぜ。だいたいあんたの命なんざ懸けてもらっても仕方がねぇ。ゴイ爺の言うとおり姫御前を安全なところに連れ出すってのが初めの約束だ。港がそこに当たらねぇってんなら、また余所に連れ出すまでのことよ」

もはやツォユには礼の言葉も思いつかなかった。ただ節《せつ》を持し操《そう》を全うするということ、それが政変に動揺し、日々に敵味方が裏返るこの国境では、果たし難いこと如何《い》何許《かばか》りか。誰もが節を屈し朋輩《ほうばい》を売って恥じないでいる。しかし世に侮《あなど》られ、巷《ちまた》に蔑《さげす》まれる山賤ばかりが、市井《しせい》の徒《と》には紙くず同然に売り買いされる節操を保っている。

言葉を失っていたツォユに代わって、タイシチが接《つ》ぎ穂《ほ》をとった。

「だが今晩中といってどうする？　廓の門は固いぞ」

「なに、連れ出す先方がことを弁えてりゃ難しいこたぁねぇだろう。だいたい門なんざ通る用があるから通ってやってるまでで、挨拶しねぇでいいんなら通る義理はねぇ」

「じゃあどうするっていうんだ」

「なにが？」

タイシチにも合点がいかなかったが、ワカンはいとも簡単に請け合うのだった。剛力は山の民、万丈《ばんじょう》の嶮岨《けんそ》を荷を負ったまま攀《よ》じ登り踏破するのに煩《わずら》いはない。門が固かろうと、築地《ついじ》が高かろうと、人の手になる城壁や邸第《ていだい》の守りを乗り越えることなど物の数にも入らない。その口でいったとおり、門を通る気遣いがないなら、どこからだって入って出てこられる。

問題があるとすれば、いざ動きを悟られた段に、どれほどの兵《つわもの》が足を阻もうとするかだ。そして、そちらは近衛の仕事との割り切りである。

だがタイシチとツォユは路地に待っていた鏢客《ひょうかく》の脅威を知っている。今晩に動くとなれば花街の路地の闇には──あの鈴の音が待つのではないか。

宵闇の路地に鈴の音を恐れるのは近衛ばかりではない。今晩に廓を夜襲する旨については、トゥアンが鼠の派遣を固辞するかまえであった。なんとあっても夜の花街の下には近づかせないというのである。ファンはなんなら自分が買って出たいと思っていたが、頭は断固として鼠は出さないと突っぱねる。チャクが辛そうな表情で同意している。こうなるとファンも言い出しかねた。剛力も近衛も銀子を積んで是非にとは頼めなかった。トゥアンはまた一人のヒュイを失うことを恐れていたのだ。

鼠が花街界隈には寄りつかないとなれば案内は別に要る。これはこの数月を溝に潜んで凌いできたカロイが引き受けた。閘渠排水の脈動を予測するのはかなわぬまでも少なくとも暗渠の道筋を正しく辿ることぐらいは出来るだろうというのだ。

姫御前奪還後の帰路については既に腹案があった。

ツォユはこの難事にあたるのに自ら躬行《きゅうこう》を申し出たが、いまだ晒木綿《さらしもめん》で上体を固定して息を吐くのにも苦労する有り様である。結局はニザマ近衛方からは手傷を負っていないタイシチ、そして剛力衆からはワカンとエノク、そしてテジンが出張ることになった。テジンは廓に立ち入りを断られていたが飯場との間を何度か往来している。カロイ同様、少しは案内の足しになるだろうと自ら申し出たのだった。

相談の途中で身を起こしたツォユがワカンの袖を摑む。

「ワカン、奴を連れていくのか」ツォユは一座から離れていくカロイを目で追っていた。

「カロイか。鼠抜きで港の案内が出来るのは奴だけだぜ」

「奴には姫御前を救い出す義理はあるまい。あの男から目を離すな」

言われなくともワカン自身が彼のことを警戒していた。カロイは山回りでクヴァンを抜け出すことのみが目的だったはず、姫御前の奪還に関心がなくとも不思議はない。それなのになぜ自分を追っていた廓筋に近寄るような仕事に名告りを上げるのか。少なくとも何か他に目的があるように思われてならない。

カロイと入れ替わりにタイシチがエゴンのもとからユシャッバの短い返信を持ってきた。ツォユは紙片をほどくとタイシチの伝言を読む。ワカンも覗き込んだ。タイシチに促されて裏返した紙面には、既に擦れてはいたがたしかに「了」の一文字があった。

「返事だ」

「墨じゃねぇな。書くものはもらってねぇってことだ」

「姫御前は聡いお方だ、筆記具を借りて馬脚を露すような真似はすまい。獄《ひとや》かなにかに幽閉されていたらどうすると危惧していたが……いずれにせよ、まだカラスが飛びよれるところにおられるわけだ。監視はきつくないと見た」

「逃げ出せっこないと決まってりゃ、始終見張ってんのも扶持《ふち》の無駄にならぁ。まぁともかく、連絡はつくってこったな、頂上だぜ。そもそもあの廓に牢なんかあんのかよ、あらためて座敷に格《こうし》子《こ》を張るまでもねぇ、ありゃ丸ごと牢みたいなもんだろう」

「それにしても窓があるかすらも逆睹《ぎゃくと》の限りではなかった」

「お姫《ひい》さんの居所には見当があんのかい」

「廓に通された時のままなら……その筋だろうが……上階の閨房のならびに軟禁されているものと思う。よもや内庭に開いた窓に鳥が寄るなどとは廓のだれも思ってもいまい。つくづく姫御前に鳥飼との交渉があったのが僥倖《ぎょうこう》だった……」

「狐はどうする。奴は生きてるかな」

「分からんが、過度の望みは持つまい」ツォユは苦しそうに言いきった。「痺れ薬を飲んでいないのはルゥスゥのみ、あとは他に三名を廓に残してきたが、いずれも叔父と同じ有り様だったとすれば……廓が荒事に出た時にルゥスゥ一人で抵抗できたか心許ない」

「もし閉じこめられてたらどうする、狐がよ」

「閉じこめられていたら?」

「話したろ、ナオーらもいったん蔵ん中に押し込まれて鍵を掛けられたんだぜ。それが奴らの流儀ならお仲間が蔵に押し込められているってこたぁねぇのかな」

ツォユは頭をおとして沈思した。ややあって言った。

「仮に儔《ともがら》が俘囚の憂き目に遭っていたとしても……いま優先すべきは姫御前の奪還それ一つだ。朋輩《ほうばい》はいずれも姫御前の盾となるべく帯同されたもの、ここで大事を違えぬ決断を遺憾とはするまい」

なるほど生きているかも知れぬ仲間を糾合《きゆうごう》しようと欲気を出せば姫御前の救出は覚《おぼ》束《つか》なくなる。危険を冒して奪還に出る目下の賭け金は、ゆいいつ姫御前の軟禁された閨房に窓があるという有利のみにかかっているのだ。しかし同輩を二の次とするツォユの決断は厳しくも痛ましいものである。毅然と言いきったツォユの口ぶりに、奇《く》しくも自分に言い聞かせた慚愧《ざんき》の念を見て、ワカンにはかける言葉がなかった。

ツォユとワカンは姫御前に第二報を送って危険はないか、送るとすれば文面をどうするか詮議をはじめた。タイシチが焼け跡の炭を拾って石で研いでいた。

8　蛍火

カロイはようやく取り巻きの離れたエゴンに近づき、そばの瓦礫に腰掛けた。鼠たちはエゴンから取り上げたファンの帽子を奪い合って、密やかに焼け跡の廃庭園を駆け回っている。大声を出すとトゥアンから叱責が飛ぶので、笑いすら含み声で走り回っていた。

「エゴン、近衛らがまた手紙を書いている。カラスはここから往復できますか」

エゴンはカロイの言ったことを聞いていないかのように鼠たちを遠く眺めていたが、やがて顔を背けたままで小さく頷いた。顎を引くより、むしろ上げるようにする独特の首肯《しゅこう》である。それを見てカロイは目を丸くしていたが、やがて訊いた。

「エゴンはクヴァンの生まれではないでしょう、南の方ですね」

エゴンがゆっくりとカロイに顔を向けると左の醜貌《こうべ》が見えた。エゴンはつまらないことを訊かれたというように、それでもまた頭を上にあおって首肯した。

「私はその仕草は知っています。私の主《あるじ》は南の島嶼地域に伝手が多くてね。向こうの客と見《まみ》えると習慣がうつってしばらくそんな風に頷いたものです」

相変わらずエゴンは聞くともなしに聞いていたが、カロイの口ぶりが自分に対していかにも慇懃《いんぎん》なので居心地が悪い。エゴンにこんな風に儀を保つ者は今までなかった。

「カラスというものは知恵がまわるとは思っていましたが、これほど利口なものだとは知りませんでしたよ」

「あぁす、あそん、おぅ」エゴンが呟いた。指をくるくる回している。

「何ですって」カロイが訝《いぶか》しむ。エゴンは帽子を取り合っている鼠たちを指さした。

「カラスがですか……？　鼠たちがなに？　なんだろう、人の子供ほどの利口さだっていうんでしょうか」

エゴンが詰まらなそうな顔をする。伝わらない。エゴンが言っていたのは「カラスは遊ぶ」ということだ。「カラスはよく遊ぶ」と。子供が放っておけば遊び始めるように。

エゴンは発音が覚束ない上に、頭のどこをやられてしまったのか重篤な障碍《しょうがい》を得て以来、文を然るべき規則に則《のっと》って配列するということが覚束なかった。言葉を並べることに困難があった。

手持ち不沙汰に座っていたところの草を引き抜いていたエゴンは、その雌日芝《めひしば》の穂をちぎると指で縒《よ》って、片手の親指と中指を輪にしたほどの大きさの萱輪《かやわ》を編んでいた。器用に二つ三つと輪にしていく。それを見ていたカロイがふと尋ねる。

「エゴンは手話は覚えないんですか」

聞きなれぬ言葉に何を言っているのかとエゴンが顔を上げると、カロイはさっとエゴンの眼の前で片手を振るって見せた。なにやら単なる合図とも身振りとも異なるその仕草が宙を複雑によぎり、指をさっと振ったかと思うと手を伏せ、そして最後にぱっと掌《たなごころ》が裏返ってエゴンの顔の前に突き出された。ほら、と言うように。そして同時に最後の瞬間にちょっと首を伸ばして眉を上げ、真っ直ぐにエゴンの目を覗き込んでいた。

エゴンはゆっくりと首を振った。カロイが何をしているのかは判らないが、ほとんど本能的に理解していた——何かを訊かれたのだ。

エゴンの障碍は発声器官のみに係るものではない。だから本当は声が出なければ手話で、というような簡単な話ではなかった。発話の基礎となる「語の連携」をとることに本質的な困難があるのだ。だからカロイの「声で駄目なら手話で」という発想は、エゴンの障碍に照らして見ると、いささか安易なものだった。そもそもカロイ自身が手話を音声の代理か何かと勘違いをして捉えている。彼は手話を遣う人物を知っていただけのことで、自分自身は手話にそれほど通じていなかったし、手話の本質も捉まえてはいない。

　しかしエゴンにこれならどうかと手話を勧めたのは、単なるお節介の善意からというばかりではなかった。事実エゴンはカロイが手で何事かを言った……訊いたのを一目で理解していたのだ。カロイはにやりと笑って見せる。

「手話には慣れそうな気がします、私などよりもね。手先が器用ですし……観察眼がね、勝《すぐ》れているでしょう」カロイの言葉にエゴンはまじまじと目を見張って真意を窺う。

「よく見て……気づく、知る。それが秘訣なんでしょう。だからカラスと話ができるんでしょう」

　エゴンは腹の底から戸惑いを感じた。この片腕の男がエゴンの秘訣を心得ていることに驚きを感じた。まさしくそうなのだ。観察すること、区別すること、カラスの一羽いちわを、カラスの一挙一動を、見分けて知ること。

　そして不自然なまでに丁重さを失わないこの男の挙措の意味が知れてきた。これはエゴンには戦《おのの》きすら覚える事実だった。カロイはエゴンのことを余人の見るごとくに迂鈍《うどん》であると、馬鹿であると思っていないのだ。ろくに喋れもしないエゴンのことを、にもかかわらず駑鈍《どどん》と見てはいない。むしろエゴンの観察眼に犀利《さいり》極まる繊細さと……そして知性を見ているのだ。エゴンは馬鹿にされるのには慣れていた。だが、こう大真面目に相対されて、いっそ気後ればかりを感じていた。

「エゴン、あなたがカラスの言うことが判るというばかりじゃない、カラスがあなたの言うことをよく理解出来るということのほうが問題なんだ。それはあなたの方もカラスの観察眼に訴えているからでしょう。カラスならば決して見逃さない、小さな符牒を全身に纏《まと》って、声とは、言葉とは、またちがう形で、カラスに言いたいことを伝えるんでしょう。言葉以外のあらゆる手段を使って……そしてカラスにはそっちの方がよく伝わるんだ……」

エゴンはほとんど惘然《ぼうぜん》としていた。誰にも知られずに大切に隠してあった宝物の在《あ》り処《か》を言い当てられてしまったような心持ちでいた。

これほどにも正確に自分の恃みとするもの、おのれの拠り所を喝破されてしまったことに、畏れすら感じたのだった。だが同時にそれはエゴンに対する尋常でない質の理解でもあった。

「だからね、手話――手で話をするっていうこと。うってつけだと思うんですよ、あなたにはね。あなたが現にカラス相手にやっていることと一脈通じる部分がある」

エゴンは苦笑を浮かべて頭を振り、ふらりと立ちあがると「ちく、ちく」と呟いて左手を掲げた。軒から鼠たちを眺めていたカラスが鞢《ゆがけ》に舞い降りた。それに気づいた鼠が一人また一人と低く歓声を押し殺して、エゴンの方に駆け寄ってくる。後に残された赤い帽子を拾うと、ファンはちぇっと舌打ちをして埃を払い、そして深々とかぶってから仔鼠たちにならって近づいてきた。

腰を下ろしたエゴンの膝にカラスが留まっている。遠巻きに眺める鼠たちの前で、エゴンはさっき縒《よ》っていた雌日芝《めひしば》の輪を拾い、人さし指にかけてくるくると回した。カラスは顔を背けて無視するような態度でいたが、ふとエゴンが指をあおると輪投げをするように雌日芝の輪は宙に飛んだ。カラスの羽が開く。

カラスがエゴンの右膝から左膝に飛び移って見せた時、カラスの首に輪が掛かっていた。今度は押し殺すことのできない歓声が鼠たちから上がっていた。瓦礫の向こうでは苛立ったトゥアンが首を伸ばして剣呑な視線を飛ばし、やかましいぞと威嚇している。

二つ三つと輪が宙を舞い、その都度たくみにカラスは中空で輪を潜《くぐ》り、首に通して舞い降りるのだった。すでに小さく拍手まで起きているなか、カラスは首をひねって輪を地面に落とし、それらを銜《くわ》えると……エゴンの膝に再び舞い降りて、差し出した指に掛け直した。

「またやれって言ってるよ……」

「すげぇ……」

感嘆する鼠たちの前でエゴンは輪を高く投げ上げる。カラスは一本目は見事に潜ってみせた。だが投げ方が悪かったか、明後日《あさって》の方に飛んでいった二つ目が上手く潜れず、こちらは地に落としてしまった。するとカラスは既に首に掛かった一本もその傍に落として、ふたつ一緒に銜えてエゴンのところへ持って帰ってきた。その不承ぶしょうといった仕草に鼠たちが笑う。

「ははっ、最初からやり直しだ」

「悔しいんだ」

「違うよ、エゴンにちゃんと投げろって怒ってんだよ」

本当にそんな様子だった。

「完璧主義なんですね」カロイも苦笑していた。

「あぁす……」エゴンの左半目が凄まじく歪み、引きつった笑いが顔を覆う。

一瞬戸惑ったカロイが、首を傾げる。輪を投げてエゴンはなにごとか口の中で呟いた。

「ああ……遊んでいる。カラスは遊ぶと言うんですね」

エゴンの目が再び笑みに歪んだ。エゴンはカラスの知性の源泉を、カラスが遊ぶことに見ていた。そもそもカラスの知恵に気がついたのはそこからだったのだ。

思えば幼い頃から鳥ばかりを見つめていた。

エゴンはもともとナオーなどと同じ南方島嶼系の血統で、地方の海洋民には多島海の島々を巡礼するように転々と経巡ってゆく風俗があった。諸部族の本拠は海域そのもので、それぞれの部族がまるで家を交換するように定期的に島から島へと一族郎党転居を繰り返すのである。一所《ひとところ》に居着かず、海洋部族の中で職掌を交換し合って、住み処と役割を回していくという習俗であり、そこには閉じた円環の中での制度的な安定があった。

この文化の周縁部で円環から外れていく者も多く、その行き着く先は海峡地域の交易都市、たとえばクヴァングヴァンのような港町であった。海峡における大規模交易はこの二、三百年に著しい進展をはたし、沿岸諸州に文化文物の往来を促した。港湾都市はいずれも長足の発展を遂げ、さらに民族と文化と言語を集めることになる。こうした時代の移り変わりから比較的孤立したままだった島嶼民たちにとっては、港湾都市はむしろ彼らの文化圏の周縁であって、海洋部族の円環から抜け出て港湾に居着くような者は島嶼系の民にとっては一種の外れ者だった。

エゴンが港の事故で障碍を負ったのは幼少期のことで、彼は早くに部族の島嶼環流の動きから外れた。人と話す術を欠いていると思われた少年エゴンは件の巡礼の円環から取り残されて、海域に二番目に大きかった島、スタネアに留め置きとなった。

産地がないのに「錫《スタンヌム》の島」と呼ばれていたのは、この島が古代から多島海の外との接触があり、外洋からの錫の交易の中継地点となっていた歴史があったからである。同じ理由でスタネアは琥珀の取引でも知られていた。

この島には東方系の寺院があり、僧職は諸部族環流から独立してスタネアに定在する特別な立場である。そしてしばしば迂鈍な者が身を寄せるのが僧職の傍らであった。これは海洋部族に独特の慣わしだったが、悪く言えば口減らしと厄介払いに、よく言えば安定した福祉制度として、寺院の預かりとしておくのである。港湾都市クヴアングヮンの寺院で言えば寺男《てらおとこ》の役目ということになる。海洋民にとって痴愚は僧職に通ずる一種の職能ととらえられており、むしろ積極的に準聖職の立場が保証された。

エゴンに竹馬の友といえる存在がなかったのは、彼の容貌のためでも、人の見る迂鈍さのためでもなかった。むろん幼いものは彼の顔を初対面では畏れたものだが、それも一時のこと、海洋民の文化には社会的弱者や劣者をことさらに蔑む風はなかった。この民族は、貧富や門地、職能や学才、器量や体質、あらゆる属人的な差違を相対的なものとしてしか見ておらず、しかもそれらは万人の中で交換されていくものだという宗教観を持っていた。情けはひとのためならず、今日の施しが明日の救い――物資に乏しく暮らしの厳しい小島嶼の海洋民が育てた、ゆくゆくは全てが交換されるものだ、という優れて互酬的な生活哲学がそこにあった。

だからエゴンのことを見目が悪いから、話が通じないからといって、ことさらに遠ざけるようなことはなかった。ただ、十数年という単位で島嶼を環流していく部族はスタネアにも長くて数年の滞在をみるばかりであり、常に島に取り残されるエゴンに共に育った友人というものが無かったのはひとえにこれを理由とする。

かくして度を超えた貧困にも謂《いわ》れなき差別にも苦しんだことがなかったエゴンは、生来の穏和で暢気《のんき》な性質を損なわれることがなかった。しかしその少年期は有り体《あてい》にいって孤独の一語だった――そして退屈だった。

預かりの寺院では、写経をさせたところで読経《どきよう》は出来ず、説話を覚えたところで説法に堪えないエゴンには一定以上の教学《きようがく》を行わず、日常の作務《さむ》に従事すればそれを勤めと見做した。だれも鈍重で素直なエゴンの目に格別の知性が光っていることに気がつかなかった。

そして人知れぬ知恵と暇を持て余している少年エゴンが見いだしたのが、カラスだったのである。島嶼地方のカラスは朝まだき人おじせず図々しく浮き桟橋まで降りてくる。そして出漁前の波止場に積まれたトロ箱の周りで雑魚《ざこ》を拾って、このいっときに一日分の糧を得てしまう。よしんば朝に食いっぱぐれようとも、滋養を求めて奔走したりはしない。今度は夕さりの漁の戻りを当てこんでいるのだ。なんとも安逸な暮らしなのだった。カラスは日がな一日暇を持て余して……昼日中を遊んで過ごすのである。それもその都度、新しい遊びを発明しながら。

エゴンがそれに気がついたのは寺院の中庭、午前の作務に中庭の石灯籠の煤《すす》を払っていた時だった。小さな経堂の屋根は北面に傾斜した片流れ、粘板岩《スレート》葺きに漆喰が固めてある。クヴァングヴァンと異なり載せるだけの粘土瓦は使わない。季節によっては風の激しさは大陸のそれとは比較にならないから当然のことだ。隙間を埋めた漆喰は屋根の勾配の向きによって様子が違う。南面なら粉を吹いて白く乾いている。偏西風が常に吹きつけ、嵐雨もそちらから吹きおろすので、西面では漆喰が痩《や》せる。そして北面では吹き寄せられた蘚苔《せんたい》が滞留して、瓦の目地に苔を植えたようになる。丸い苔の塊が列を成し、瓦にそって並ぶのだ。

石灯籠に水をかけたエゴンは額の汗を拭って、そのとき経堂の屋根を仰いでいた。その眼前でカラスが苔をひっくり返していた。瓦屋根を階段を下りるように跳ねて降りながら、その段毎《だんごと》に苔の塊に嘴《くちばし》を差し入れてひっくり返している。時にひっくり返した苔の下に何かの幼虫でも見つけたのだろうか啄《つい》ばんでいる様子がある。だからエゴンは初めはカラスが虫を探しているのだと思った。ここ数日は雨が少なく苔は縮んで漆喰から浮いている。そこを体の良い狩り場にしているのであろうと。

カラスはとある瓦の列を軒先まで降りてくると、ひるがえって大棟《おおむね》までいったん飛び上がり、「次の列」をやっつけ始めた。相変わらず苔をひっくり返しているが、いつでもそこに虫を見つけているとは限らない。見つからないことの方が多そうだった。灯籠に寄せた椅子を担ぎ上げて再び屋根を見上げたエゴンはその時に妙なことに気がついた。カラスはひっくり返した苔を……もとに戻すのだ。つまりひっくり返ってお椀のように瓦の上で揺れている苔の塊を、ふたたびこんもり盛り上がった山の形に戻してやっている。

行儀のいいことだ——そう思ったのはいっときだけだった。エゴンはカラスの作法を椅子を肩に引っかけて眺めていたが、どうもカラスが苔をひっくり返しているのは虫を採るためではなさそうだと見えてきた。虫はたまさか見つかれば行きがけの駄賃に頂いているまでで、本来の目的ではない。それというのも、ひっくり返すときに勢いあまって一回転してしまった苔が、ぽそりと音をたてて瓦の正しい位置に正しい向きで着地したときには、カラスはもうその裏側を覗いてみようとはしないのだ。すぐに次の苔に行ってしまう。半回転して裏返った苔は必ず戻す……何をしているのだろうか。

　エゴンは次の列に向かったカラスを軒下から眺めていた。観察していた。そしていささか奇妙な結論に辿り着いていた。苔が一回転すればそれまで、半回転で裏返った苔は戻す、そして一度抉《えぐ》った苔はそれきり二度と相手にはしない。変なことだが、カラスの目的は……というよりもやりたいことはどうやら「苔を一回転させて正立させる」ことなのだ。下に嘴を差し入れれば漆喰に張り付いた苔の下面が僅かに抵抗し、そこから抉《こじ》って剝がして一気にひっくり返す……うまく元の通りに立てば成功、裏返ってしまったらもとに戻しておく——なぜって、戻しておけば苔は早晩漆喰にまた張り付いて、次の機会に同じ「遊び」が出来るからだ。「遊び道具」はきちんとかたしておかなければ次の時に困る。

　エゴンはもとより閉まらぬ口をあんぐり開けて、一列の苔を剝がしてはひっくり返しているカラスを見つめていた。これは狩りではなくて遊びなのだ、と気づいてみれば、カラスの振る舞いにも道理が見えてくる。じっさい、苔をひっくり返すのはなかなか難しそうで……面白そうだった。成功率はざっと三割だ。

軒先に近寄ったエゴンを警戒してカラスは飛び去ってしまった。後に残されたのは縦に四列、瓦の上に炭団《たどん》を乾かしているかのように几帳面《きちょうめん》にならんだこんもり丸い苔の列ばかりである。経緯を知らぬものが行儀よく並んでいる苔の列を見たら、こんな屋根の上にどんな酔狂が行われたものかと訝しむだろう。カラスの仕業だとはたして見抜けるかどうか。エゴンははぁはぁと涎を拭きながら笑った。ふと思いついたように境内の奥にあった文旦《ザボン》の実を二つばかりもいでくると、エゴンは爪でぐるりと皮に筋を入れて剥いた。口に放り込んだ果実はまだ未熟で、酸味に顔を顰めた。文旦の分厚い皮が半球の椀のように二対手の中に残る。そしてエゴンは軒の下に椅子を寄せ、上に立ちあがると長身を伸ばして、都合四つの文旦の皮を軒先の瓦の上に載せたのだった。うち三つは瓦の上に伏せるようにして……

エゴンが軒から離れると近くの梢からそれを見ていたカラスは待っていたように屋根の上に降り立った。瓦の上を足を揃えて跳ねて下ってきて、軒先の四つの文旦の皮を不思議そうに眺めて人がするみたいに小首を傾げている。エゴンは軒から離れ、灯籠の脇に椅子を据えて腰掛け、手に残った醶《えぐ》い文旦の実を咀嚼しながらカラスを見上げていた。カラスはしばらく黄色い半球の周りを跳ねていたが、やがて端のひとつの下に嘴を差し入れると、一気にひっくり返した。苔とは勝手が違ったはずだが文旦の皮は見事に一回転して瓦の上に伏せた形に落ち着いた。エゴンが忍び笑いを漏らす。

　カラスは勢いづいて残りの皮も順にひっくり返していくと、四つ目の前で止まる。エゴンの悪戯だ。これは伏せられておらず、カラスがつつけば瓦の上で椀のように皮が揺れた。カラスはエゴンの方を向いて、約束が違うと詰《なじ》るように一声鳴いた。今度こそエゴンは声を立てて笑った。かねてカラスは賢いものと知ってはいたのだが、話が出来るとまでは存外のことだ。カラスが揺れる皮の縁に両足で跳び乗ると、船が傾《かし》ぐように皮があおられる。足で傾いた皮を蹴り飛ばし、カラスは黒く艶のある羽をおおきく広げて宙に舞う。次の瞬間には屋根の際のぎりぎりのところに文旦の皮は半回転した。かぽりと伏せられた「小山」の頂上に、黒い鳥は勿体《もったい》をつけるように静かに降り立った。そして羽を広げたままでエゴンの方に向き直り、また破《わ》れ鐘声で一鳴きした。エゴンははぁはぁと息を吐《つ》き、しゃっくりをするように噯気《おくび》に咽《むせ》んだ。苦しくなるほどに笑っていたのだ。

　このカラスは頭に傷でもあるのか、寝癖に毛が立ったように一箇所冠毛が撥《は》ねて輪郭を乱していた。それ以後エゴンがこのカラスとつきあっていく間に、段々にこの寝癖はおさまってしまったが、その代わりに寝癖のあったところに目を凝らさなければ見えないほど微かではあるが、一筋色の薄い部分が残った。そしてよくよくみればこのカラスに限らず、かならずどの個体もごく微妙な目印を持っていることにエゴンは気づき始めていた。肉付きも顔立ちもそれぞれに違う。

臆病なもの、大胆なもの、仲間の真似ばかりしているもの、始終ぼんやりしているもの……性格も違う。それぞれのカラスの個性が次々に目に入ってくるようになった。そしてそんな微妙な性格の別を措けば、カラスたちはいずれも好奇心が強く、稚気に満ち、いつでも新しい遊びの創出に貪欲だった。

あるときは羽ばたけば二秒ほどで辿り着くだろうものを、物干しの綱を摺り足に二足をずらしながら向こうの支柱まで苦労して渡っていたカラスがいた——羽あるものが綱渡りを会得しようとは、どうした酔狂か。あるときは空中で手放した枝を自ら宙空に拾いおおせるか、集まったカラスが散々苦労していた。これは当初は出来るものと出来ないものがいたのだが、葉のついた細枝を選び、頭を振って上に投げあげるようにする術理が編み出されると、どのカラスもそれを見覚えて習得してしまった。またあるときは漁帰りの舟に飛びよって魚の目玉だけ抉って帰ってくる遊びが流行った。これは仲間の一羽が漁師に叩《はた》き落とされて海の藻屑と消えた一件ののち、はたりと廃《すた》れてしまった。

いずれも物覚えがよくて――そしてエゴンにとってはこれが大事なことだったが、みな義理堅かった。エゴンは時たま、ちょっとした糧食と、そして取るに足りない小さな新しい遊びの種を提供するばかりだったが、カラスたちはエゴンのことを友誼《ゆうぎ》と尊敬と、それと裏腹になったいくばくかの嘲弄をもって遇した。

やがて寺院の者がエゴンがカラスと気を通じていることに気づくようになり、それが島嶼民にも周知のこととなったころには、だれもがエゴンとカラスの交歓の打ち解けたさまにつくづく感じ入るほどだった。この地方のカラスは安定した番《つがい》を維持するのが普通だったが、カラスたちは伴侶を得て、雛《ひな》に風切り羽が生え揃うと、家族そろってエゴンに挨拶に来たものだった。少なくとも誰の目にもそう見えた。そして人の目にはどれも同じに見えるカラスを、エゴンは一目で見分けて、彼にしか判らぬ曖昧な発音ではあったが名前を付けて区別していたのだった。

のちに生業《なりわい》として鷹匠《たかじょう》を務めては猛禽類を扱うエゴンだったが、彼はもう少年期から鳥飼《とがい》としての能力を知られていたのである。そしてこうした経緯《いきさつ》でカラスに注目してきたエゴンは、「暇に飽かして遊ぶこと」こそがカラスの知恵、カラスの賢さの秘訣であると見ていた。

エゴンの幼少期に海峡地域を大きくみわたせば、海域全体の制海権をめぐる綱引きにはほぼ決着がついていた。一ノ谷を首座にいただく南部同盟市が海峡を扼《やく》し、南海と北海の往来はほぼ全般に一ノ谷傘下の同盟市の監督下にはいったのである。

北方に抑え込まれる形になったニザマを領袖とする北部同盟は、この傾きを押し返そうと陰に陽に手をまわすことになったが、なかでも南海、さらに南大陸との通商路を、海峡を経由しない形で確保することが喫緊の課題となった。そこで白羽の矢が立ったのが西大陸本土が半島部、一ノ谷西方辺境伯領と接合する地峡だった。

アルデシュ、辺境伯領間の地峡は大縮尺の平面図上では二地域をむすぶ細い架け橋のように見えるが、実際には屏風のように立ちあがって両洋を遮断する峻険な地形である。地峡の両岸をじかに結ぶ航路はなく、北部同盟市は例えば南岸に船を着ければ、いったん北岸まで陸路で荷をまわして、そちらで待つ船舶に積み替えたうえで北海を往復しなければならなかった。逆もまたしかりである。一ノ谷に海峡を押さえられたために、北部同盟は一つの物流に二隻の船舶を用意する不如意《ふにょい》に堪えなければならなくなった。

また港湾の整わぬ地峡部に接岸できない大規模船団であれば、海上に碇泊する船団と港を結ぶ艀《はしけ》を介さなければならない。煩瑣《はんさ》きわまりなく益を欠いたこの積み替えの面倒に、しぜん船団は縮小され、船舶も小規模のものとなっていった。海運に期待される安定した大量輸送という利点が失われたのである。こうして北部同盟市諸州の南北海往来は著しくやせ細らされた。

この際に地峡部に特別な職能の需要が高まった。一つは港湾の沖仲仕《おきなかし》である。港湾労働者が一時的に地峡に集中した。また一つは山岳を越えて南北両岸へと往復する荷役の剛力である。まさしくゴイたちがここにいた。右の要請が高じたことには説明を要すまい。だがさらに一つ、特殊な職能がほかに地峡に求められていた——両岸を結ぶ連絡員である。

この分断された海運にあたって、南北両岸で貨物船の接舷の時機をそのつど適宜に調整する必要が生じたのである。南岸ですでに荷揚げが済んだのなら、剛力の地峡横断を経て、時宜をあわせてぴったり数日後に北岸に同規模の貨物船が待たなければならない。この時宜がうまく案配できなければ、無用に接舷して邪魔にされつつ日を過ごす空の貨物船と、沖合いに滞船《たいせん》したまま荷を湿気らせていくばかりの貨物船が、両岸に紛糾していく不都合が重なる。ひとたび滞船が増殖をはじめると港湾機能は累乗的に麻痺する。港湾の渋滞は必然的にさらなる渋滞の原因となる。

当然のことながら南北両岸港湾に密な連絡が取れなくてはならず、それは迅速で定期的なものでなければならない。しかも山岳を越えての日配《にっぱい》となる。地峡港湾ではほどなく早飛脚の往来を停止し、二港に鳩を往復させるという奇想に訴えることとなったのである。

こうしてスタネアの寺男、南海島嶼地方出身のエゴンは鳥飼として求められて、地峡港湾に奉職することになったのだった。鳥飼エゴンは、より柔軟に運用できるカラスや猛禽の扱いに長けていたが、当地ではそこまでの特殊な職能は要求されていなかった。連絡すべき二港が固定されているので、もっぱら場所に就いて往復する鳩で用に足りたのだ。むしろ山岳越えの際に短信を携えた鳩を捕食する鵟《のすり》、角鷹《くまたか》の脅威をかわすためにこそ、鳥飼の職能と知識が援用されることになった。

だが北部同盟市の苦肉の策、地峡を挟んだ二隻海運もほどなく途絶することとなる。このほどの海峡地域動乱にあたり地峡の両側に睨み合っていたアルデシュ、一ノ谷間に和睦《わぼく》の機運が俄に持ち上がった。そして手を結ぶことになった両国は地峡港湾を共同管理のもとに置くこととした。かくしてここでも一ノ谷が要衝を確保し、海峡地域の南北封鎖は完成したのである。

もはや地峡に寄る船舶もなければ荷役の用もない。南西部島嶼地方やクヴァン自治州から集まってきていた沖仲仕連や剛力衆は再び海峡地域各地に離散しはじめた。そして突然の政変に失職の憂き目をみたクヴァンの剛力衆は、先行きに屈託を覚えながらも山岳地域に帰還していった。だが彼らはそこに新たな荷役の需要が密かに生じていたことを知る——政変のニザマから逐電《ちくでん》を余儀なくされた貴族、閥族《ばつぞく》らが、辛うじて確保しえた都落ちのたずきが国境線上の山岳地帯をほとんど唯一の経路としていた。山間に逃竄《とうざん》せざるをえないニザマの落魄《らくはく》貴族、失脚閥族が、荷役と案内を切実に必要としていたのだった。

降って湧いた新たな務めは、今までとは段違いに危険で困難なものだった。法外な報酬に目が眩んで気を良くしている若衆をたばね、ゴイは自らの一党を統率しては軽挙をいましめ、身の慎莫《しんまく》を徹底させた。これはただの荷運びではない、彼らが手を貸しているのは命がけの逃避行なのだ。自らに科《とが》がなかろうが、いざ追っ手に捕まれば、導いているニザマ閥族と同じ廉《かど》で処断が下される。

じじつクヴァン山岳では幾多の逃避行が追っ手の網にかかり、下のクヴァングヮン港湾部でも往来に首が晒《さら》されている。捕《つか》まって晒し首の憂き目に遭った貴族の手引きをしていた剛力がそれぞれどうなったかは想像するまでもない。

山岳は剛力の庭、彼らの守り、だがそれにしては同業がやけに簡単に追っ手の手に落ちている。これはどうも本拠たる山に逃げ込んでいる積もりが実は追い込まれているのではないか。徐々に困難の度を増していく任務に、ゴイはもう一枚の守札を貼り付けることを考えた。索敵の範囲を拡げなければ、いずれ港に近づかなければならない一行は簗《やな》に吸い込まれる魚のように敵の掌中に飛び込んでいくことになる。

そこでゴイは地峡で知己となっていた鳥飼を身内に引き込んで、彼の鳥を使うことを考えた。折しも地峡に等しく失職した身とあって、エゴンを籠絡することは容易《たやす》いことだった。島々を離れて地峡に居着いてから、とかく衆目に侮られがちで、投げつけられる差別や謂れない嫌悪に辟易していたエゴンにとって、口振りはいちいちきついが腹蔵ないのが取り柄の剛力衆はまだしもつきあいやすい。くわえて山に籠もるのもエゴンの性質には苦にならなかった。強いて難を言えば、あまり深山に踏み込むとカラスのうち殊に知恵に秀でたものが見つけづらくなるのだが、これは里にいる間に馴染みを作ってしまえばよいだけのこと、折しも山に入る前後に営巣の季節は終わり、雛が巣立てば一季節は付き従ってくる番《つがい》を都合できるだろう。

こうしてエゴンは剛力について山に入るころにはすでにカラスを伴っていた。そうすると初めは迂鈍にみえたこの鳥飼がただの鳩小屋番などではないことがいずれ剛力の若衆にも知れてくる。鳥獣の習性に明るいというよりも、鳥と話が出来ているとしか思えない。鳥獣は獲って喰うものと決めてかかっているゴイとは違った馴染み方がある。どのようにしてかは判らないが、エゴンはどう見てもカラス相手に契《ちぎ》りを交わしているようなのだ。エゴンはカラスと約束を交わしたり、どうかするとカラスに恩を返したりしていると見える。これが若衆の気に入った。

かくしてエゴンはゴイ率いる剛力の末座を与えられ、なにくれとなく鈍間《のろま》と扱《こ》き下ろされながらも、せいぜい一人前に扱われることになったのであった。


ひとしきり輪投げに興じていたカラスは、エゴンの膝に舞い降りるたびにうるさい子供が取り囲み、手まで出してきかねない様子なのに業を煮やして、いずれ軒へと飛び去っていった。カロイはまだエゴンの隣に黙って、カラスを見上げて面白そうな顔をしていた。

足音に首を戻すと、向こうからゴイがツォユとタイシチを伴ってエゴンのもとへ近づいてくる。ゴイは指の間に細く丸めた書きつけを縒《よ》っていた。

「エーゴン、こいつを遣《や》れるか。夕暮れ、出来れば暗くなってからがいい」

エゴンは、それは認められないというようにゆっくり首を振って空を見上げた。今日も曇天、闇に乗じることができれば都合が良いのは判るが、カラスを夜に飛ばすのはうまくない。カラスは夕さりには仲間のもとへ帰りたがるものだ。

それでも渋々といった様子で、エゴンは一羽のカラスを呼び寄せると胸元に足を引き寄せ、括られていた篠竹の筒に書付けを押し込んだ。そしてカラスを肩に乗せたまま周りを見回す。立ちあがったエゴンの肩にカラスを見て、中庭の向かいからファンが声をかける。

「エーゴン、仕事か？」ファンの言葉を聞きつけてオーリンも走り寄ってくる。

「なんだ、またカラス飛ばすのかよ」

エゴンは顎を上げて独特の首肯をする。多種の人種が行き交うクヴァングヴァンでも、さすがにこの仕草はやや奇異なものに当たたろうに、鼠たちは当然のようにエゴンの肯定を、本来そうしたものと知っているようだった。返答すら同じく無言で腹芸が通っている——オーリンはエゴンについていこいと顎をしゃくって先に立った。ファンもエゴンに縋り付いてカラスに手を伸ばしている。

慌ててカロイがエゴンの後を追う。

「エゴン、溝《どぶ》を出るならそこまで私も同道しましょう」

エゴンは振り返らずに、やはり顎を上げる仕草に頷いた。ふとカロイが、一行を後で見送っていたゴイに振り向くと、歩み寄って妙なことを訊いた。

「棟梁、剛力は字は書けますか」

ゴイが顔を上げて訝しげに眉を寄せた。ワカンも素早くカロイの表情を窺う。エゴンも足を止めて振り返って見ていた。

「字？　本字《ほんじ》のことか」本字というのはニザマの表意文字のことだ。

「ええ」カロイは懐からすいと筆を取りだして、左手に執るとさらさらと字を綴る仕草をしてみせた。

「……ニザマの本字です」そう言いながら、縦方向に運筆したのがなるほどニザマ様《よう》の本字の綴り方だ。柄を傾けて筆をゴイに手渡す。まるで用意してあったかのような自然な動作だった。

それは筆柄《ふでつか》の長さが普通の半分ほどしかない細身の筆だった。使い古しのものか上端に焦げがあり、掛け紐は失せていた。ゴイは手渡された筆をとっさに摑んで戸惑ったような顔をしていたが、こんなもの渡されても仕様がない。手の中の筆を穂の方を先に突き出してカロイに返した。

「若いもんに手習いの覚えはあるまい。もとよりやまことばに文字なぞないからな」

剛力の操る山岳俚言《やまことば》は独自の特殊な符牒と、下のクヴァン民衆口話の混淆《こんこう》したものであり、一種の無文字言語であった。とりわけ谷を越えて呼び交わす指笛や裏声の符牒については、それを表現する文字種などどこにも見つからない。

「棟梁は書かないんですか」

「剛力は仮名《かな》しか使わん。わっしも本字は知らん、かんたんなところなら見ることは見るが……」

ゴイの言う仮名とはクヴァン独特の表音文字のことである。下の言葉――クヴァン民衆口話は言語系統としてはニザマの東方系とは異なる南回りの言語にあたり、この言語自体にはやはり独自の文字が無かった。こんにちクヴァンで通用している文字は数字を除けばすべて借用文字、ニザマ表意文字の単純なところを借りて用いる。その音価のみを借りた「表音仮借《ひょうおんかしゃ》」を簡略化したものが市井に通用しているのだ。ただしクヴァン自治州の為政者は歴史的にニザマとの関係が深いので、公的な証書、証文はニザマ正用の表意文字「本字」によって草されることが普通であった。自治州の上位階級は、自国と宗主国格ニザマとの両国語に通じ、仮名と本字とを遣い分けるのが必須の教養だったのである。

「そうでしたか」

「ニザマと縁のあるものならな、挨拶ぐらいは書くかもしらんが、わっしらはな」

「いえ、つまらぬことを訊きました」

そう言うと、カロイは涼しげな顔で振り返る。

ワカンはちょっと不愉快そうに問答を聞いていた。カロイはエゴンらと合流しにいったが、ワカンは先立って路地の出口を偵察に出ていく。エゴンに任せておいては人目のある街路にのうのうと出て行きかねないからだ。出て行きしなにワカンはもう一度カロイの方へ振り返った。


ファンがしつこく手を伸ばすのでエゴンの肩のカラスは迷惑そうに一度逃げ去っていた。ファンはカラスの後を追って軒まで走っていく。中庭の出口では待っていたオーリンが焦《じ》れてエゴンの手を引いていた。

ようやくカラスがエゴンのところへ戻ってきた。ファンはカロイと連れ立って少しエゴンと距離をとっている。付き纏いすぎたのでファンが近寄るとカラスが逃げてしまうのだ。

「なに話してたんだ、つまらぬことってなんだよ」ファンが訊いた。

「剛力は仮名を遣うばかりだという話だよ」

「剛力は本字は書かねぇのか、まぁ、学がありそうには見えないもんな！」

「鼠はどうなんだい」ファンの口さがない言葉に相好を崩して、カロイは訊いた。

「俺たち？　本字どころか！　字なんか書きゃしないよ」ファンは大威張りだ。

「チャクは字を知ってるよ！　高札《たかふだ》読んでたもん」

振り返って割って入ったオーリンは他人の自慢に胸を反らす。

焼け跡に続く、壁の崩れかけた路地ではエゴンが少し遅れた。無駄に上背があるので傾いた梁や軒を潜るのにいちいちへまをして頭をうっている。

「字なんかどうでもいいんだよ、大事なのはな、弁えなんだよ」

ファンの講釈にカロイも苦笑いだった。この仔鼠にはいまや剛力が憧れの的なのだ。

「救護院でいろいろ教えてたけどな、もう焼けちゃったし」オーリンは笑いながら言う。

「いや、すぐにでも手が入るだろう、程なく再建されるはずだ」

「余所者のくせになんでそんなことが判るんだよ」とファン。

「クヴァンの救護院は他国にも有名なところだよ。崩れたままにはしておくまい」

「そういや、もう余所もんが入りこんでるって言ってたな」オーリンは首を傾げて言う。

「そりゃ、俺だよ、見てきたのは」ファンが自慢げに応じた。「幇《パン》の連中とは違う黒ずくめが集まってる。墓荒らしじゃねぇかな」

「墓荒らし？」

「だって経堂なんか大概焼けちまってるし、もう墓ぐらいしかまともに残ってないんだぜ」

「そいつは残念なことだな、お前たち鼠にとっても」

「残念なことなんかあるもんか。まぁ炊き出しは心残りだけどよう」ファンは吐き捨てる。

「救護院なんか窮屈で……なくてもかまやしないよ」オーリンも平気で心無いことを言う。

「いや、いつだって寺院は幼いもの弱いものを助けるものだよ」

エゴンが追いついてきた。

「エゴン、頭をぶつけていましたね。また帽子を借りておいた方がいいんじゃないですか」

エゴンは片目でにやりと微笑んだ。

路地の出口ではワカンが腕組みで街路を窺っている。

「もたもたしてると日が暮れちまうぜ」

「お待たせしましたか」

ワカンはカロイの慇懃《いんぎん》な口振りを当てこすって言った。

「あんた、こんなちびどもやろくろく喋れもしねぇのにまで、ご大層なことだな」

カロイは黙って微笑んだ。口さがないがワカンこそ、そうした小さなものや何かと人に後れを取りがちなエゴンのことをいつでも気遣っている。ワカンが何を言っても許されるのは結局いざとなれば彼が頼りになると誰もが知っているからだ。

「親称に訴えることにこそ人徳が要るものですよ」

「人徳もへったくれもねぇや。こいつらにまでそんな調子じゃ馬鹿丁寧にも程がありゃあ」

ワカンはエゴンの肩をどやしつけて言った。カラスのいる肩とは反対の方だったが、エゴンの顔の向こうでいっときカラスは宙に舞い、不平顔で羽を散らした。カロイは薄く笑う。

「普通に喋れないのがなにほどのことか。私の知り合いのなかにも喋れない人が一人おられるが——私の知る限りその人こそ……同盟市全域で最も賢い人ですよ」

エゴンとカロイはカラスを放しに出ていった。

野郎、ぬけぬけと訊きやがったもんだ。ワカンは寄せた眉根を解かずカロイの後ろ姿を見つめていた。先ほどの問答——カロイは、剛力が近衛の短信の文面を検《あらた》めることが出来るのか、それを確認したのに他ならない。しかも言葉も選ばねぇで、本字を読むかと正面から訊いてきやがった。あんた方のなかに、なんなら手紙を盗み見ることの出来る奴がいるのか、ってこった。

しかも筆をそれとなく渡しやがった。ゴイ爺はとっさにいい加減に掴んだが、あれは字を書く心得のある奴なら、それなりの手に執る仕方があるってこと、それを確かめていやがったのに違いねぇ。話は半分に聞いて、筆を受け取ったなりにぼろを出しゃしねぇかと鎌ぁ掛けたってことだ。

涼しい顔で人の腹を探りやがって、喰えねぇ野郎だ。あいにくこちとら頼まれたって手紙を盗み見たりなんざぁしねぇし、よし盗み見たとこで本字が読めねぇときているからにゃ意味がねぇ。なんにしろ赤髪の言ったとおりだ、奴ぁ怪しい。

だがワカンには何か腑に落ちないものがある。カロイが怪しいのはいい、しかし彼らを謀《たばか》ろうと働いているにしては立ち居に外連《けれん》が欠けているのが気にかかる。よしんば剛力が短信を盗み見ていると疑っていたにせよ、それをああも公然と訊き質《ただ》してみせるものだろうか。焼け跡に戻ってきたワカンにナオーが声をかけたときも、まだ彼は考えに沈んでいた。

「エゴンはカラス出しに行ったのか。どうした、ワカン。難しい面《つら》して」

「おい、人を担ぎにかかっている奴ってのは、もうちっと慎重なもんだよな」

「何の話だい」

「カロイだよ。赤髪にさんざ言われてんのよ、あいつぁ怪しいってな」

「そりゃ、まぁ、ニザマのお偉いさんを逃がしてきたばっかだってのも、仲間が吊されたってのも、野郎の話っきりありゃしねぇしな」

「だがよナオー、怪しい奴ってのはああいうもんかね。何でそんなことを訊きやがるんだってなことを、そうそう訊いてまわるもんじゃねぇだろ。腹に一物隠してりゃもうちっとこそこそして上等じゃねぇかい」

「何を訊いたって？」

「剛力は本字は読めるかって。お前は読めるか？」

「少しばっつかりはな」

「そうか、お前は上手く立ち回ってりゃ運軍に食い込めたんだ、本字を習う生まれか」

「大きなお世話だよ、立ち回りが下手で悪かったな」

「ともかくよ、カロイの奴、俺たちちんなかに近衛の手紙の中身をのぞいてる奴がいやしねぇかって疑ってるらしいのよ。だがどうも判らねぇ、やり方がな……」

「やり方がどうしたぃ」

「あっさりしてんのよ。何でもはっきり訊いてくるしな」

「何が心配なんだよ」

ワカンは自分でも何がそんなに気掛かりなのかが判然としなかった。たしかにカロイは怪しい。だがその怪しさが何かもっと肝心なことを隠してしまっている——本当に警戒すべきことが他に潜んでいるような……そんな落ち着かぬものが胸中に渦巻いて止まない。

「まぁ、考えたってしゃあねぇな。結局、こっちの面倒はお姫さんを引っ張り出せるか、どうか、それだけだ。あとはお姫さんを連れ出せりゃ、こんな湿気《しけ》た港にゃ用はねぇからな。今晩が一勝負、あとはおさらばよ」

だがもちろん、ワカン自身が腹の底では判っていたように、ことはそんなに単純ではなかった。ワカンの胸に蟠《わだかま》って晴れない疑団こそ問題の核心に近いものだった。彼らはずっと逃げ続けていた。だがまだ判っていなかったのだ。追っているのが誰なのか、追われているのは誰なのか、そんなことすら本当には判っていなかった。

ユシャッバはずっと窓辺に凭《もた》れて暮れていく曇天を見上げていた。

膳を下げにきた飯盛りは、ただ薄曇りの窓外に目を遣って振り返りもせずにいる姫御前に声もかけられず、夕餐《ゆうさん》の膳を片づけにかかる。花街の夜は長い、女郎や内勤めの奉公人の晩餐は日が暮れてから、ずっと遅くなるのが普通だが、掛廻りや飯盛りは日暮れ前にまかないを済ませておくのが常だった。姫御前の食事もそれに合わせてのものである。

汁を溢《こぼ》したのか、膳の上に湯が拡がって懐紙を押しつけてあった。それを避けるように二客の椀が皿の上に重ねられている。飯盛りは皿の上に渡してあった箸を汁に塗《まみ》れた膳の上に置き戻してから膳を手に立ち上がり、姫御前を窺う。ぼんやりと外を眺めているのを見て僅《わず》かに同情心がわいた。階段には床廻しが詰め、廊下の突き当たりの窓は嵌《は》め殺し、内向きの窓からは中庭が見おろせるばかり……自分がこの囚獄《しゅうごく》に固く囚われていることにもう気がついているはずだ。窓から窺える外界はただ四角く切り取られた空ばかり、その狭い空すらも姫御前の前途を占うかのように暗鬱に曇天が塞いでいる。

飯盛りが房を辞していくあいだもユシャッバは空を見上げていた。もし飯盛りが前に回ってその瞳を覗き込んでみれば、せめて声をかけて振り返った表情を見れば、そこに悲しみや諦めではなく、明らかに希望が兆していることが判っただろう。だが姫御前を軟禁している側の当事者である飯盛りは、そらぞらしい慰めの言葉をかけるのも躊躇《ためら》われて、後ろ姿を目に留めたばかりで引き戸を閉ざした。

張り出し棚に腰掛けて空を見上げるユシャッバの膝元には鉢が伏せられていた。先にハァウの留まった棚の端ではなくユシャッバの手の届く位置である。ユシャッバは飯盛りが去ってゆく足音に耳を澄ましていた。

用心にいましばらく待って鉢をごろりと取り除けると、そこには小鉢があった。夕餐の膳が届けられたときには酢漬けの香の物が数枚盛られていた、ほんの小さな小鉢である。香の物はいまやユシャッバの腹におさまって、代わりに小鉢には濃い黒褐色の液体がわずかに溜まっていた。これは膳の上では朧《おぼろ》豆腐の浮いた豆漿《トウチアン》をよそった椀に添えられていた魚醤である。

汁を溢し、無精に椀を重ねて、雑に膳を片づけたように装ったのは、出されたとおりに膳を返したのでは小鉢が一つ減っていることに一目で気づかれてしまうと考えたからだ。ユシャッバは魚醤の小鉢を窓の戸溝にそっと置き戻した。そしてにんまりと笑みを浮かべて懐から取り出したのは菜箸ほどの太さの一本の短い棒――ユシャッバは先端の細工を指先でしごいて満足そうに空を見上げた。これは百合と合わせて瓶に活けてあった飛蔓《とびかずら》の蔓《つる》を折り取ってきたもので、固く木質化した表皮を、一部だけ残してあとは剝き去ってあった。髄《ずい》は爪でしごけば簡単に取り除けた。残された表皮は尖らされ、先に小さな割け目がある。この程度の細工なら刃物がなくても出来た。じじつこの薄い先端を割くのにユシャッバが用いたのは自分の爪と髪の毛のみだった。

ユシャッバはこの即席の硬筆の先を小鉢の「墨」に浸した。本当なら竹を削いで作るところだが、贅沢は言えない。ものの十行も文字を記せばすっかりへたってしまうだろうが、もとより長い手紙など認めている場合ではない。

ユシャッバはちろりと舌を出して、魚醤を吸った硬筆の先をなめた。きつい塩味が舌の上に拡がる。ユシャッバはもともと豆漿が嫌いだったので、味のない今夕の一椀を平らげるのに苦労したのだった。だが仕方がない、豆漿を残せばなぜ魚醤だけが消えたのか怪しまれる、むろん魚醤には他に用があったのだ。

うきうきとした眼差しで曇天を見上げるユシャッバ。やがて暮れ方の遠い空に瑞祥《ずいしょう》となる一羽の鳥の影を認めた。吉兆を告げ知らせるその羽は漆黒だった。

カラスが足の竹筒から引きずり出してユシャッバに渡した短信は、今回は炭の欠片を研いだもので記されていた。なるほど前回よりも手が確かで文字が整っていた。先方も少しはましな筆記具を調えたとみえる。わずかに数行の文《ふみ》だったが、そこにはユシャッバの心が躍る文言があり——あわせて、首を捻らざるをえない注意が添えられていた。

曰く、本日深夜、救抜《きゅうばつ》に参るのでお覚悟の前《まえ》、身軽にてあらせられるよう、能《あた》う可《べ》くば一室の戸は内から閉《た》て、深更《しんこう》に小灯を点さなん。加うるに、身長《みたけ》超六尺半の鏢客《ひょうかく》あらば厳戒《げんかい》すべし。

救抜と言うからにはゲンマらは既に下の階になどいない、とうに花街を離れているということだ。なかなか話をさせてもらえなかったのも道理、近衛を追い出してしまった後では会わせようにも相手がいない、それを廓筋は空っとぼけて姑息に誤魔化していた——やはり自分は謀《たばか》られ囚われたのに違いない。近衛は廓の怪しげな動きに不審をうって、俄然《がぜん》自分を奪還する腹を決めたということだ。もしかしたら追い出しに手荒な仕打ちでも受けたか知れない。いずれにしても自分同様、近衛は廓の働きを、頼って安心の沙汰《さた》とは見ていないのだ。

もとより聡《さと》いユシャッバは、戸を閉て窓に灯《あかり》、という文言から救出の企図の大要を悟った。他でもない、この内窓から連れ出す積もりなのだ。だが判らないのは鏢客云々という部分で、廓に食客の用心棒があるというなら警戒するのは言うまでもないこと、僅か数行の短信にわざわざ特記された理由が知れない。その鏢客の脅威を随分と大きく見ている様子だがそれは何故なのか。むろん過日、雨の路地に近衛が幾人も首を失って果てていることを知らぬユシャッバには思い当たる節もない。

だが身の丈六尺を超える大男といえば、鏢客かどうかは知らないが、たしかにこの廓にはそうした大男が身を寄せている。今朝中庭に見た黒外套の男——飯盛りに対する態度もどこか横柄でいけ好かなかったが、それ以上に外套に頭巾とは芝居がかった扮装にも程がある。鏢客だとすれば、この廓の中ではもっと堂々としていてよかろうところ、大威張りで土間や中庭を闊歩していても自然な話だ。それが何故《なにゆえ》にこのうえ人目を盗み、身を包むのか？　ただの用心棒ではないのは明らかだ。

ユシャッバに鏢客云々の注意を与えたのは文責を負うツォユの一失にあたったかもしれない。外見の可憐に似合わず賢く気丈な姫御前が、護衛と切り離されたからといって、一人涙にくれて泣き伏しているなどとは、近衛一同は思いもしなかった。しかし泣きわめいていないどころか、軟禁生活に無聊《ぶりょう》を託《かこ》って苛立ちを募らせる姫御前が、いまや目をらんらんと輝かせて、その怪しげな鏢客とやらについて些《いささ》かなりとも自ら探察《たんさつ》してやろうと眥《まなじり》を決している姿を目にしたならば、ゲンマならずとも大慌てで「姫御前、ご自重《じちょう》」と諫言《かんげん》に及んだことだろう。だが生憎、いま姫御前を留め立てする者は傍らになかった。

短信を手に考え込むことしばし、ユシャッバは魚醤で裏面に「委細諒解、深更に待つ」との旨を記した。飛蔓の硬筆の書き味はまずまず、返信にこの筆跡をみれば近衛連中も自分らの手に恥じ入ることだろう。ユシャッバは満足そうに短文を見返した。魚醤は小鉢にあるときには漆黒に見えても紙面に記されてみると案外に色が薄かった。それでも通信の用にはたりるだろう、匂いが香ばしいのは余禄である。

もう一言、鏢客とやらについては私が探《さぐ》り閲《けみ》しておくから、とすでに手柄顔で書き足そうとしたところに、階段を上った突き当たり、廊下の軋みが耳に伝わる。摺り足の足音、こちらへ向かうは足袋《たび》の飯盛り。

書きつけを素早く丸めてカラスの足を引く、足音は近づく、竹筒に押し込むときに紙が縒《よ》れて引っかかった、ささと近づく歩みは止まり戸の外で盆を置く音、なんとか押し込んだ、さあお行き！　欄《おばしま》から乗り出してカラスを放すユシャッバの後で戸がすっと開いた。

ユシャッバは窓から身を乗り出したまま、大きく伸びをしてから振り向いた。飯盛りが茶を点《た》ててきていた。

「すっかり体がなまっちまったわ」

そう呟いて窓から離れたが、自分でも白々しい小芝居に思えて、いっそ黙っていた方がよかったか知らんと遺憾であった。さり気なく障子を引いたのは張り出しに残った小鉢を隠すためだが、見咎められたや否や、きわどいところだ。ユシャッバは礼を言って茶を受け取り、横目で飯盛りを盗み見る。飯盛りは盆を正座の膝の上に置いたまま、閉め切らぬ窓の外を見ている。

「薄荷《はっか》の香がするわね」

あわせてユシャッバも窓外に目を遣り、せめてもの誤魔化しに中庭を見おろす。

「朝に落ち葉を焚いたからでしょう。樟脳《しょうのう》が混じっているみたいで」

茶が入った、菓子が都合できたと言っては、こうして一時《いっとき》ごとに房を訪れるのは姫御前を監視しているのに他ならない。だがそれが互いに気詰まりになっては一々の来訪に疑惑が高まりかねない。飯盛りはせいぜい姫御前の機嫌を取れるようにと、ちょっとした雑談なら上から許されていたので、簡単に応えた。

そうだ、あの鏢客とやら、麻袋から枯れ葉をぶちまけていた。あれが剣呑な用心棒ならば、よもや庭掃除を手伝っていたという話でもないだろう。どうして枯れ葉を……しかも袋に収めて持ち寄ったりする用があったのか。

「あの頭巾の男が散らかしていたわね」

「ご覧になっていたんですか」

「この窓からじゃ他に見るものなんてありゃしないじゃない。あんたが掃き清めていたところだったのに、意地悪なことね」

「そんなに意地悪ってことでも……大番頭は怖いけど猿《ましら》は打《ぶ》ったりしないし……」飯盛りは苦笑いで応えた。

目の輝きを気取られぬよう、声を静めてユシャッバは訊いた。

「ま、ましらって言うの？　あのひょろ長？」

「渾名なんですよ。腕がうんと長くて」

「へぇ、腕が長いのが悩みなのかしら、それであんな暑苦しい格好してるの？」

「普通の丹前《たんぜん》じゃ、腕がにゅっとでちまうから」

娘二人は埒《らち》もない陰口に笑いあった。だがユシャッバははやる気持ちを抑えかねて、飯盛りの片言隻句に溢れだす鏢客、猿の情報を脳裏に刻みつつあった。

夜が更けてしばらくすると閨房は廊下側の引き戸に外から心張り棒を支《か》って閉ざされる。ユシャッバに知られまいと寝静まった後の細工であるが、初めに房に入って明くる朝には廓の方針は夜間は監禁に切り替わるものとユシャッバは気がついていた。朝一番に水差しを持ち寄った飯盛りが戸の外で心張り棒を外しているのが察せられたからだ。今晩も夜が更けてしばらくすれば廊下に出入りする自由も奪われるだろう。

ユシャッバはどうやら気づかれずに済んだらしい小鉢を確保しておいた。魚醬は窓外に空けてしまった。そしてまだ廓内《かくない》に灯の点らぬうちに何度か厠《かわや》にたった。その都度奉公人の目を盗んで、階段の上、廊下の隅の灯檠《とうけい》に載せられた帆立の油皿から、少しずつ油を小鉢に移しておいた。灯心《とうしん》は組み紐の釦《ボタン》を一つ解《ほぐ》して都合できた。問題は火種である。房が牢獄である以上は当然のことだが室内に火の気は与えられていなかった。

廊下の灯檠に火が入ったら、すぐに火を盗んで点けてしまおうか、いやそれでは深更を待つのに油が乏しすぎる。注ぎ足しのきくほどの量を掠《かす》め取ってくることは出来なかった。だからといって引き戸が閉ざされてしまってからでは灯に近づくことも叶わない。ユシャッバは房を見回して頭を絞る。

一度は灯心を沈めた小鉢を懐に廊下まで出てみた。すでに灯檠はあかあかと点り、廊下の突き当たりに明るみを作っている。足音を忍ばせてそちらに近づいたが、やはり火をもらうのは気が引けた。手細工《てざいく》の灯心は緩く太すぎる。いま火を点せばやはり夜半までもたない。さあ、どうしようかと暗い廊下で灯檠に額を寄せて考え込んだ。

その時ふと後の方で廊下が軋んだ。そして微かな鈴の音。驚きに粟肌が立ち、背筋が冷えた。再び足音、もしここで火を盗んでいたなら灯の点いた小鉢を隠すことは難しかっただろう。際どい行合わせに冷や汗が出る。厠かどこかから戻ってきただけという顔をして振り向いてみると……足音のした暗い廊下に人気はないと初めは見えた。少し先の暗がりに棕櫚《しゅろ》の鉢植えが廊下を半ば遮るように葉を広げている。その棕櫚の上から、宙に首を吊るしたように男の頭が浮かび上がっていた。身が竦《すく》んでしまった。

棕櫚ごしに上から眺め下ろすのは面長《おもなが》の陰鬱な顔、その長身はなるほど六尺を優に超えるもの。今は灯檠の灯が下から差しているので、普段は頭巾の陰に面隠《おもかく》ししている顔が浮かび上がっている——蠟で拵えたように精気がなく表情もない。宙に首が浮いていると見えたのは黒頭巾に黒外套で総身が闇に溶けていたからだ。猿《ましら》だ！　ユシャッパは驚きをなんとか呑み込んだ。

長いと噂の両の腕《かいな》は外套の身頃《みごろ》に包み隠されて見えない。衣紋《えもん》掛けに吊るしたように裾は膝の下まで覆ってたゆたっている。ユシャッバを見おろす目が細く歪んだ。その眼差しに怖気《おじけ》を震って、ユシャッバは廊下の隅に凍りついていた。強ばった表情を隠してさり気ない様子で房に戻ろうとしていたのだが足が動かない。

下から床廻しが階段を上がってきた。鏢客と囚人《めしゅうど》が廊下の暗がりに対峙しているのを見て戸惑った様子で、上がりきった先で足を止めている。ユシャッバは床廻しが不審顔に「あれ？」と呟いたのにぎくりとしたが、これに背を押されるように足が動いた。つとめて平静を装って房の方へと進み、猿の横を通り抜けようとする。なんらかの挨拶を思いつくでなし、厠にたった帰りだとわざわざ念を押すのも不自然に思われて、体を固くして黙ってすれ違ったが、袖を摺りあうにも怖気が走る。

すれ違う間も猿は姫御前のことを見ていないようだった。ただユシャッバが立っていた場所に目を据えたまま、じっと突っ立っていた。気味が悪かった。

後では床廻しがなにか小声で猿に囁いていたが、猿の方の声は聞こえない。ユシャッバは房に滑り込んで、深く溜め息を吐く。引き戸を閉ざして背中を押しつけると冷や汗に濡れた襦袢《じゅばん》が肌に貼り付いた。

あれが厳に警戒せよと釘を刺された鏢客、猿。聞いたとおり六尺半の長軀に中庭でも検めた黒外套、ああして暗い廊下に佇んでいればすっかり闇に溶け込んで、幽鬼のごとき面ばかりが中有《ちゅうう》を漂うようだ。その目で見てきたのに妖《およずれ》ごとに浮かされたかのごとく確かな印象がない。件《くだん》の長腕とやらが足許の裾からのぞき、こちらにするすると伸びてくる様を思い描いてユシャッバは粟肌を新たにする。厳戒するもなにも、同じ屋舎に戸一枚へだてたところに居るというだけで、何故としらず悍《おぞ》ましくて寒気がする。

やはり廊下で火を盗むのはうまくない。なにか他の方法を考えなければ。ユシャッバは闇の中で沈思に目を閉じた。

やがておそらく今晩最後の用向きにだろう、寝所の調《ととの》えに飯盛りが房に立ちよった。この後、ほどなく戸は閉ざされる。だがユシャッバは軽挙を控えた。ただ、違い棚に活けられた百合の香りがきついから明朝には始末してくれないかと、何気なく訴えた。こんな虜囚《りょしゅう》の身にあって挿花《そうか》の種類に注文とは、お目出度い太平楽と受け取られたかも知れないが、飯盛りは始末を請けあった。代わりに何の花を、という話にはならなかったが、何か邪魔にならぬ一輪ぐらい翌朝ならばなんとでも都合できるだろう。

だが明日の朝に片づけて、と訴えたのがすでに姫御前の企みだったのだ。

案の定、飯盛りが房を辞してから、薄闇に目を凝らしていると、床廻しの夜回りが始まった気配があり、やがてごとりと房の外で心張り棒が戸溝に落ちた音がする。この夜回りは一刻に一度か、半刻に一度か、いずれにせよ不寝番をおく廓内に、夜中なんどかの往来があるはず。こちらの面倒は眠気を抑えていられるかどうかだが、廊下で猿と出くわしてからこちら、ずっと胸が騒いで動悸が止まず、当分はまんじりともしそうになかった。そもそもユシャッバは廓を抜け出すという成り行きに興奮しきりでいたので、暗闇の中でも目をらんらんと輝かせて、その時を待つのに焦れているばかり。眠気など寄りつきもしない。

夜番の床廻しが灯檠に油を注ぎ足してまわっている。床廻しはうち幾つかが普段より著しく減りが早かったことに気がついてはいた。だが、昼の内に掃除中の奉公人が油を溢してしまうことだってあるし、たとえば戸の軋みを抑えるとか海老錠《えびじょう》の鍵穴に滴《たら》すとかいった用向きで失敬したものかも知れない、気にも留めなかった。

二階の廊下は房が閉ざされているいま、灯を点す意味もさしてありはしないが、それを言えばほんらい終夜《よすがら》の営《いとな》みの遊里が店《たな》を仕舞っているのだから、夜回りそのものが無用な習慣である。もっとも廓がこうして眠らないでいる事情は別にあった。一つに彼らは匿った貴賓を昼夜を分かたず見張っていなければならなかったのだし、また一つには秘計を案じ売国に働く彼らがいざなんらかの挙《きょ》に出るとなれば、それは夜降《よぐた》ち夜働《よばたら》きと決まっていたからだ。

ちょうど廊下の中ほどを過ぎたところで心張り棒で閉ざされた閨房の中からごと、、、と大きな音が響き、くぐもった悲鳴が聞こえた。床廻しが手燭を掲げて房の戸の前に立つと、足許がひやりとする。見れば引き戸の戸溝を越えて中から水が滲み出てきているのだ。

心張り棒を除けて戸をすっと開けると、そこには幽閉の姫御前が立ち尽し、足許では瓶がひっくり返っていた。ひしゃげて見えるのは底が割れてしまったのだろう、そこから溢れた水が戸の外まで漏出していたのだった。

こんな夜分に何を……床廻しは訝しんだが、済まなそうに立っている姫御前を暗い房の奥へとおいやったところで、下から奉公の掛廻りが上がってきた。床廻しは掛廻りに飯盛りを呼んでくるように言い伝える。ほどなく桶に布巾を掛けて手燭を掲げた飯盛りが上がってきた。

飯盛りは房に入ってすぐに事情を察した。違い棚に百合を活けてあった瓶、明朝片づける計らいになっていたはずのものである。姫御前自身も済まなそうに言い訳する。

「どうしても香りが鼻に付いてならなかったものだから……」

それでせめて百合を枕頭《ちんとう》から遠ざけようと戸の方へ自ら運んでいたところ手が滑ってしまったのだとの言い訳である。割れた欠片を片づけている飯盛りに再三詫びを言っている。床廻しは、こんな夜更けに香りがどうとか、迷惑な話だとぶつくさ言いながら、次の灯檠に油を注ぎに下がっていった。

自分も欠片を拾おうとする姫御前を飯盛りは、いいですからと手で断り、入り框《いがまち》から廊下へ拡がった床の水を拭きにかかった。姫御前はまだ詫びを重ね、どうしても匂いが我慢ならなくてと言い訳を繰り返し、飯盛りが床に置いた手燭を高く掲げて、せめてもの手伝いに拭き進める先を照らしてやっていた。

そして飯盛りの手先を照らしている姫御前が背中に回しているもう一方の手には例の小鉢があったのである。

なんとか深夜の粗相を収拾して、入り框を拭き清めた飯盛りは、こんな夜遅くに御免なさいとまだ詫びを言っている姫御前を「これもお務めですから」と宥《なだ》めて手燭を受け取った。絞り水を湛えた桶の中には瓶の欠けが積まれ、さらに姫御前がずっと厭うていた萎れた生花を押し込んでである。これを小脇に飯盛りは房を辞していったのである。飯盛りが最後に布巾を絞りきって、萎れた百合の茎を折り、割れ瓶の隙間に押し込んだときに、ずっと手許を照らしてくれていた姫御前が、ふと窓辺に遠ざかっていったことは、気にも留めなかった。窓を開けたのは最前から気にしている百合の香を散らすのに風を入れたかったのだろう——だがそのとき手燭に照らされた姫御前の顔を見たならば、逐一の動きに自然を装って必死でいた表情の強ばりに何事かを見抜くことが出来たかも知れない。

だが飯盛りにはそこまでの注意はなかったし、姫御前は最後まで他事ない様子でこの小芝居を遂げきった。飯盛りは出て行きしなに少し迷ったが、引き戸を閉てて、その場で心張り棒を支った。そして廊下をさがっていった。

姫御前はさっと窓辺に寄ると障子を開け、窓外の張り出し棚の上、伏せた鉢の中にいましがた隠した小鉢を検める。小鉢はすでに灯を保ってはいなかった。無念、火種を絶やしてしまったか。これを隠すのに慌てて鉢を伏せてしまった、うまく空気が入っていくように工夫する余裕が無かった……うな垂れるユシャッバの手の中の小鉢、その灯心の先に僅かな光点が目に留まる。ユシャッバの目が輝く。蛍火のように、一点の火種が残っている。

ユシャッバは震える手で小鉢を顔に寄せ、そっと息を吹きかけた。これでこの僅かな火種を蘇らせることが出来るか、それともいよいよ止めを刺してしまうか、難しいところだ。そっと祈るような気持ちで口をすぼめ息を吹く。

たった今まで点っていた灯心である。伏せた小鉢の中で空気が行き届かずに失ってしまった火勢は存外たやすく呼び覚まされた。緊張に面持ちを強ばらせたユシャッバの鼻先で、光点が僅かに輝度を増す。そしてすぅと喜びに息を吸った姫御前の目に、ぽっと小さな炎《ほむら》が立ちあがった。小鉢の内面《うちづら》が赤々と照らされ、人知れず姫御前の口元が緩んだ。

窓から離れて、さきほどまで瓶が置かれていた違い棚にことりと、両手で包み込んだ小鉢を据えた。

その時に奇妙な輝きがユシャッバの目に留まった。

掃除が行き届かずに埃の積もった違い棚の上に、最前取り除いた瓶の底の高台《こうだい》の跡が丸く残っていた。先に瓶を持ちあげた時には部屋が暗くて気がつかなかったのだ。その丸い瓶の跡の中に残されてあったのは……一ひらの紙片と、一粒の真珠だった。

暗い曇天をあおいでワカンは言った。

「溝から出てくりゃ、こんどは雨催《あめもよ》い、どこもかしこも湿気てやがって」

「すぐにおさらばだ」エノクは薄く笑って短く応える。

「しかし今晩は、ずぶ濡れにならなきゃなんねぇ、厄介な話だぜ」

暗い路地に溝から這いだしたタイシチは左右をこわごわと窺っている。人気は無かった。

「姫御前は南側の棟のどこかだ、中頃の部屋に囚われているはずだ」

タイシチの言葉に頷きながら、剛力は襷《たすき》を締め上げた。路地に切り立つ左右の壁を見上げてワカンは首を回す。

「南だな。お姫さんを引っこ抜いたら裏に降りる、そっから先はいいな?」

剛力は左右に分かれ、追っ手を撒《ま》いたら溝《どぶ》に潜る。近衛は姫御前を先導して路地へ。雑駁《ざっぱく》極まりない段取りだが、剛力衆はいたって気楽な様子だ。タイシチがいくら迷路のような路地に潜む危険を説いても気にしていない。追い込まれたら逃げ場はない。逃げ場がなければ追っ手の挟撃《きょうげき》にあい、ともすれば暗い路地に首が飛ばされる。

……

だが剛力衆はこの街を、近衛とはまったく違った風に見ていた。

港の路地は入り組んで、到るところで人惑わせに打ち違い、気まぐれに行き止まりになる。だがそれは道行きにしたがって路地の底を歩かされていればの話だ。剛力にしてみれば前にもツォユに言ったのが正味のところ、門は通るのが礼儀だから通っているまで、道は辿るのが筋だから辿っているまで。もともと剛力は道のつかぬ山岳を踏み分けるのが生業《なりわい》、山が人を拒んでもそこで無理を通して攀《よ》じ登って身を立ててる。門が閉ざされ、道が足を阻むようなら、それに従うまでの義理はない。門は乗り越え、道は外れればよいだけのこと。つまりこの路地には縦に退路があるのだ。

ワカンは廓からやや隔たった路地の奥で、すこし上を見上げたと思ったら、まるで掛けてあった梯子を登るような気軽さで、軒に取りついて外壁を登りはじめた。花街の家屋は石積みの基礎が腰高にあり、そこから上の第一層の窓にはたいてい格子《こうしこ》が窓先に嵌まっている。そこに足が掛かれば窓の上の雨打《ゆた》に手が届き、雨打に乗れば身舎《もや》の軒に手が届く。淀みなく登っていく剛力を見上げてタイシチが目を見張っていた。

剛力は山行の間にも常に麻縄を各自背嚢《はいのう》に携えていたはずだ。山ではまるで縄の割り当てが一人に一巻《ひとまき》と厳守限定されているかのように、彼らは各自手入れをした麻縄を用意して、それを一手で解《ほど》け、解《と》き伸ばしても決して絡まない、独特の円錐状の束に結索《けっさく》して携帯していた。そして用途がどうあれ、縄を切ることはついぞなかった。

長さが余れば縮結《ちぢめ》びに結縮《けっしゅく》し、余りの緒《いとぐち》は畳んで始末、固く締まった結目《ゆいめ》も決して断ってしまわず時間をかけて解いた。だからタイシチは縄を大事にし、縄遣いに長《た》けた剛力が壁登りにも縄を掛けるものかと考えていたのだった。ところがそうではなかった。縄など出しもしなかった。

上階は鎧戸が閉ざされ、足がかりに欠けるかと見れば、ワカンは鎧戸を開けたときに壁面に固定しておくための金具がぐらつかないか確かめてから、ひょいと足を掛けてまた上に手を伸ばす。鎧戸には手を掛けず、むしろ蝶番《ちょうつがい》の外に突き出た軸のところに体重を載せていた。手掛かり足掛かりの負けてしまわない勘所を巧みに択んでいるのだ。

いずれも並の体力があれば出来ることばかりだし、よく見ると両手両足のうち三点に体重を預けて、のこる一点だけを動かして次の手掛かり足掛かりを確かめている。だがそれがあまりに自然で段取りがよく、傍目《はため》に弛《たゆ》みなく体を運んでいるので、慎重を重ねて登っているように見えない。

剛力が路地に閉ざされる気遣いなど感じていなかったことに、タイシチもようやく得心しはじめていた。今こうして目の当たりに剛力の登攀《とうはん》を見て、お前にも出来るかと訊かれれば、なるほど出来ることは出来るだろう。だが今のいままで、この路地の壁は登りうるもの、しかもこれほどにも容易《たやす》く登りうるのだということを知らなかった。ちょうど微妙な幅の溝を前に躊躇《ためら》う子供のように——跳び越えるだけの跳躍力はあるのに、誰かが眼の前で跳びおおせて見せるまでは、自分も跳び越えてよいいいいのだと知らない子供のように。

続いてエノクが登攀を始めた。ワカンほどに軽快ではなかったが、地にあって重厚に見えたその体軀は、やはり淀みなく高さを稼いでいく。上ではワカンが最後の足掛かり、桁下《けたした》の小円窓の縁をふんまえて軒桁《のきげた》を乗り越えていた。

タイシチは見様見まねで自分も格子子に手を伸ばした。

カロイとテジンは、ワカンらが姫御前を「引っこ抜く」のに前後してばらける手はずである。彼らは陽動をはたらく時宜を約束してから、廓の逆側にあたる路地へと消えていった。

結局タイシチは、最後の大きく張り出した軒桁を自力で乗り越えることは出来なかったが、すでに屋根の上にあるエノクが引っぱり上げてくれた。

棟々が互いに凭れ合うように接しあう連棟は、間口が税の基準になっていた時代の名残である。しぜん隣家と壁を共有しあう長屋建てが都市を埋め尽くすことになったのだが、この建築様式には人知れぬ副産物があった。長屋建ての連棟は隣家と構造材を共有する都合上――高さが一定になる。

実際には大小の誤差はあるし、屋根形状によっても出入りはある。しかし今彼らが辿り着いたように屋根の上に登って見渡せば、うねるように港湾都市に拡がっていくもう一つの迷路が眼前にあった。この屋根の上をどこまでも辿っていけるのだ。

タイシチにも剛力の余裕のわけがここに来て腑に落ちた。

今や足下《そつか》に遠い「路地の迷路」と大きく異なっていたのは、この屋上の迷路はなんなら一本隣の経路へと跳び移ってしまうことだって出来るということである。タイシチは屋上の棟瓦《むながわら》の上に足をかけ四方を見渡した。このように縦に動くことが出来るなら、この街では屋根の上にもう一つの街路網を利用することが出来るのだ。

そしてさらに地の下には、闇渠排水に洗われた、鼠の行き交うさらに一つの隠された街路網がある。この二つの人知れぬ経路を組み合わせれば――密告者の犇《ひし》めくこの街を抜け出すことが出来るのかも知れない。タイシチの心に、朋輩を失っていらいようやく意気と言えるものが点りはじめていた。

まずは姫御前の奪還だ。

ワカンとエノクとタイシチは足音の響かぬように、屋上は大棟木の上にあたる棟瓦の上を選んで静々と廓の方へと進んでいく。廓は路地の長屋建てとは独立しており、二層二階建てでも三階ある連棟と同じほどの高さを誇る。路地を越えて跳び移れる場所を見つけてあったが、さすがにここから先は人目を忍んでいられるか予断の限りではない。

人の寝静まるこの時間に、まだ中庭の灯籠に火が点っている様子があった。元来は港の不夜城である。盛期に比べればひっそりとしたものだが、やはり廓には不寝番がいる。

いざ跳び移ったらすぐに南面の棟に廻って目指す閨房の上を取る。もう後戻りの利かない正念場だ。三人は顔を見合わせ頷きあった。折しも雨がぱらつき始めた。

タイシチが廓の屋根に取りついた。ワカンらも続く。思っていたように跳び降りたときの瓦の軋む音は大きかった。誰にも気取られずにここから動けるとは思われない。三人は大棟を越えて中庭を見おろす廓の屋根の高みに駆け上がる。斜向かいに南の棟、そして中ほどの一房の窓に微かではあるが確かに蛍火が点っていた。

（下巻へ）

本書は二〇一五年一月、小社より刊行された単行本を二分冊したものです。

|著者|高田大介　1968年、東京都生まれ。早稲田大学大学院文学研究科博士後期課程単位取得退学。早大、東京藝大などで講師を務めたのち渡仏。専門は印欧語比較文法・対照言語学。2013年、第45回メフィスト賞受賞作『図書館の魔女』でデビュー。本書『図書館の魔女 烏《からす》の伝言《つてこと》』は、待望のシリーズ第二作となる。

図書館《としょかん》の魔女《まじょ》 烏《からす》の伝言《つてこと》(上)

高田大介《たかだだいすけ》

2017年5月16日第1刷発行
2025年2月19日第5刷発行

発行者――篠木和久
発行所――株式会社　講談社
東京都文京区音羽2-12-21　〒112-8001
電話　出版　(03) 5395-3510
　　　販売　(03) 5395-5817
　　　業務　(03) 5395-3615

Printed in Japan

講談社文庫
定価はカバーに
表示してあります

KODANSHA

デザイン―菊地信義
本文データ制作―講談社デジタル製作
印刷――――株式会社KPSプロダクツ
製本――――株式会社KPSプロダクツ

ISBN978-4-06-293653-8

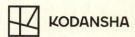

講談社文庫刊行の辞

二十一世紀の到来を目睫に望みながら、われわれはいま、人類史上かつて例を見ない巨大な転換期をむかえようとしている。

世界も、日本も、激動の予兆に対する期待とおののきを内に蔵して、未知の時代に歩み入ろうとしている。このときにあたり、創業の人野間清治の「ナショナル・エデュケイター」への志を現代に甦らせようと意図して、われわれはここに古今の文芸作品はいうまでもなく、ひろく人文・社会・自然の諸科学から東西の名著を網羅する、新しい綜合文庫の発刊を決意した。

激動の転換期はまた断絶の時代である。われわれは戦後二十五年間の出版文化のありかたへの深い反省をこめて、この断絶の時代にあえて人間的な持続を求めようとする。いたずらに浮薄な商業主義のあだ花を追い求めることなく、長期にわたって良書に生命をあたえようとつとめるところにしか、今後の出版文化の真の繁栄はあり得ないと信じるからである。

同時にわれわれはこの綜合文庫の刊行を通じて、人文・社会・自然の諸科学が、結局人間の学にほかならないことを立証しようと願っている。かつて知識とは、「汝自身を知る」ことにつきていた。現代社会の瑣末な情報の氾濫のなかから、力強い知識の源泉を掘り起し、技術文明のただなかに、生きた人間の姿を復活させること。それこそわれわれの切なる希求である。

われわれは権威に盲従せず、俗流に媚びることなく、渾然一体となって日本の「草の根」をかたちづくる若く新しい世代の人々に、心をこめてこの新しい綜合文庫をおくり届けたい。それは知識の泉であるとともに感受性のふるさとであり、もっとも有機的に組織され、社会に開かれた万人のための大学をめざしている。大方の支援と協力を衷心より切望してやまない。

一九七一年七月

野間省一

講談社文庫　目録

西村京太郎　宗谷本線殺人事件
西村京太郎　奥能登に吹く殺意の風
西村京太郎　特急「北斗1号」《スーサイド・トレイン》殺人事件
西村京太郎　十津川警部　湖北の幻想
西村京太郎　九州特急「ソニックにちりん」殺人事件
西村京太郎　東京・松島殺人ルート
西村京太郎　新装版　殺しの双曲線
西村京太郎　新装版　名探偵に乾杯
西村京太郎　南伊豆殺人事件
西村京太郎　十津川警部　青い国から来た殺人者
西村京太郎　新装版　天使の傷痕
西村京太郎　新装版　D機関情報
西村京太郎　十津川警部　猫と死体はタンゴ鉄道に乗って
西村京太郎　韓国新幹線を追え
西村京太郎　北リアス線の天使
西村京太郎　十津川警部　長野新幹線の奇妙な犯罪
西村京太郎　上野駅殺人事件
西村京太郎　京都駅殺人事件
西村京太郎　沖縄から愛をこめて

西村京太郎　十津川警部「幻覚」
西村京太郎　函館駅殺人事件
西村京太郎　内房線の猫たち〈異説里見八犬伝〉
西村京太郎　東京駅殺人事件
西村京太郎　長崎駅《ナガサキ・レディ》殺人事件
西村京太郎　十津川警部　愛と絶望の台湾新幹線
西村京太郎　西鹿児島駅殺人事件
西村京太郎　札幌駅殺人事件
西村京太郎　十津川警部　山手線の恋人
西村京太郎　仙台駅殺人事件
西村京太郎　七人の証人〈新装版〉
西村京太郎　十津川警部　両国駅3番ホームの怪談
西村京太郎　午後の脅迫者〈新装版〉
西村京太郎　びわ湖環状線に死す
西村京太郎　ゼロ計画《プラン》を阻止せよ〈左文字進探偵事務所〉
西村京太郎　つばさ111号の殺人
西村京太郎　SL銀河よ飛べ!!
仁木悦子　猫は知っていた〈新装版〉
新田次郎　新装版　聖職の碑《いしぶみ》

日本文芸家協会編　愛染夢灯籠〈時代小説傑作選〉
日本推理作家協会編　犯人たちの部屋〈ミステリー傑作選〉
日本推理作家協会編　隠された鍵〈ミステリー傑作選〉
日本推理作家協会編　Play《プレイ》推理遊戯〈ミステリー傑作選〉
日本推理作家協会編　Doubt《ダウト》きりのない疑惑〈ミステリー傑作選〉
日本推理作家協会編　Bluff《ブラフ》騙し合いの夜〈ミステリー傑作選〉
日本推理作家協会編　ベスト8ミステリーズ2015
日本推理作家協会編　ベスト6ミステリーズ2016
日本推理作家協会編　ベスト8ミステリーズ2017
日本推理作家協会編　2019ザ・ベストミステリーズ
日本推理作家協会編　2020ザ・ベストミステリーズ
日本推理作家協会編　2021ザ・ベストミステリーズ
二階堂黎人　ラン迷宮〈二階堂蘭子探偵集〉
二階堂黎人　増加博士の事件簿
二階堂黎人　巨大幽霊マンモス事件
新美敬子　猫のハローワーク
新美敬子　猫のハローワーク2
新美敬子　世界のまどねこ
西澤保彦　新装版　七回死んだ男

浜口倫太郎 廃校先生
浜口倫太郎 AI崩壊
原田伊織 明治維新という過ち〈日本を滅ぼした吉田松陰と長州テロリスト〉
原田伊織 列強の侵略を防いだ幕臣たち〈続・明治維新という過ち〉
原田伊織 〈明治維新という過ち・完結編〉虚像の西郷隆盛 虚構の明治150年
原田伊織 三流の維新 一流の江戸〈明治は「徳川近代」の模倣に過ぎない〉
葉真中《はまなか》 顕《あき》 ブラック・ドッグ
原 雄一 宿命〈國松警察庁長官を狙撃した男・捜査完結〉
濱野京子 w《ウ》i《イ》t《ズ》h y《ユ》o u《ー》
橋爪駿輝 スクロール
パリュスあや子 隣人X
平岩弓枝 花嫁の日
平岩弓枝 はやぶさ新八御用旅(一)〈東海道五十三次〉
平岩弓枝 はやぶさ新八御用旅(二)〈中仙道六十九次〉
平岩弓枝 はやぶさ新八御用旅(三)〈日光例幣使道の殺人〉
平岩弓枝 はやぶさ新八御用旅(四)〈北前船の事件〉
平岩弓枝 はやぶさ新八御用旅(五)〈諏訪の妖狐〉
平岩弓枝 はやぶさ新八御用旅(六)〈紅花染め秘帳〉
平岩弓枝 新装版 はやぶさ新八御用帳(一)〈大奥の恋人〉
平岩弓枝 新装版 はやぶさ新八御用帳(二)〈江戸の海賊〉
平岩弓枝 新装版 はやぶさ新八御用帳(三)〈又右衛門の女房〉
平岩弓枝 新装版 はやぶさ新八御用帳(四)〈鬼勘の娘〉
平岩弓枝 新装版 はやぶさ新八御用帳(五)〈御守殿おたき〉
平岩弓枝 新装版 はやぶさ新八御用帳(六)〈春月の雛〉
平岩弓枝 新装版 はやぶさ新八御用帳(七)〈寒椿の寺〉
平岩弓枝 新装版 はやぶさ新八御用帳(八)〈春怨 根津権現〉
平岩弓枝 新装版 はやぶさ新八御用帳(九)〈王子稲荷の女〉
平岩弓枝 新装版 はやぶさ新八御用帳(十)〈幽霊屋敷の女〉
東野圭吾 放課後
東野圭吾 卒業
東野圭吾 学生街の殺人
東野圭吾 魔球
東野圭吾 眠りの森
東野圭吾 宿命
東野圭吾 変身
東野圭吾 天使の耳
東野圭吾 ある閉ざされた雪の山荘で
東野圭吾 同級生
東野圭吾 名探偵の呪縛
東野圭吾 むかし僕が死んだ家
東野圭吾 虹を操る少年
東野圭吾 パラレルワールド・ラブストーリー
東野圭吾 天空の蜂
東野圭吾 名探偵の掟
東野圭吾 悪意
東野圭吾 嘘をもうひとつだけ
東野圭吾 赤い指
東野圭吾 流星の絆
東野圭吾 新装版 浪花少年探偵団
東野圭吾 新装版 しのぶセンセにサヨナラ
東野圭吾 新参者
東野圭吾 麒麟の翼
東野圭吾 パラドックス13
東野圭吾 祈りの幕が下りる時
東野圭吾 危険なビーナス
東野圭吾 時《トキ》生《オ》〈新装版〉
東野圭吾 希望の糸

講談社文庫　目録

2024年12月13日現在